KNAUR

GABRIELLA
ENGELMANN

Ich dachte schon, du fragst mich nie

ROMAN

KNAUR

Besuchen Sie uns im Internet:
www.knaur.de

Aus Verantwortung für die Umwelt hat sich die Verlagsgruppe Droemer Knaur zu einer nachhaltigen Buchproduktion verpflichtet. Der bewusste Umgang mit unseren Ressourcen, der Schutz unseres Klimas und der Natur gehören zu unseren obersten Unternehmenszielen. Gemeinsam mit unseren Partnern und Lieferanten setzen wir uns für eine klimaneutrale Buchproduktion ein, die den Erwerb von Klimazertifikaten zur Kompensation des CO_2-Ausstoßes einschließt. Weitere Informationen finden Sie unter: www.klimaneutralerverlag.de

FSC www.fsc.org
MIX
Papier aus verantwortungsvollen Quellen
FSC® C083411

Originalausgabe März 2021
Knaur Taschenbuch

Ein Imprint der Verlagsgruppe
Droemer Knaur GmbH & Co. KG, München

Redaktion: Steffi Korda, Hamburg
Covergestaltung: ZERO Werbeagentur, München
Coverabbildung: PixxWerk, München
unter Verwendung von Motiven von shutterstock.com
Abbildung im Innenteil: Lena Pan/Shutterstock.com
Satz: Adobe InDesign im Verlag
Druck und Bindung: CPI books GmbH, Leck
ISBN 978-3-426-52505-0

2 4 5 3 1

Für meine Großeltern,
die in mir die Liebe zu Mallorca geweckt haben

Für Bernd und Heiko (in loving memory)

Und für T.

»Das Leben ist zu kurz, um Dinge zu tun,
die man nicht wirklich liebt.«

Prolog

SOPHIE – HAMBURG

Ein Unglück kommt selten allein

»Das Glück aber zum Glück ebenfalls«, hält Sophie dagegen.

»Das wäre wirklich zu hoffen«, sagt Liv.

»Wer's glaubt, wird selig«, unkt Pauli.

Träume nicht dein Leben, sondern lebe deinen Traum. Diesen Satz hatte ich schon verinnerlicht, bevor ich weder das Alphabet fehlerfrei aufsagen noch eins und eins zusammenzählen konnte. Meine Mutter hat ihn mir von klein auf eingetrichtert und sich ihre Träume erfüllt, wann immer es ging. Mittlerweile bin ich selbst Mama, und heute ist der *große* Tag meiner zweiundzwanzigjährigen, ältesten Tochter.

Nein, sie heiratet nicht, sie eröffnet ein Cook-up-Restaurant.

Verheiratet ist sie mit ihrem Beruf als Köchin, und das, seit sie genüsslich schmatzend ihren ersten Löffel Grießbrei verputzt hat.

»Toi, toi, toi, Schatz, ich bin unglaublich stolz auf dich. Trinken wir auf dein Wohl und darauf, dass das Restaurant-Projekt ein Hit wird«, sage ich, mein Herz zum Bersten voll von Mutterliebe.

»Danke, Mama«, sagt Liv und gibt mir ein Küsschen auf die Wange. »Ohne dich, Geli und Pauli hätte ich das alles nicht geschafft. Schade, dass Papa nicht dabei sein kann.«

Wir Erwachsenen stoßen mit einem Glas Crémant auf den Erfolg an, meine Tochter Pauline mit Cranberry-Schorle. Sie ist mit fünfzehn zu jung für Alkohol und findet Rauschmittel aller Art zum Glück (noch) *unfly*, also weit schlimmer als uncool.

Uns bleibt eine halbe Stunde bis zum Eintreffen der dreißig Gäste, die meine Tochter zur Eröffnung eingeladen hat.

»Ich wisch hier noch mal eben durch«, sagt meine Schwester Angelika, genannt Geli, und zugleich beste Freundin. Sie lehnt am Tresen, der den Innenraum des Restaurants von der offenen Küche trennt. »Falls jemand von der Presse ins Allerheiligste will.«

»Nimmst du dafür den Feudel, den du anhast?«, fragt Pauli und grinst sich eins.

Geli trägt einen buntgemusterten Minirock aus Nicki, ein fliederfarbenes, hautenges Oberteil und Overknee-Stiefel. Geli, mein sexy Seventies-Girl.

»Nein, zu wenig Stoff und nicht saugfähig genug«, kontert sie grinsend und zupft dann am Ärmel von Paulis Kleid. »Ich glaube, ich schnapp mir dafür lieber dein Outfit. Es ist doch aus Biobaumwolle, nicht wahr?«

Pauli giggelt, Liv holt unter der Spüle einen Wischeimer, Putzmittel und Lappen hervor und reicht alles ihrer Tante. »Danke, Tantchen, bist ein Schatz.«

Mit dem Hinweis »Schaue noch mal vorn nach dem Rechten« gehe ich in den Gastraum. Das *Liv's* besticht durch eine gelungene Mischung aus hellem puristischem Interieur und hübschem Blumenschmuck, an dem Pauli und ich in den vergangenen Tagen gewerkelt haben: kleine Einweckgläser, gefüllt mit zarten Zweigen weißer Kirschblüten, grünem Blattwerk und hellrosa Ranunkeln. Die dominierenden Farbtöne der Deko sind weiß-silber-grün, dazu passend habe ich Servietten und Tischkarten ausgewählt, die Geli mit kalligrafischem Geschick beschriftet hat.

Aus den Lautsprechern perlt leise Chill-out-Musik, von Pauli verächtlich als *Spotify-untauglich* bezeichnet.

Ich summe leise mit, während ich die Kerzen auf den insgesamt zwölf Tischen anzünde, die das *Liv's* nach und nach in warmes, sanftes Licht tauchen.

Gerade als ich einen letzten, prüfenden Blick auf alles werfe, ertönt ein gellender Schrei. Oh mein Gott, das klingt nach Liv! Ich stürze Richtung Küche und fege dabei einen Teil der Deko herunter. »Was ist passiert?«, frage ich panisch, und dann sehe ich sie: Meine Tochter liegt auf dem kalten, harten Küchenfußboden, ein Bein seltsam verrenkt, die Haare zerzaust und – das ist das Allerschlimmste – wimmernd vor Schmerzen, die ich ihr sofort abnehmen würde, wenn ich nur könnte.

Neben ihrem Kopf liegt der umgekippte Putzeimer, und das ausgelaufene Wischwasser nimmt gerade Kurs auf ihr zur Seite gedrehtes Gesicht.

»Ich rufe den Notarzt«, sagt Geli, kreideweiß im Gesicht, und umklammert das Handy.

Ich schiebe meine Knie als Kissen unter Livs Kopf. Von den Millionen Gedanken, die durch meinen Kopf wirbeln wie Flocken in einer Schneekugel, zählt nur einer: Ich muss Liv beruhigen. Und mich selbst auch, sonst bin ich ihr keine Hilfe. »Alles gut, meine Kleine«, sage ich beschwichtigend und streichle ihr Gesicht. »Der Arzt ist unterwegs und hilft dir gleich. Hältst du es noch einen Moment aus?«

»Es tut so weh«, jammert sie, obgleich sie sonst nicht mal eine Miene verzieht, wenn sie sich irgendwo stößt oder beim Kochen verbrennt. »Ich habe mir unter Garantie was gebrochen. Was machen wir denn jetzt?«

»Keine Panik, es ist bestimmt nicht so schlimm, wie du denkst«, versucht Pauli sie zu trösten.

Ich hingegen denke: Es ist noch schlimmer.

Viel, viel schlimmer.

Es zerreißt mir das Herz, zu sehen, wie meine Tochter leidet. Doch das ist leider nicht der einzige Anlass zur Sorge.

In spätestens zehn Minuten kommen Gäste, die allesamt verköstigt werden wollen.

Ich kann dummerweise nicht kochen.

Und Geli hat nur Trash-Essen aus den Siebzigerjahren wie »Falscher Hase«, »Käseigel« oder »kalter Hund« auf der Pfanne.

Und wo bleibt eigentlich Ben, unser Aushilfskoch?

Es heißt: *Nichts wird so heiß gegessen, wie es gekocht wird.* Dieser Spruch soll beruhigen. Doch so wie's momentan aussieht, wird hier in den nächsten Stunden garantiert weder gegessen noch gekocht, denn der Notarzt, der kurze Zeit später eintrifft, vermutet nach dem ersten vorsichtigen Abtasten einen Oberschenkelhalsbruch sowie einen Splitterbruch des rechten Handgelenks. Heildauer mindestens acht Wochen, Reha inklusive.

Während sich alles um mich dreht und ich versuche, nicht zu hyperventilieren, fällt mir noch ein Spruch aus der Kindheit ein: *Heute bleibt die Küche kalt, wir gehen in den Wienerwald.*

Das Problem ist: Es gibt keinen Wienerwald mehr, wo wir zumindest Hähnchen für die Gäste holen könnten.

Und auch keine Lösung für die Katastrophe, die gerade über das *Liv's* hereingebrochen ist, noch bevor wir das für die Dauer von zwei Monaten gemietete Cook-up überhaupt eröffnet haben …

Drei Wochen zuvor

1

MARC – PALMA DE MALLORCA

Kühlschrankinhalt Wohnung Palma:

zwei Flaschen José-Ferrer-Weißwein, Iberico-Schinken, Kühlpads, Manchego-Käse, Flan, Limetten, gesalzene Butter, eine Flasche Cava, Eier

Erde an Marc. Hörst du mir zu?«

Alba guckt mich so streng an wie eine missgelaunte Gouvernante ihren flegelhaften Schützling. Ich nehme es ihr nicht übel: Wir kennen uns lange, sind ein super Team und wirklich gut befreundet, also darf sie ab und zu so gucken.

»Ich habe dir gerade gesagt, dass wir beim morgigen Meeting mit den Leuten der Blanco-Hotelkette immens vorsichtig vorgehen müssen. Die sind restlos überzeugt von ihrem Konzept und lassen sich ganz sicher nicht gern ins Handwerk pfuschen, egal ob sie uns beauftragt haben oder nicht.«

»Was genau haben denn deine Recherchen ergeben?«, frage ich und setze mein Ich-bin-total-interessiert-Gesicht auf, obwohl ich in Gedanken dort war, wo ich nicht sein sollte, nämlich bei … Nun ja, lassen wir das.

Wenn ich nicht gerade abgelenkt bin, bin ich in der Regel äußerst interessiert an dem, was Alba sagt, denn

a) ich lebe exzellent von meinem Job als einer der erfolgreichsten Unternehmensberater für Hotellerie und Gastronomie europaweit und gedenke, das auch künftig zu tun,
b) Alba ist eine äußerst kluge und fähige Mitarbeiterin (zudem hochattraktiv), und ich bezahle sie fürstlich für Erkenntnisse und Aussagen dieser Art,
c) ich nehme jeden ernst, mit dem ich es zu tun habe.

Nun ja, fast.

Was mich allerdings hindert, Alba mit der nötigen Konzentration zu folgen, ist dieses plötzliche innerliche Rasen. Fühlt sich an, als trainiere mein Herz für die Olympischen Spiele in der Disziplin 400-Meter-Lauf. Ich hätte gestern Abend in meinem kleinen Anfall von Melancholie vielleicht nur eine *Cerveza Tramuntana* trinken sollen anstelle von drei Mojitos – man wird schließlich nicht jünger.

»Meine Spione haben mir Folgendes zugetragen«, raunt Alba und senkt dabei die Stimme, als sei mein Büro verwanzt und sie die Mata Hari von Palma. »Im Blanco-Hotel stimmt das Preis-Leistungs-Verhältnis in keinster Weise. Nehmen wir das Daybed auf der obersten Terrasse im sechsten Stock beziehungsweise den gesamten Loungebereich im fünften. Optisch ein Traum, keine Frage, denn man fühlt sich über den Dächern der Stadt wie in Marrakesch. Doch es gibt dort oben keinerlei Service. Nada, niente, gar nichts. Wenn du etwas zu essen oder zu trinken haben möchtest, musst du es dir selbst holen, und zwar von der Bar im Erdgeschoss. Ist das zu fassen bei einem Preis von 250 Euro die Nacht? Wohlgemerkt pro Person.«

»Wie bitte?«, frage ich ungläubig.

»Die offizielle Begründung für diesen Totalausfall an der Servicefront lautet, dass das Hotel keine Schanklizenz für die oberen Etagen hat.«

»Nicht dein Ernst?!«

Alba verzieht ihre wunderschönen, vollen Lippen zu einem spöttischen Lächeln. »Doch. Meine Informantin hat das Blanco, wie besprochen, explizit unter dem Aspekt der Beschwerden von Gästen im Internet getestet und ist in die Bar gegangen, um sich ein Glas Cava, eine Flasche Wasser, ein Bocadillo und einen café con leche zu holen. Die gelangweilten Kellner sind noch nicht einmal im Ansatz auf die Idee gekommen, ihr ein Tablett zu geben. Doch Tablett hin oder her, hast du schon mal versucht, so viele Dinge auf einmal unfallfrei in den Fahrstuhl und dann wieder hinaus auf die Terrasse zu balancieren? Urlaub geht eindeutig anders.«

Nein, habe ich nicht, denn ich pflege nicht in Absteigen dieser Art abzusteigen. Ich logiere für gewöhnlich fürstlich in Luxushotels, in denen ich keinen Finger krümmen muss, es sei denn, ich führe ein Glas Wein an meine Lippen.

»Denk mal an die komfortablen Servicetasten an den Sonnenschirmen in Beachclubs wie dem *Assaona* am Passeig Portixol«, ereifert sich Alba, die die Schwachstelle des Blanco-Hotels offenbar persönlich nimmt. Doch Alba hat recht. In diesem Hipster-Club bekommt man auf Knopfdruck alles, was das Herz begehrt, auch das bezaubernde Lächeln einer wunderhübschen Kellnerin. Oder ihre Handynummer, wenn man es charmant genug anstellt.

Doch zurück zum eigentlichen Thema: »Und was erzählt Monique sonst noch so?«

»Im Badezimmer ist ihr die Leiter auf den Kopf gefallen, auf der die Handtücher hängen, der Fernseher funktionierte nicht, und sie fand zur Krönung des Ganzen einen pinkfarbenen Slip aus Spitze in einem Fach des Kleiderschranks.« Alba schüttelt sich angewidert.

»Bist du schockiert von der mangelnden Sauberkeit oder vom

Design der Unterwäsche?«, frage ich amüsiert. »Stört dich die Farbe Pink, oder stehst du einfach nicht so auf Spitze?«

»Punktlandung in allen drei Bereichen«, erwidert sie, ohne mit den schwarz getuschten Wimpern zu zucken. »Im Übrigen sagt Monique, dass die Freundlichkeit des Personals generell ein Problem darstellt. Sie findet die Mitarbeiter blasiert und nicht besonders engagiert. Auch beim Frühstück musste sie viel zu lange warten, bis Speisen oder die Kaffeebohnen in der Maschine nachgefüllt wurden.«

»Mit anderen Worten: Der Service muss dringend verbessert werden, schließlich ist das Blanco ein Fünf-Sterne-Luxusschuppen in bester Lage und keine Jugendherberge«, fasse ich zusammen. »Ich sehe allerdings nicht, warum es ein Problem geben sollte. Wir machen beim morgigen Meeting klar, dass im Bereich Personal aufgestockt werden muss, und zwar ohne jede Diskussion. Die Geschichte mit der fehlenden Schanklizenz stammt aus dem Bereich der mallorquinischen Mythen und Märchen. Die haben einfach keine Lust, einen Kellner für die Lounge auf der Terrasse abzustellen und dafür Geld auszugeben. Aber das müssen sie, wenn sie wettbewerbsfähig bleiben wollen. In der Altstadt von Palma wimmelt es nur so von traumhaften Boutique-Hotels.«

»Sehe ich genauso«, sagt Alba. Ihre langen, zartgliedrigen Finger hämmern energisch Notizen für das morgige Meeting in die Tastatur.

Nachdem sie gegangen ist, öffne ich meinen riesigen Hightech-Kühlschrank, denn ich brauche dringend Wasser gegen den Kater, der so penetrant in meinem Kopf miaut, als hätte ihm jemand auf den Schwanz getreten.

Ich trinke ein Glas agua sin gas, da klingelt das Handy.

»Buenos días, mi amor«, schnurrt Conchita am anderen Ende der Leitung. »Bleibt es bei unserem Essen heute Abend?«

Ich habe Conchita versprochen, für uns beide zu kochen.

»Aber natürlich tut es das«, erwidere ich. Allerdings ohne den Schmusezusatz *mi amor*, denn dafür gibt es meinerseits keinerlei Anlass.

Poch, poch, dröhn – die Kopfschmerzen werden stärker.

Sollte ich mir doch eine Aspirin einwerfen?

»Muy bien, ich freue mich.« Aus Conchitas Schnurren wird laszives Gurren. »Bis später also.«

Ich murmle »Adiós« und schaue aufs Handy. Es ist kurz nach elf, ich muss einkaufen gehen, wenn ich genug Zeit haben möchte, Tapas variadas und eine Paella mit Meeresfrüchten zuzubereiten.

Hm, was gibt's eigentlich als Dessert? Der (fertig gekaufte) Flan reicht nicht für zwei Personen.

Kochen macht mir riesigen Spaß, doch Nachtisch ist absolut nicht meine Stärke, keine Ahnung, wieso.

Am einfachsten wird es sein, ich besorge eine Ensaimada und Turrón Almond Crocanti mit Meersalz bei *Jaume*, dem Delikatessenladen um die Ecke. Doch vorher muss ich unbedingt zum Mercat de L'Olivar 1, der Fischhalle Palmas.

Gedacht, getan, ab aufs Fahrrad und rein ins Vergnügen.

Beim Anblick von silbrig glänzenden Seehechten, den inseltypischen Felsmuscheln, Taschenkrebsen und Langusten in den Kühltresen der Markthalle läuft mir das Wasser im Munde zusammen. Ich bin hier schon als Kind gemeinsam mit meiner Großmutter Ilse einkaufen gegangen.

Ilse und ihr Mann Walter gehörten zu den ersten Deutschen, die eine Finca und Land auf der Insel erworben und bis zu ihrem Tod auf Mallorca gelebt haben. Bei der Erinnerung an Ilse wird mir warm ums Herz, aber auch ein bisschen wehmütig, denn sie fehlt mir. Sie hätte sich sofort begeistert auf den frischen Seewolf gestürzt oder auf den kiloschweren Oktopus, den ich allerdings nicht mehr esse, seit ich weiß, wie unfassbar klug diese Tiere sind.

»Hola, Marc, cómo estás?«, fragt Miguel, der Händler, bei dem ich am liebsten kaufe. »Was soll's heute sein? Wir haben fangfrischen Zackenbarsch.« Miguel entstammt einer Familie, die seit Generationen vom Fischfang lebt. Trotzdem muss sein Warenangebot durch Zukäufe aufgestockt werden, denn auch die Gewässer Mallorcas sind größtenteils leer gefischt.

Ich antworte: »Muy bien, gracias«, und widme mich meinem Vorhaben. Alles in Zusammenhang mit der Zubereitung von Speisen erfordert volle Aufmerksamkeit, einen gewissen Sinn für Logistik, Achtsamkeit und ein Herz für die Welt der Kulinarik, das habe ich schon früh gelernt. Ich diskutiere eine Weile mit Miguel darüber, welcher Fisch und welche Meeresfrüchte sich am besten für die Paella eignen, höre mir den neuesten Marktklatsch an und betrachte das lebhafte Treiben bei den Händlern um mich herum.

Im Gegensatz zu früher gibt es angesagte, neue Imbissstände, die Sushi, Austern und Bowls im Angebot haben. Die Zeit steht auch in den Mallorquiner Markthallen nicht still. Apropos Zeit: Ich muss dringend los.

Nachdem ich daheim den Fisch im Kühlschrank verstaut und eine weitere Flasche Cava kaltgestellt habe, gehe ich zu Fuß durch die schmalen Gassen von Palmas Altstadt zu *Jaume*.

Schon beim Betreten des kleinen Lädchens, das versteckt in einer Seitenstraße der Plaza Major liegt, sehe ich sie: eine äußerst attraktive Brünette, deren Kurven in einem roten Kleid toll zur Geltung kommen, mit Sonnenbrille im Haar, Sommersprossen auf den leicht gebräunten Armen und dem Dekolleté. Ihre markante Nase ist ein kleines bisschen schief, die Locken nicht so seidig glänzend, wie es das klassische Schönheitsideal verlangt. Sie ist nicht mehr ganz jung, schätzungsweise Mitte vierzig. Auf ihren vollen Lippen liegt ein herber Zug, der so gar nicht zu den warmen, haselnussbraunen Augen passt, mit denen sie einen kurzen Blick auf mich wirft. Ich schlängle mich an ihr vorbei zum Regal mit den süßen Köstlichkeiten und atme den Duft ein, der sie umgibt: eine wunderbare Mischung aus Vanille, Mango, Jasmin und Sandelholz.

Ein Duft von Sonne, Heimkommen und Abenden am Kamin.

In dem Moment, als ich mir die letzte Packung Turrón de Almendra aus dem Regal nehmen will, greift auch sie danach.

Es prickelt, knistert und … ja, es gibt einen Funkenschlag.

Sie sagt: »Lo siento mucho«, doch es muss ihr nicht leidtun.

Wow! Diese plötzliche Berührung war zugleich wunderbar sanft und so aufregend, wie ich es lange nicht mehr erlebt habe.

Nicht mehr seit …

Ritterlich, wie ich bin, reiche ich ihr die Süßigkeit und erkläre auf Spanisch, dass ich stattdessen einfach etwas anderes kaufen werde. Erneut sprühen die Funken wie Wunderkerzen in der Silvesternacht.

Sie fragt erfreut: »En serio?« Ihre Stimme ist ein bisschen rau, als sei sie es nicht gewohnt, viel zu reden. Sie scheint keine Spanierin zu sein, obgleich sie gut Katalanisch spricht.

Ich nicke, und sie lächelt. Mit diesem Lächeln verwandelt sich ihr Gesicht in das eines jungen Mädchens. Die leichte Melancholie in ihrem Blick ist verschwunden, der herbe Zug um den Mund wie weggeblasen.

Sie sagt erst »Muchas gracias«, dann »Adios«, bevor sie zur Kasse geht, begleitet von einer Frau, ein wenig älter als sie, die den kometenhaften Zusammenprall zwischen uns beiden stumm verfolgt hat. Dann verlassen beide das Geschäft.

»Alles gut, Marc?«, fragt Jaume mit amüsiertem Lächeln und tippt die Preise für die Ensaimada und die crema catalana in Einweckgläsern in die altmodische Registrierkasse.

Ich bin kurz davor, »Sí« zu sagen, doch dann fällt mir ein, dass gar nichts gut ist. Denn ich habe vergessen, die Unbekannte zu fragen, ob sie mit mir einen café con leche trinken will. Bestürzt über meinen Fauxpas rase ich aus dem Geschäft, doch die Menge von Touristen und Palmesanern, Gauklern und Straßenkünstlern hat die herbe Schönheit längst verschluckt.

Unwiederbringlich.

2

SOPHIE – PALMA DE MALLORCA

Kunst kommt von Können

»Die Kunst ist, zu akzeptieren, dass man nicht alles können kann«, findet Sophie. »Aber man kann es zumindest versuchen«, widerspricht Geli. »Es muss ja nicht immer alles perfekt sein.«

Wow, zwischen euch haben ja megamäßig die Funken gesprüht«, jubiliert meine Schwester Angelika dermaßen laut, dass man sie garantiert noch auf der Nachbarinsel Menorca hören kann. »Wieso hast du nicht mit dem Kerl geflirtet? Der stand total auf dich, du Funkenmariechen.«

»Ach Unsinn«, erwidere ich und umklammere meine Tasche, in der sich die süße Köstlichkeit befindet, die ich gerade für meine Tochter Liv gekauft habe. Irgendwie gibt mir dieses Klammern den nötigen Halt, den ich nach der hochexplosiven Begegnung mit dem attraktiven Mann brauche, der mir netterweise die letzte Packung Turrón de Almendra überlassen hat.

Ich bin, um es mit den Worten meiner Tochter Pauli zu formulieren, blitzartig eskaliert. Wie komme ich denn jetzt wieder runter von diesem Trip?

»Was hätte ich deiner Meinung nach sagen sollen? Sie sehen sympathisch aus, wollen Sie mich heiraten?«

Oje – was rede ich da bloß?

Seit fünf Jahren habe ich nicht einen einzigen Gedanken an einen anderen Mann als Simon verschwendet.

Nicht den allerklitzekleinsten.

Und nun schwafle ich was von Hochzeit?

Bloß raus aus der Sonne, Sophie, aber schnell!

»Kaffee oder ein Glas vino tinto hätte fürs Erste genügt«, sagt Geli augenzwinkernd und bleibt vor einem der zahllosen Schmuckstände auf der bei Touristen beliebten Plaza Major stehen. »Irgendwann musst du dich dem Leben wieder öffnen, genau wie der Liebe. Es ist jetzt immerhin schon fünf Jahre her …«

Erst fünf Jahre, korrigiere ich meine ältere Schwester innerlich. Erst!

»Was soll das heißen, ich verschließe mich dem Leben?«, protestiere ich empört, während Geli einen silbernen Ring mit glitzerndem Strass und einem Stein aus Rosenquarz anprobiert. Meine große Schwester steht auf alles, was funkelt und glänzt. Allerdings lässt sie sich auch schnell blenden, vor allem von Männern, die ihr nicht guttun. Es ist nun mal nicht alles Gold, was glänzt. »Ich bin schon lange kein Trauerkloß mehr, ich stürze mich gerade voller Elan in Livs Cook-up-Projekt, ich habe Spaß am Korrekturlesen von Paulis Blog, ich … ich gehe sogar manchmal wieder aus …«

Geli legt den Ring zurück auf das Samtkissen. »Das stimmt, Süße, bitte entschuldige. Keine Ahnung, was in mich gefahren ist. Dieser Malkurs in Deià und die Trennung von Rupert machen mich irgendwie ganz irre.«

»Irrer, als du es ohnehin schon bist?«, frage ich grinsend.

Ich muss dringend das Stimmungsbarometer auf *hoch* bringen, schließlich sind Geli und ich hier, um für ein paar Tage Urlaub zu machen, uns zu erholen und Spaß zu haben. »Und weil du so irre bist und ich dich ganz schrecklich lieb habe, schenke ich dir jetzt diesen Ring.«

Geli fällt mir juchzend um den Hals. Schön, wenn ich ihr eine Freude machen kann, schließlich hat sie gerade Liebeskummer. »Ich finde, du kannst froh sein, dass du den Kerl endlich los bist. Der Rosenquarz ist ein Heilstein fürs Herz und soll dir dabei helfen, künftig Abstand zwischen dich und all die Nieten zu bringen, mit denen du in den letzten beiden Jahren deine kostbare Zeit verschwendet hast.«

Keine Ahnung, wie sie es mit den Typen ausgehalten hat.

Bei Haaren, die aus Männernasen oder Ohren quellen, ist bei mir ganz schnell der Ofen aus (bei Rupert war beides der Fall. Ekelhaft!). Wenn *Mann* zudem noch chronisch pleite ist, raucht wie ein Schlot und nie jemanden ausreden lässt, ist das für mich dermaßen indiskutabel, dass ich schon nach fünf Minuten schreiend das Weite suchen würde.

Geli brauchte für diese Erkenntnis leider fünf Monate.

»Danke, Schwesterherz, du bist die Beste«, sagt sie und zieht mich mit zu einem Stand mit Lederwaren.

Was man über meine 54-jährige Schwester wissen muss: Geli fährt – wie unsere rastlosen Eltern, die ständig auf Reisen sind – voll auf die 1970er-Jahre ab. Sie liebt Schlaghosen, die Farben Orange, Braun und Grün, stöbert auf Flohmärkten nach Brillen im John-Lennon-Style, Lederröcken mit Patchwork-Muster und Druckknöpfen, hört Joan Baez, die Rolling Stones, Cat Stevens und Bob Dylan. Schwupps, sitzt in diesem Moment auch schon ein Hut auf ihrem Kopf, unter dem die langen, gelockten Blondhaare gut zur Geltung kommen.

»Hast Ähnlichkeit mit Janis Joplin auf dem Cover des Woodstock-Albums«, lobe ich, weil ich weiß, wie sehr Geli für die Bluessängerin schwärmt. »Aber sieht der Hut nicht aus wie all deine anderen?«

»Auf gar keinen Fall«, schnaubt sie empört. »Dieser hier ist viel … äh, heller … und …«

»Und muss einfach mit, ich verstehe schon.«

Was für Geli Siebzigerjahre-Tand ist und für andere Frauen Schuhe, sind für mich Handtaschen, also halte ich besser die Klappe. Hauptsache, meine Schwester ist happy.

Nach einer Stunde Bummeln durch die Altstadt Palmas, eine meiner absoluten Lieblingsstädte, wird es am Passeig de Born plötzlich so voll wie zur Weihnachtszeit in der Hamburger Innenstadt.

»Haben die gerade wieder Tausende von Passagieren aus den Kreuzfahrtschiffen in die Stadt gekippt?«, knurrt Geli.

Ich weiche einer Dame aus, die mit derart vielen riesigen Einkaufstüten beladen ist, dass sie auf ihren High Heels schwankt wie ein Schiff auf kabbeliger See.

»Vermutlich«, antworte ich und fächle mir mit einer Postkarte Luft zu. Es ist erst Ende April, doch tagsüber klettert das Thermometer schon auf knappe dreißig Grad. In den Gassen Palmas sammelt sich die Hitze, und die Fassaden der wunderschönen Jugendstilhäuser strahlen Wärme ab. Puh! Das bin ich gar nicht mehr gewohnt. Aber ich genieße das Wetter sehr, denn ich bin ein echtes Sommerkind, und frage mich, weshalb ich ausgerechnet in einer Stadt wie Hamburg geboren wurde, die nicht gerade für dauerhaft schönes Wetter bekannt ist.

Während es in Hamburg vierzehn Grad sind und es in Strömen regnet, wird hier emsig Eis geschleckt und Aperol Spritz getrunken – »endless summer« auf der bei uns Deutschen so beliebten Baleareninsel und eine meiner liebsten Inseln überhaupt.

War der attraktive Mann vorhin eigentlich Mallorquiner?

Mit den leicht gewellten, blonden Haaren, dem sympathischen Gesicht und den traumschönen, blaugrauen Augen hätte er genauso gut Deutscher sein können. Zudem war er größer als der Durchschnittsspanier an sich.

Mist, wieso geht er mir nicht aus dem Kopf?

Wir haben uns doch nur ganz kurz gesehen.

Ich bin eigentlich gar nicht der Typ, der sich von bloßen Äußerlichkeiten wie einem tollen Körperbau (hatte der Mann aber dummerweise auch noch!) beeindrucken lässt.

Oder machen mich einfach die Temperaturen und das Urlaubsfeeling vollkommen gaga? Läuft es mit diesem Kerl ähnlich wie mit dem kunterbunten Strandkleid, das man im Urlaub super findet, weil der Himmel so blau, das Wetter so schön und das Leben gerade insgesamt so unfassbar grandios ist?!

»Meinst du, ich sollte noch mal zu dem Delikatessenladen zurückgehen und den Besitzer fragen, ob er …«

Oh mein Gott! Habe ich das eben wirklich gesagt?!

Ich sollte echt in den Schatten gehen, die Sonne verbrutzelt mir offenbar das Gehirn.

»Na klar, super Idee«, jubelt Geli, die mich auch versteht, wenn ich in Halb- oder Viertelsätzen rede, kramt das Handy aus der Ledertasche mit Fransen und tippt auf den Tasten herum. »Aber wir laufen auf gar keinen Fall wieder zurück. Ich rufe in dem Laden an und frage den Besitzer, ob er den Typen kennt, bevor wir den ganzen Weg womöglich umsonst machen. Meine Füße haben die Größe von Elefanten und bringen mich gleich um. Lass uns bitte ganz schnell auf einen Apéro zur Bar Bosch, sonst drehe ich durch. Oder werfe mich schreiend auf den Boden. Vielleicht auch beides.«

Bevor ich weiß, wie mir geschieht, hat Geli schon den Namen des Ladens gegoogelt und jemanden am Apparat. Ihre Füße müssen wirklich schmerzen, sonst würde sie so etwas nie machen, denn sie spricht nicht ganz so gut Spanisch wie ich (immerhin lebe ich beruflich davon).

»Yo soy Angelika Hartmann. Ich wollte … Ich würde mich gern im Namen de mi hermana Sophie bei dem Herrn von vorhin bedanken, weil er so nett war …«, radebrecht Geli tapfer, aber nicht gerade zielführend. Also nehme ich ihr das Handy weg, doch plötzlich ist die Leitung tot. Gelis Akku hat mal wieder schlappgemacht. Wieso denkt sie nie daran, das Ding aufzuladen, bevor wir losziehen?

»Tja, dann musst du wohl dein Handy nehmen«, sagt Geli und steuert zeitgleich zielstrebig auf einen der Tische der beliebten Bar zu, an dem ein älteres Ehepaar gerade zahlt. »Oder hast du es wieder im Apartment vergessen?«

Punkt für sie.

Ich krame erfolglos in meiner neuen Handtasche (rund, aus Korb), in die man außer Taschentüchern, Süßigkeiten und einem Lippenstift besser nichts reintut, das einem am Herzen liegt und das man nicht verlieren möchte.

»Dann lass uns hier was trinken, ich bestelle mir einen Bottich Eiswasser für die Füße, und dann gehen wir wieder zur Plaza Major zurück«, schlägt Geli vor, die Nase bereits tief in der Getränkekarte.

»Das machen wir auf gar keinen Fall«, widerspreche ich mit Blick auf die Armbanduhr. »Wir verpassen sonst das Treffen mit anschließendem Essen mit den Teilnehmern deines Malkurses. Du Cava auf Eis und ich Lillet Wild Berry?«

Wahrscheinlich ist es ganz gut, dass mein kleiner, ungeplanter Ausflug in die Welt des Flirtens ein abruptes Ende gefunden hat. Ich betrachte das mal als mahnenden Fingerzeig des Schicksals: Das mit mir und dem tollen Unbekannten sollte einfach nicht sein!

Punkt einundzwanzig Uhr beginnt die *cena*, so heißt das Abendessen auf Spanisch.

Da ich mich nicht selbst finden muss und zudem eine große Abneigung gegen gruppendynamische Prozesse habe, bin ich kein Mitglied der *malenden Frauen* und beschäftige mich anderweitig, wenn Geli in den kreativen Sphären ihres Kurses schwebt.

»Geht's euch allen gut?«, fragt Pablo, der Leiter, der mich unbedingt kennenlernen wollte und deshalb heute mit zum Essen eingeladen hat.

Pablo macht seinem Namen alle Ehre: Er ist klein, rundlich und hat kaum noch Haare auf dem Kopf. Anstelle des quer gestreiften Shirts seines kreativen Namensvetters trägt er einen bodenlangen Kaftan, den man auch getrost als Jutesack bezeichnen kann. Wieso ausgerechnet ein Mann der Leithammel eines Workshops ist, der »Frauen malen auf Mallorca« heißt, ist mir schleierhaft. Aber was soll's, Pablo scheint nett zu sein, und solange es für die *Damen* in Ordnung ist ...

Geli besucht seinen Kurs schon zum dritten Mal, weil sie Pablo mit seinem kreativen Talent und der leicht spirituellen Ader großartig findet – und Malen auf Mallorca sowieso.

»Seid ihr alle in eurer Mitte und im Flow?«, fragt er und blickt jede einzelne der Teilnehmerinnen an, die an der langen, liebevoll gedeckten Tafel im windgeschützten Patio seiner Finca sitzen, mich eingeschlossen.

Gelis Augen leuchten, sie nickt bekräftigend und antwortet aus vollem Herzen: »Ja.«

Auch die anderen Damen sagen Sätze wie: »Es tut so gut, hier zu sein«, »Endlich kann ich loslassen«, »Ich entfalte hier mein kreatives Ich« oder: »Das hier ist mein Seelenort«.

Ich persönlich finde es auch ganz hübsch hier. Wer sitzt nicht gern unterm Sternenhimmel und atmet den Duft von Orangenblüten ein? Ich liebe auch dieses schöne Keramikgeschirr und den Stoff, aus dem die Kissen und das Tischtuch gefertigt wurden.

Er ist blau-weiß und mit dem für Mallorca typischen Rautenmuster, genannt Llengos, bedruckt.

Doch ich antworte nicht auf die Frage des *Meisters*, schließlich bin ich keine angehende Künstlerin. Und zahle auch keinen aus meiner Sicht ziemlich überteuerten Preis für Action-Painting und Urschreitherapie unter Olivenbäumen.

»Und du, Sophie?«, will Pablo wissen.

Oops, was antworte ich denn jetzt?

Wahrscheinlich kann er Gedanken lesen, denn ein amüsiertes Lächeln umspielt seine Lippen. »Keine Antwort ist auch eine Antwort«, sagt er schmunzelnd. »Auch wenn das jetzt sicher merkwürdig für dich klingt: Magst du mir mal deine Handflächen zeigen?« Überrumpelt von Pablos Frage nicke ich, und so schnappt er sich meine Hände, dreht, wendet und knetet sie leicht. Dann betrachtet er sie mit der Akribie einer Expertin für Nageldesign oder einer Wahrsagerin. Seine Berührung fühlt sich angenehm an, obschon die Situation ein bisschen skurril ist.

Die Augen aller neun Teilnehmerinnen sind gespannt auf mich gerichtet. Im Patio ist es mucksmäuschenstill. Mein Herz pocht vor Aufregung. Was kommt denn jetzt bitte?

»Diese Hände sind wie gemacht für die Kunst«, befindet Pablo schließlich und wechselt in einen leicht theatralischen Tonfall. »Wieso kommst du morgen nicht auch zu uns in den Kurs, guapa.«

Aha, daher weht der Wind! Der Mann will Geld mit mir verdienen und versucht mittels eines Kompliments, mich in seinen Kurs zu locken. Doch sosehr es mir auch schmeichelt, dass er mich hübsch findet – malen ist meine Sache nicht. Bei mir sehen alle Zeichnungen aus, als sei ich in meiner frühkindlichen Phase stecken geblieben, und leider auch dermaßen dilettantisch, dass das Ganze noch nicht mal als naive Malerei durchgeht.

Also murmele ich: »Danke für das nette Angebot, aber ich mache morgen einen Ausflug mit dem Katamaran. Den ganzen Tag, Dämmertörn und Sonnenuntergang inklusive.«

Geli hebt fragend die Augenbrauen, sie weiß, wie schwer es mir fällt, zu schwindeln.

»Wenn du nicht malen willst, solltest du unbedingt etwas anderes mit deinen Händen machen«, fährt Pablo ungerührt fort und hält weiter meine Hände in seinen.

»Vielleicht kochen. Kochst du gern?«

Gelis Blick kreuzt meinen für eine Sekunde.

In ihren Augen liegen Bedauern und Trauer.

Mein Herz sinkt ins Bodenlose.

Und meine Kehle schnürt sich so eng zusammen, dass es mir den Atem raubt.

Pablo wartet meine Antwort allerdings gar nicht ab, sondern hat offenbar eine eigene parat: »Vor fünf Jahren ist dir etwas Schreckliches widerfahren, das tiefe Wunden hinterlassen hat. Es ist Zeit für dich, neue Wege zu gehen, das spüre ich ganz deutlich. Doch glaub mir, das Leben geht weiter. Viva la vida, guapa. Genieß es und mach etwas draus. Du wirst sehen, wie schön es ist, nach all der Dunkelheit wieder auf der Sonnenseite zu stehen. Richtung Sonne musst du allerdings selbst gehen.«

3

MARC – PALMA DE MALLORCA

Kühlschrankinhalt Wohnung Palma:

Reste von Paella Frutti di Mare,
eine halbe Flasche Cava, gesalzene Butter,
Beluga Gold Line Nobel Russian Vodka, Kühlpad

Ice, ice, baby!
In der Hoffnung, dass das Kühlpad auf meiner Stirn endlich seine schmerzlindernde Wirkung entfaltet, denke ich an den Song des Rappers Vanilla Ice und summe ihn zur Beruhigung mit. Allerdings nur innerlich, alles andere wäre peinlich.

»Geht's dir inzwischen ein bisschen besser, cariño?« Conchita robbt sich so nah an mich heran, dass ich ihren Atem riechen kann, eine Mischung aus Kaffee und Sehnsucht nach Liebe. Dann gibt sie mir einen Kuss. Das Kühlpad rutscht mir von der Stirn und landet neben dem Kopfkissen. Na toll!

»Nicht wirklich«, erwidere ich und stöhne ostentativ. »Am besten, du lässt mich jetzt allein, damit ich noch ein bisschen meditieren kann, bevor das Meeting beginnt.«

»Du meditierst?« Conchita reißt erstaunt die Augen auf.

Das stimmt natürlich nicht, doch das muss ich ihr ja nicht auf die Nase binden.

Vage antworte ich: »Manchmal«, und deute auf den Zeiger des Weckers, der auf meinem Nachttisch steht.

»Schon verstanden, du willst mich los sein«, sagt Conchita und schlägt das dünne Bettlaken beiseite.

Ich bemühe mich zu ignorieren, dass sie nackt ist und verdammt sexy.

Aber lange nicht so sexy wie …

Sie verschwindet im Bad, ich höre das Wasser der Dusche rauschen, und zehn Minuten später ist sie tatsächlich bereit zum Aufbruch.

Ich liege immer noch im Bett und fühle mich schwer wie Blei.

Conchita beugt sich über mich und gibt mir einen langen Kuss. »Beim nächsten Mal bist du aber wieder in Form, ja?«, gurrt sie und fährt mit dem rot lackierten Nagel des rechten Zeigefingers über meinen Bauch bis zum Bündchen des Slips.

Zum Glück erwartet sie keine Antwort auf ihren charmanten *Befehl*, der in meinen Ohren klingt wie eine Drohung.

Kein Wunder, dass die gerade summen und brummen, als nistete ein Schwarm Hornissen darin.

Endlich fällt die Tür ins Schloss, ich bin allein.

Ich bleibe liegen, bis das Klackern von Conchitas Absätzen verhallt ist, und setze mich dann stöhnend auf.

Mein Gott, ist das heiß hier.

Wieso fühle ich mich schon wieder, als hätte ich einen ausgewachsenen Kater? Wir haben gestern doch nur eine halbe Flasche Cava getrunken. Conchita zusätzlich eine Flasche Weißwein, keine Ahnung, wie sie das schafft. Allerdings ist sie auch erst siebenundzwanzig und nicht neunundvierzig wie ich.

Einen Becher Kaffee und eine ausgiebige kalte Dusche später stehe ich gestylt vor dem Spiegel. Ein kurzer Blick auf den hellen Anzug, das weiße Hemd und die frisch geputzten Schuhe – und dann ab dafür.

Das Management der Blanco-Group erwartet Alba und mich eine halbe Stunde später im Besprechungsraum des Hotels.

Ich begrüße die Anwesenden mit »Hola« und setze mich auf einen der bunten Stühle am Besprechungstisch, Design Arne Jacobsen. Im Blanco legt man viel Wert auf Optik.

Alba, heute im strengen Businessanzug, die langen, tiefschwarzen Haare geglättet, nimmt neben mir Platz.

»Guten Morgen«, erwidert Karen White, CEO der Blanco-Group, Typ Eiskönigin. »Dann schießen Sie mal los.«

Die Besprechung findet also auf Deutsch statt.

Alba projiziert via Tablet Tabellen an die Wand, Tortendiagramme und vieles mehr. In sachlichem Tonfall schildert sie gnadenlos die Schwachstellen des Palmesaner Hotels und lässt keinen Zweifel daran, dass sie den Betreibern der Kette unterstellt, diese Personalpolitik auch an den anderen Standorten zu fahren. Keine besonders diplomatische Taktik, aber wir haben uns darauf geeinigt, dass wir in dieser Sache offensiv auftreten.

Karen White und ihr Adlatus, ein junger, konturloser Mann Mitte zwanzig, folgen aufmerksam Albas Ausführungen.

Mir wird warm.

Ich öffne die beiden obersten Knöpfe meines weißen Hemds.

Funktioniert die Klimaanlage hier drin nicht, oder sparen die auch an diesem Komfort?

»Sie unterstellen uns also, die fehlende Schanklizenz als Ausrede dafür zu benutzen, unseren Gästen einen Service vorzuenthalten, der ihnen in dieser Luxuskategorie eindeutig zusteht?!« Karen Whites Stimme ist messerscharf und zerteilt die Konferenz schlagartig in zwei gegnerische Lager: Die Blanco-Hotel-Group vs. Marc Bauer Consulting. »Wie kommen Sie denn auf eine derart infame Idee?«

Albas Augen suchen meinen Blick.

Mir wird noch heißer als eben, allerdings vor Wut. Ich mag keine Menschen, die bei sachlichen Themen emotional werden und Worte wie *infam* benutzen. Das

ist a) unprofessionell,
bringt b) nur Ärger,
führt c) zu nichts,
ist d) extrem kindisch und unreif.

Das Ziel unseres Auftrags lautet: die Zufriedenheit der Gäste der Hotelkette zu steigern und zu verhindern, dass die Buchungsrate sinkt.

Und genau das werden wir tun.

»Ist sie tatsächlich so infam, oder entspricht sie nicht vielmehr den Tatsachen?«, frage ich zurück. »Das Frühstücksrestaurant liegt im Erdgeschoss, und auch da fehlt es an Personal, das rechtzeitig Kaffee in die Maschine füllt, frisches Obst und Säfte bringt, bevor alles weg ist. Ich frage mich auch, ob sich Ihre Gäste nicht weitaus entspannter fühlen würden, bekämen sie Kaffee und Tee serviert.«

»Im Personalbereich Restaurant gab es kürzlich krankheitsbedingte Engpässe, die bald behoben werden«, mischt sich nun der blasse Jüngling ins Gespräch ein. »Zum Thema Schanklizenz kann ich nur sagen, dass gerade Ihnen bewusst sein müsste, wie viele Steine die Behörde in Palma der Gastronomie und Hotellerie in den Weg legt, die nicht von Insulanern betrieben wird. Wir sind nicht das einzige Haus auf der Insel, das mit derartigen Problemen zu kämpfen hat. Der Antrag auf Genehmigung läuft seit einem Jahr, ich kann Ihnen gern die entsprechenden Dokumente zeigen.«

Alba hebt ihre Augenbrauen und wippt mit den Füßen.

Mir wird plötzlich schwindelig, der Raum beginnt sich zu drehen. Meine Brust fühlt sich an wie in einen Schraubstock gepresst. Meine Kehle verengt sich dramatisch, meine Hände und Füße kribbeln, als spazierte eine Horde Ameisen darauf herum.

Ein scharfer Schmerz schießt mir in den linken Arm.

Das ist es.

Das Ende.

Ein Herzinfarkt.

Genau wie bei meinem Vater.

»Können Sie mich hören, Marc?«

Seltsam. Irgendjemand spricht mit mir.

Ist das so, wenn man tot ist?

Ja, da ist Licht.

Angenehmes, warmes Licht.

Mir ist auch nicht mehr so heiß.

Ich kann wieder atmen.

Vielleicht ist es ja auch gar nicht so schlimm, tot zu sein.

Dann hat man wenigstens keine Schmerzen mehr.

Und kennt keine Trauer.

»Er wacht auf«, höre ich die Stimme sagen. Sie hat Ähnlichkeit mit der von Doktor Alfonso Romero, meinem Hausarzt.

Ist der etwa auch gestorben?

»Sprechen Sie mit ihm, Alba. Auf Sie wird er hören.«

Warmer Atem nähert sich meinem Ohr und kitzelt angenehm. »Marc, bist du wach? Kannst du was sagen? Du hattest eine Panikattacke, nichts Schlimmes, also mach dir bitte keine Sorgen.«

Eine … Panikattacke?!

Ich bin also noch am Leben und nicht im Himmel?

»Öffnest du bitte die Augen oder gibst mir irgendein anderes Zeichen, damit ich weiß, dass es dir gut geht.«

Alba klingt echt besorgt, also tue ich ihr besser den Gefallen. Kompetente Mitarbeiter darf man auf gar keinen Fall vergraulen, sonst hat man genau solche Probleme wie die Blanco-Hotelkette.

»Alba? Wo bin ich?« Zu mehr als dieser Frage reicht meine Kraft nicht.

»Immer noch im Hotel«, erwidert Alba. »Karen White und ihr Schnulli sind weg. Und wir sollten auch schleunigst von hier verschwinden.«

Plötzlich pikst es in meinem Arm.

Was ist denn jetzt schon wieder los?

»Das war ein kleiner Cocktail aus belebenden Substanzen«, erklärt der tollste Arzt auf Erden, offenbar vom Himmel geschickt. »Damit sind Sie ganz schnell wieder auf den Beinen. Nehmen Sie sich den Rest des Tages frei, ruhen Sie sich aus und kommen Sie morgen früh in die Sprechstunde. Dann reden wir über das, was gerade passiert ist.«

Doktor Romero schließt den Arztkoffer, tippt sich zum Abschied kurz an die Stirn, dann ist er weg.

»Alles okay so weit?«, fragt Alba, die neben mir auf dem Boden kauert und so traurig aussieht wie ein Kind, dem klar wird, dass es keinen Weihnachtsmann gibt. »Ich habe mir echt Sorgen gemacht, als du plötzlich vom Stuhl gekippt bist. Ich …« Ihre Stimme wird brüchig.

»Du dachtest, ich hätte einen Herzinfarkt, genau wie mein Vater, nicht wahr?«, frage ich. Es fällt mir schwer zu sprechen. Meine Stimme klingt seltsam dünn.

Was zur Hölle ist hier gerade passiert?

»Natürlich dachte ich das«, murmelt Alba bedrückt. »Schließlich habe ich damals alles mitbekommen, vor allem, wie sehr du gelitten hast. Du musst unbedingt auf den Rat von Doktor Romero hören. Das war ein Warnschuss, den du ernst nehmen solltest. Du arbeitest zu viel, bist äußerst perfektionistisch und auch nicht mehr …«

»... der Jüngste«, vervollständige ich seufzend Albas Satz und setze mich mühsam auf. Ich weiß, dass ich mich, statistisch betrachtet, in der medizinischen Gefahrenzone befinde.

Mein Vater war dreiundfünfzig, als er starb, zusammengebrochen beim Joggen. Ein gnädiger Tod für ihn, eine absolute Katastrophe für meine Mutter, mich und seine Eltern, Großmutter Ilse und ihren Mann Walter.

»Ich verspreche es hoch und heilig, ich werde kürzertreten. Wie bist du denn eigentlich mit der Eiskönigin und ihrem namenlosen Diener verblieben?«, frage ich und schaffe es endlich aufzustehen.

Beim Gedanken daran, dass ich vor Karen Whites Augen zusammengeklappt bin wie ein Taschenmesser, könnte ich ausrasten. Die nimmt mich doch nie wieder ernst. Das würde ich an ihrer Stelle auch nicht tun.

»Sie entzieht uns garantiert den Auftrag«, erwidert Alba und steht nun ebenfalls auf. »Und ich fürchte, wir können nichts dagegen machen, außer zu hoffen, dass sie nicht herumtratscht, was im Meeting passiert ist.«

»Darüber reden wir noch, aber nicht mehr heute«, sage ich, als wir uns am Eingang des Hotels trennen. Alba muss zu einem weiteren Termin und ich zurück in meine Wohnung und eine Strategie für Schadensbegrenzung entwickeln.

Erst die gestrige Schlappe mit Conchita und nun das Debakel mit einem echt dicken Fisch als Auftraggeber – irgendetwas läuft hier gerade gewaltig schief, und ich habe nicht vor, mich dem kampflos zu beugen.

»Es nützt alles nichts, Sie müssen dringend etwas für sich tun und zur Ruhe kommen«, bekräftigt Doktor Romero seine Aussage vom Vortag, als ich wie vereinbart um neun Uhr morgens in seiner Praxis in der deutschen Facharztklinik aufschlage. »Sie wissen, was eine Panikattacke ist?«

Ich nicke. Schließlich habe ich gestern am eigenen Leib erfahren, wie es sich anfühlt, wenn man glaubt zu sterben. Zudem gibt's ja auch noch Doc Google, den ich natürlich sofort konsultiert habe.

»Im Grunde ist sie vor allem ein Hilfeschrei der Seele, den man ernst nehmen sollte. Haben Sie zurzeit Sorgen? Themen, die Ihnen nachts den Schlaf rauben? Unverarbeitetes, das Ihnen zu schaffen macht?«

Ich schüttle den Kopf.

Bis auf die kleinen Zwischenfälle läuft alles nach Plan. Conchita ist eben einfach nicht so mein Typ, außerdem möchte sie auf Biegen und Brechen eine Beziehung. So viel Druck kann einen Mann schon mal schachmatt setzen. Und gestern? Nun, da war es heiß, ich hatte die Nacht zuvor schlecht geschlafen, ich …

»Wir haben gerade vor einem Monat den alljährlichen Gesundheitscheck gemacht, und da war alles in bester Ordnung. Demnach kommt nur eine seelische Ursache für diese akute Krise infrage. Haben Sie schon mal daran gedacht, einen Therapeuten aufzusuchen?«

Doktor Romeros Frage fliegt mir um die Ohren wie ein Bumerang.

»Was soll ich denn bitte bei einem Seelenklempner?«, frage ich empört. »Ich bin doch nicht verrückt.«

»Wenn Sie das so sehen, rate ich Ihnen auf alle Fälle zu einer Auszeit von mindestens vier Wochen in einer Umgebung, in der Sie sich wohlfühlen, und nicht in Versuchung geraten, zu arbeiten. Überlassen Sie alles Alba und machen Sie ausschließlich das, was Ihnen guttut. Treiben Sie Sport, gehen Sie mal wieder in die Oper, erlernen Sie eine Technik wie Progressive Muskelentspannung nach Jacobson oder gehen Sie zum Yoga. Mir fällt gerade ein: Sie kochen doch so gern, wäre das nicht etwas Passendes? Kochen ist auch eine Art Meditation.«

»Ich soll mir eine Auszeit nehmen, um mal in Ruhe zu kochen?«, frage ich zweifelnd.

»Wenn Sie sich nicht an meine Empfehlung halten, besteht die Gefahr, dass sich derlei Attacken wiederholen. Glauben Sie mir, ich kenne mich bestens mit diesen Dingen aus.« Der Tonfall des Arztes ist mit einem Mal ungewohnt streng. »Solche Anfälle können, wenn sie unbehandelt bleiben, in eine Angststörung münden, oder Sie erkranken möglicherweise an einer schweren Depression. Wollen Sie das?«

Was für eine Frage?! Natürlich will ich nichts von alledem.

»Okay, okay, ich nehme mir eine Auszeit«, murmele ich. »Von mir aus koche ich auch, bis der Arzt kommt, wenn Sie glauben, dass das hilft.«

Mein Gehirn rattert auf Hochtouren auf der Suche nach einer Lösung. Soll ich Doktor Romeros Schreckensszenario wirklich glauben? Übertreibt der Mann nicht gnadenlos?

Andererseits habe ich, bis auf ein oder zwei frei Tage, seit vier Jahren keinen Urlaub mehr gemacht. Wenn ich auf Mallorca bin, gerate ich unweigerlich in Versuchung, zu arbeiten, schließlich befindet sich das Büro in meiner Wohnung.

Es gibt nur eine einzige Stadt außer Palma, die ich liebe, in der ich mich zu Hause fühle und wo ich zufällig sogar eine Wohnung besitze.

Und das ist Hamburg.

4

SOPHIE – PALMA DE MALLORCA

Die Hoffnung stirbt zuletzt

»Das stimmt. Lang lebe die Hoffnung!«, ruft Sophie.
»Hoffnung? Welche Hoffnung?«, fragt Pauli skeptisch.
»Sei doch nicht immer so pessimistisch«, widerspricht Liv und knufft ihre Schwester in die Seite.

Noch den Rest der Ananas verputzen, den Geli mir gestern übrig gelassen hat, und dann ab in den Mietwagen. Ich schleiche auf Zehenspitzen durch unser Apartment, denn mein Schwesterherz schläft noch, und ich will sie auf gar keinen Fall wecken. Schlimm genug, dass ich nach Pablos kryptischen Bemerkungen, die tatsächlich ins Schwarze getroffen haben, heute Nacht kaum ein Auge zugemacht habe. Seine Mutmaßung hat einen Schmerz aufgewühlt, dem ich seit Jahren versuche zu entfliehen, daher brauche ich jetzt dringend Abwechslung und andere Eindrücke. Die Fahrt zum Kloster Valldemossa wird mir guttun und mich auf andere Gedanken bringen, jawoll!

Seit Tagen freue ich mich darauf, den Ort wiederzusehen, an dem die berühmte Schriftstellerin George Sand und der Komponist Frédéric Chopin eine Weile gemeinsam in einer Mönchszelle gelebt haben. Literarisch verarbeitet wurde der Liebesreise-Flop des kränkelnden Komponisten und der französischen Autorin, die eine heftige Abneigung gegen die Insulaner hegte (»Die Männer lesen nicht. Die Frauen machen nicht einmal Näharbeiten«), im Buch *Ein Winter auf Mallorca*.

Will man den Heerscharen von Touristen entfliehen, die das Kloster jährlich besuchen, ist es ratsam, entweder in den Abendstunden oder, wie ich heute, frühmorgens zu dem auf vierhundert Meter Höhe gelegenen Bergdorf zu fahren.

Kaum habe ich mich in den kleinen, quietschgelben Seat gesetzt, klingelt mein Handy. Auf dem Display steht Liv.

»Hallo, Schatz, du bist aber früh auf den Beinen«, sage ich. »Alles gut bei euch zu Hause?«

Wenn Pauli oder Liv anrufen, statt eine WhatsApp zu schicken, mache ich mir sofort Sorgen. Beide telefonieren nur im äußersten Notfall, und auf den kann ich persönlich gut verzichten.

»Der Mietvertrag für das Cook-up ist immer noch nicht da«, stöhnt Liv genervt. »Wir eröffnen in zwei Wochen, und es fehlt immer noch die schriftliche Bestätigung dafür, dass ich das Restaurant für zwei Monate nutzen kann.«

»Du hast aber die E-Mail, in der der Vermieter dir die Nutzung zugesagt hat«, versuche ich sie zu beruhigen.

Die Eröffnung des Cook-ups namens *Liv's* ist eine große Sache für uns beide. Ein gemeinsames Mutter-Tochter-Projekt, aus dem bei Erfolg eine dauerhafte berufliche Zusammenarbeit werden soll – falls wir uns nicht heillos zerstreiten, pleitegehen oder Liv spontan beschließt, nach Bolivien auszuwandern.

»Ach ja, stimmt«, kommt es erleichtert zurück. »Ich bin so durcheinander, dass ich bald wahnsinnig werde. Mama, mache ich das Richtige?«

Nun klingt Liv wie die Achtjährige, die unbedingt in der Fußballmannschaft der Grundschule mitmischen wollte, die tatsächlich nur aus Jungs bestand und die es gar nicht lustig fanden, dass meine Tochter darauf bestand, im Tor zu stehen.

»Natürlich tust du das. Wir haben doch so lange über deine Pläne gesprochen, Pro und Kontra mehr als ausführlich diskutiert.« Mein Tonfall ist mütterlich beschwichtigend, was Liv für gewöhnlich hasst. Sie ist äußerst selbstständig und perfekt darin, mit dem Kopf durch die Wand zu donnern. Widerstände sind ihrer Ansicht nach dazu da, niedergerungen zu werden. Doch tief in ihr drin steckt immer noch das kleine Mädchen, das darauf vertraut, dass Mama ein Sicherheitsnetz gespannt hat, das sie und ihre jüngere Schwester Pauline trägt, solange ich lebe.

Und genau deshalb lege ich noch eine Schippe auf die Argumentationskette drauf: »Wenn wir beide feststellen, dass es aus irgendeinem Grund nicht so gut läuft, wie wir es uns wünschen, ist nichts weiter passiert, als dass wir um eine Erfahrung reicher sind. Hast du denn schon Rückmeldungen auf die Einladung zur Eröffnung?«

Obwohl ich auf einen Hain mit Oliven- und Mandelbäumen schaue und das Läuten der Glöckchen höre, welche die Schafe des benachbarten Bauern um den Hals tragen, fühle ich mich, als sei ich in Hamburg. Meine beiden Mädchen sind alles für mich, und ich denke beinahe ununterbrochen an sie, egal, wie viele Kilometer uns trennen.

»Ja, hab ich, ich bin total happy darüber, wie viele sich angemeldet haben. Sogar Scarlett Neberg. Ist das nicht großartig?«

Ich würde ja gern jubeln und Hipphipphurra schreien – doch wer zum Teufel ist Scarlett Neberg?

»Jetzt sag bloß nicht, dass du sie nicht kennst?!« Liv schnappt hörbar nach Luft. In diesem Moment findet sie mich wieder ultrapeinlich, das weiß ich genau.

»Ich … äh … also.«

»Scarlett ist der neue Shootingstar am Hamburger Schauspiel- und Filmhimmel«, klärt Liv mich auf.

Leider macht es bei mir immer noch nicht Klick. Außer Scarlett O'Hara, Heldin des Südstaaten-Epos *Vom Winde verweht*, kenne ich keine Frau dieses Namens. Und ich gehe auch nicht ins Theater. Ich schaffe es ja noch nicht mal mehr ins Kino, weil … Ja, warum eigentlich nicht?

Geli hat recht.

Seit fünf Jahren ist alles irgendwie anders.

»Freut mich, wenn Scarlett zugesagt hat, das bringt bestimmt Publicity.« Da muss ich doch gleich mal auf Instagram schauen, ob ich sie dort finde. »Was macht denn Pauli? Versteht ihr euch, oder muss ich Heftpflaster verteilen, wenn ich wieder da bin?«

Liv lacht.

Sie hat so ein wunderschönes, ansteckendes Lachen. Ich könnte stundenlang dasitzen und einfach nur meiner Tochter beim Lachen zuhören. Oder Pauli, wenn sie singt oder Texte für ihren Blog ins Smartphone spricht.

Ich vermisse meine Süßen.

»Alles im grünen Bereich«, sagt Liv. »Mach dir keine Gedanken, Pauli und mir geht's bestens, und es ist auch keine verletzt. Und was habt ihr heute Schönes vor? Hat Geli Spaß am Malen?«

Ich erzähle vom gestrigen Abendessen und meinem Plan, gleich nach Valldemossa zu fahren.

»Wow, da wäre ich gern dabei«, sagt Liv begeistert. »George Sand war so eine beeindruckende Frau, Gastgeberin und Feministin. Es gibt sogar ein Kochbuch mit Rezepten von Gerichten, die sie berühmten Künstlern wie Balzac, Chopin oder Flaubert kredenzt hat. Ihre Meringue ist der Hammer. Yummy, vielleicht sollte ich zur Eröffnung einen Abend à la Goerge Sand planen.«

Oh nein, bitte nicht!

Sosehr ich mich darüber freue, dass meine Tochter weiß, wer George Sand, Balzac und Flaubert sind – heutzutage leider keine Selbstverständlichkeit –, so sehr irritiert mich Liv's Sprunghaftigkeit, was die Planung der Eröffnung betrifft.

»Ach Schatz, bleib doch lieber bei dem, was wir besprochen haben«, versuche ich meine Tochter wieder auf Kurs zu bringen. »Du wolltest dich auf saisonale, regionale Küche spezialisieren. Darauf, den Gästen Gemüse schmackhaft zu machen, das optisch nicht der Norm entspricht, so wie diese herz- oder knollenförmige Kartoffel, die du mir neulich gezeigt hast. Oder die zusammengewachsenen Karotten, die aussehen wie siamesische Möhrenzwillinge.«

Dass dieses Phänomen *Misfits,* also Außenseiter, genannt wird, weiß ich von Liv. Bisher kannte ich diesen Begriff nur als Titel des berühmten Films mit Marilyn Monroe und Clark Gable. Heutzutage engagieren sich unter dem Hashtag *Culinary Misfits* Social Media Influencer für die Wertschätzung von Obst und Gemüse, das optisch und transporttechnisch nicht der Norm entspricht. Also so natürlich ist, wie es sein sollte, bevor die Welt des Essens komplett aus den Fugen geraten ist.

»Du hast ja recht«, seufzt Liv. »Aber ich behalte die Idee trotzdem im Hinterkopf. Bringst du mir etwas aus Valldemossa mit, wenn du was Schönes findest?«

Ich verspreche es hoch und heilig, dann legt Liv auf, weil sie Pauli wecken muss. Die hat zwar heute erst zur zweiten Stunde Unterricht, schreibt aber dafür eine Arbeit in Physik. Nicht unbedingt ihre Stärke.

Nach dem Telefonat brauche ich einen Moment, um mir zu vergegenwärtigen, dass ich auf Mallorca bin. Auf der Insel hervorragender Weine, saftiger Feigen, pikanter Kapern, Bio-Olivenöl aus Caimari, Formatges Burguera, Käse aus der Nähe von

Campos und dem flor de sal, der Salzblume, wie das Würzmittel aus den Salines de Llevant genannt wird.

Ein kulinarisches Paradies, basierend auf den Möglichkeiten, die das Eiland zu bieten hat. Mallorca schmeckt nach Land und Meer, eine ganz wunderbare Mischung.

Ob der Mann aus dem Laden die Packung Turrón de Almendra für sich haben wollte oder für …

Halt! Stopp!

Sophie, du bist verrückt. Häng nicht in Gedanken einem Typen hinterher, den du noch nicht einmal eine Minute gesehen hast. Was ist denn auf einmal los mit dir?

In diesem Moment klopft es ans Fenster. Vor mir steht Geli, einen dampfenden Becher Kaffee in der Hand.

Ich kurble die Scheibe herunter.

»Alles gut bei dir?«, will sie wissen. »Wieso sitzt du im Auto, anstatt loszufahren?«

Ich erwidere: »Hab gerade mit Liv telefoniert, sie ist nach wie vor außer Rand und Band wegen der Eröffnung. Aber ich düse jetzt los, sonst kann ich es auch gleich bleiben lassen.«

»Oder du begleitest mich zu meinem Kurs. Pablo hat nach dir gefragt, er ist offenbar ganz vernarrt in dich. Ich soll dir ausrichten, dass er dir nichts berechnet. Was du den anderen natürlich auf gar keinen Fall verraten darfst.«

Das ist unser vorletzter Tag auf Mallorca, den möchte ich eigentlich für mich nutzen. Während ich noch abwäge, unterbricht der Eingang einer Push-Nachricht auf Gelis Handy das Gespräch. Sie hat kurz vor dem Urlaub die App einer Hamburger Dating-Agentur namens *Hanse Love* installiert, bei der sie nach all den Pleiten, Pech und Pannen mit Männern, die sich auf kostenlosen Plattformen herumtreiben, ihr Glück versuchen will. Um es mit den Worten der grandiosen Modeschöpferin Coco Chanel zu sagen: »Alter schützt vor Liebe nicht, aber Liebe vor dem Altern.« Nicht dass Geli mit vierundfünfzig alt wäre, aber: Wir werden im Laufe der Jahre schließlich nicht jünger. Also hoffe ich für Geli, dass es endlich mal klappt.

Doch zurück zu der Entscheidung für diesen Tag: George Sand oder Pablo Picasso?!

5

MARC – HAMBURG

Kühlschrankinhalt Apartment Jan:

ein Sixpack Astra Kiezmische,
drei Sixpacks Astra Rotlicht, ein Glas Wiener Würstchen.
Eine Dreier-Packung Magnum Mandel

Willste auch ’ne Knolle?«

Jan öffnet den Kühlschrank, der ebenso blitzt und funkelt wie das gesamte Apartment. »Ach, was für eine Frage, natürlich willst du.« Und zack, habe ich auch schon ein eisgekühltes Hamburger Bier aka »Knolle« in der Hand.

»Solltest du mir als Arzt und Freund nicht eher von Alkohol abraten, statt mich zum Trinken zu animieren?« Sorry, aber diese Frage kann ich mir nicht verkneifen.

Jan grinst und deutet auf die anthrazitfarbene Couch, eines der wenigen Möbelstücke in seinem Wohnzimmer mit integrierter Küche. »Nach dem Check-up in meiner Praxis und deinem Termin beim besten Kardiologen der Stadt würde ich mal sagen, rein damit, denn du bist kerngesund. Musst ja nicht gleich das ganze Sixpack wegknallen. Komm, lass mal ’n bisschen hier abhängen, anstatt dir Gedanken über die Zukunft zu machen.«

Wir setzen uns nebeneinander und starren eine Weile stumm auf die leere, blütenweiße Wand.

»Katja hat also wirklich ernst gemacht«, murmele ich in Gedanken an die gemütliche, stets leicht rummelige Altbauwohnung in der Bellealliancestraße, in der Jan bis vor einer Woche mit seiner Frau und Tochter Frieda gelebt hat. »Hätte ich nicht gedacht.«

»Ich auch nicht«, sagt Jan, streckt die langen Beine aus und seufzt. »Na ja, wer weiß, wofür's gut ist. Immerhin können wir, solange du in Hamburg bist, so richtig einen draufmachen, ohne dass jemand meckert. Vier Wochen Zwangsurlaub, Mann, Mann, Mann, du hast's echt gut. Bin gespannt, wie dir das süße Nichtstun bekommt.«

»Bevor ich damit beginne, muss ich aber noch mal zurück nach Palma. Ich bin nur hier, weil ich sichergehen wollte, dass die Check-up-Ergebnisse von Doktor Romero mit deinen übereinstimmen«, erinnere ich Jan. »Alba ist zwar bestens in alle Projekte eingearbeitet, aber das eine oder andere muss ich trotzdem noch mit ihr absprechen, bevor ich für länger an der Elbe auf Tauchstation gehe.«

Jan nimmt einen tiefen Schluck aus der Flasche und nickt. »Alba ist ein echt heißer Feger«, meint er. »Ich habe nie verstanden, wieso ihr beide nicht …«

»Man sollte Berufliches und Privates nicht vermischen, erst recht nicht, wenn man das Glück hat, eine solche Koryphäe als rechte Hand zu haben. Außerdem weißt du ja, wie ich über Beziehungen denke.«

Jan nickt. »Du machst das schon richtig, mein Freund. Hast niemanden am Hals, der dir sagt, was du zu tun und zu lassen hast. Keinen, der dich zum Friseur schickt, meckert, dass du nach Feierabend ein paar Biere kippst, vergisst, den Müll rauszutragen, und rummault, weil du nie bei den LEGs bist.«

»Bitte wo?«

»LEGs«, erwidert Jan düster. »Die Abkürzung für eine Foltermethode namens Lernentwicklungsgespräch, erfunden von irgendwelchen Pädagogen unter dem Deckmantel der selbstbestimmten Entwicklung von Schülern. Früher hieß das Ganze Elternsprechtag, und die Kids hatten da nichts verloren. Heutzutage sind sie ab der zweiten Klasse dabei, haben angeblich Mitspracherecht und müssen Ziele definieren, die sie dann notieren und sogar unterschreiben, als eine Art Vertrag mit sich selbst. Stress pur für alle Beteiligten, das kann ich dir sagen.«

»Und wieso weißt du darüber so genau Bescheid, wenn du noch nie dabei warst?«

»Natürlich war ich schon mal dabei, das hat Katja nur verdrängt. Aber eben nicht jedes Mal, denn ich bin Arzt, wie du weißt. Ein äußerst beschäftigter Internist, der sich vorrangig um seine Patienten kümmert. Aber das sieht Katja natürlich nicht. Stattdessen wirft sie mir vor, sie sei schon seit Jahren praktisch alleinerziehende Mutter. Doch das schwer verdiente Geld nimmt sie gern zum Shoppen.«

Ich muss das erst mal sacken lassen, denn es tut mir leid, dass diese Ehe gescheitert ist, obwohl ich natürlich weiß, dass die beiden seit einiger Zeit ziemliche Reibereien haben.

Aber ich mag Katja und Frieda.

»Habt ihr schon mal darüber nachgedacht, zur Eheberatung zu gehen oder eine Paartherapie zu machen?«

Jan macht erst »Pah!« und sagt dann: »Das schlägt ausgerechnet der Mann vor, der sich weigert, einen Psychologen aufzusuchen, obwohl so eine Panikattacke Bände spricht.«

Auch wieder wahr. Eins zu null für Jan.

»Wir waren übrigens bei einer gewissen Maren Blablabla. Dort sollten wir beide aufschreiben, was wir aneinander mögen und schätzen und auf welcher Basis wir uns eine gemeinsame Zukunft vorstellen können.«

»Also eine Art LEG zum Thema Ehe«, sage ich, beeindruckt davon, dass Jan sich tatsächlich auf eine solche Maßnahme eingelassen hat. Dann muss ihm noch etwas an der Beziehung liegen. »Das klingt doch erst mal gut. Aber wieso hat Katja dich dann rausgeschmissen?«

»Weil …« Jan schaut dermaßen intensiv auf den Fußboden, als wolle er die Anzahl der Stäbchen des Parkettbelags zählen. »Weil ich …«

»Jetzt sag bitte nicht, du bist fremdgegangen?«

In mir verkrampft sich alles, meine Ohren sausen, was höllisch nervt. Doch ich ignoriere das Gesause und versuche stattdessen mich zu beruhigen, bevor ich aus der Wohnung stürme oder Jan eine verpasse.

»Ich bin ja auch nicht stolz auf mich«, sagt er geknickt. »Aber ich hatte es so satt, dass Katja in mir nur noch den Mann sieht, der viel Geld nach Hause bringt und an dem herumoptimiert werden muss. Ich bin zweiundfünfzig und habe einen verdammt anstrengenden Job. Deshalb möchte ich zumindest daheim meine Ruhe haben und so akzeptiert werden, wie ich bin. Ich sage doch auch nichts, wenn Katja ständig zum Yoga rennt, ihre Female-Empowerment-Gruppe besucht und neuerdings Waschmittel selbst herstellt, damit unser Planet nicht zugrunde geht.«

»Das mit dem Waschmittel finde ich gut«, sage ich in dem Versuch, wieder runterzukommen und nicht all meine Wut auf Jan zu projizieren.

Er kann schließlich nichts dafür, was damals passiert ist.

»Aber jetzt mal was ganz anderes: Wie regelt ihr das eigentlich mit Frieda?«

Frieda ist zwölf und ein wirklich tolles Mädchen.

»Sie wohnt künftig wechselweise eine Woche, inklusive Wochenende, bei mir und die andere bei Katja. Deshalb bin ich ja auch in die Nähe der alten Wohnung gezogen, dann hat Frieda es nicht so weit. Ich muss nur noch ihr Zimmer einrichten, im

Kühlschrank mehr deponieren als nur ihr Lieblingseis, und schon kann's losgehen. Willst du es mal sehen?«

Jan steht vom Sofa auf, ein bisschen zu schwerfällig für meinen Geschmack. Er ist ziemlich steif in den Hüften und hat in den vergangenen Monaten ganz schön zugelegt. Eindeutig zu viel Bier.

Zuerst zeigt er mir sein eigenes Schlafzimmer: dunkel und so klein, dass es nur für ein Bett mit neunzig Zentimeter Breite reicht.

Dann das von Frieda, dreimal so groß, hell und luftig.

»Wenn ich 'ne Frau mit hierhernehme, wird's ein bisschen eng«, murmelt Jan.

»Vielleicht lässt du das ja auch erst mal bleiben und versuchst stattdessen, deine Ehe zu retten«, schlage ich vor.

»Bist du mein Freund oder mein Feind?«, fragt Jan. »Gönn mir doch auch mal ein bisschen Spaß. Katja liebt mich nicht mehr, also kann ich tun und lassen, was ich will, oder nicht?«

»Hat sie das wirklich so gesagt, oder wünschst du dir das nur, damit du kein schlechtes Gewissen haben musst?«

Jan boxt gegen meine Brust. »Bist du jetzt unter die Moralapostel gegangen? Sie hat das klar und deutlich in der Paartherapie zum Besten gegeben. Diese Maren Blablabla hat in nur drei Doppelstunden mehr über unsere Ehe herausgefunden als wir selbst in all den Jahren. Inklusive der Erkenntnis, dass Katja mich schon lange nicht mehr liebt und deshalb so viel an mir herumnörgelt.«

»Oder Katja redet sich das Ganze nur schlecht, weil sie durch deinen Betrug verletzt und verunsichert ist. Ihr habt euch immerhin mal sehr geliebt und wart – nicht nur in meinen Augen – ein echt tolles Paar.«

Zudem weiß ich ganz genau, wovon ich rede, wenn es um Betrug geht.

Und Jan weiß es auch. Schließlich wäre er damals mein Trauzeuge gewesen.

»Also reden wir hier eigentlich von Christina und dir«, schlussfolgert er völlig richtig. »Aber das kann man doch überhaupt nicht vergleichen. Ihr wart gerade mal drei Jahre zusammen, also noch frisch verliebt, geradezu ekelhaft romantisch und touchy. Der reinste Symbioseglibber.«

Shit! Es tut immer noch weh. Nach vier Jahren fühlt es sich an, als sei es gestern gewesen, dass …

»Katja und ich kennen uns seit dem ersten Semester und damit in- und auswendig. Da fehlt einfach die Spannung. Wir wissen nicht, worüber wir reden sollen, weil es Katja nicht interessiert, wie es in der Praxis läuft, und es mir persönlich völlig egal ist, ob sie in der Yogastunde endlich den Sonnengruß hinbekommen hat oder diesen dämlichen Hund, der den Kopf einzieht.«

»Den Herabschauenden Hund«, korrigiere ich leise, in Gedanken an die Frau versunken, die ich heiraten wollte.

Christina Junge: bildschön, topausgebildet, charmant, witzig, klug, liebevoll – und ein Ass im Yoga.

Dass ihr Eifer für diese Sportart von der Tatsache herrührte, dass sie sich in ihren Yogatrainer verknallt hatte, erfuhr ich erst, als ich allein vor dem Traualtar stand.

»Von mir aus auch das«, grummelt Jan. »Du weißt genau, was ich meine. Bei uns ist die Luft raus, wie bei den meisten langjährigen Beziehungen, da nützt auch keine therapeutische Luftpumpe was. Das wüsstest du, wenn du dich nach Christina auf etwas Festes eingelassen und das Ganze mal selbst durchlebt hättest.«

»Hey, nun mal ganz vorsichtig!« Wenn Jan erst mal in Fahrt ist, muss man ihn ab und zu ausbremsen, sonst überrollt er einen. »Eben hast du mich noch um meinen Singlestatus beneidet.«

»Tue ich doch auch beziehungsweise muss ich ja jetzt nicht mehr, weil ich auch niemandem mehr Rechenschaft schulde außer mir selbst und … vielleicht Bine.«

»Bine?!«

»Die Frau, mit der ich …«

»Ist es also doch was Ernstes?«

Jan geht zum Kühlschrank und nimmt zwei weitere Flaschen Bier heraus. »Keine Ahnung. Auf alle Fälle ist sie supersüß und megascharf. Und sie ist total in mich verknallt.« Mit einem Mal fallen all die Steifheit, Müdigkeit und Trostlosigkeit von Jan ab, und er ist wieder ganz der Alte. Na ja, der Alte mit ein paar Kilo zu viel auf den Rippen, aber davon geht die Welt nicht unter. »Sie ist übrigens meine Patientin. Ihr Hausarzt ist in Pension gegangen, und sie war bei mir wegen leichter Kopfschmerzen. Beim genauen Abklären möglicher Ursachen ist's dann geschehen. Ich stand ganz dicht vor ihr und bin in ihren meerkatzengrünen Augen versunken. Ich wollte mich dagegen wehren, aber ich schwöre, ich war komplett machtlos.«

»Das mit euch geht also schon länger und war demnach kein einmaliger Ausrutscher«, mutmaße ich auf gut Glück.

»Genau genommen seit vier Monaten«, sagt Jan. »Und ich fürchte, dass Katja es schon länger gewusst oder aber zumindest geahnt hat.«

Da kann man mal sehen: Obwohl wir beide gute Freunde sind, bleiben die einen oder anderen Infos auf der Strecke, wenn wir uns eine Weile nicht treffen und auch nicht telefonieren.

»Aber natürlich hat sie das, Katja ist doch nicht doof«, erwidere ich leicht gereizt. »Darum wundert es mich auch nicht, dass sie ihr eigenes Ding durchgezogen und ständig an dir herumgenörgelt hat. Wenn du jetzt noch sagst, diese Bine ist in Wahrheit ein Bienchen und neunundzwanzig, dann bist du echt schlimmer als jedes Klischee.«

»Sie ist sechsundzwanzig«, sagt Jan und reckt selbstbewusst das Kinn. »Ein Jahr jünger als deine … wie heißt sie noch gleich? Carmen, Carolina, Candela?«

»Conchita.«

»Ach ja, richtig.« Jan tippt sich an die Stirn. »Wie dieser Typ, der beim ESC als Frau unter dem Namen Wurst aufgetreten ist. Oder war das eine Frau, die als Mann … ?!«

Ich denke nach, die Sache ist schließlich damals durch alle Medien gegangen, allerdings komme ich nicht auf die Lösung.

»Keine Ahnung. Soweit ich weiß, hat er oder sie den Nachnamen mittlerweile abgelegt. Aber sag mal, worüber reden wir hier eigentlich? Wir sind erwachsene Männer. Oder etwa nicht?« Anstatt zu antworten, bricht Jan in schallendes Gelächter aus, und ich kann nicht anders, ich lache auch.

Tja, so ist das mit Jan: Ich kann ihm nie lange böse sein.

Wurstegal, was er tut.

6

SOPHIE – PALMA DE MALLORCA

Wenn man vom Esel tratscht, kommt er gelatscht

»Und nimmt einen aufs Korn«, murmelt Sophie.

»Ich finde Esel süß«, schwärmt Geli. »Die haben so schöne, braune Augen und mega Wimpern.«

Wovor hast du eigentlich solche Angst?«

Pablo schaut mich aus kugelrunden, freundlichen Kinderaugen an. Ich muss Geli recht geben, der Mann ist ausgesprochen sympathisch und warmherzig. Außerdem hat seine leicht esoterische Ader durchaus etwas Bestechendes. Ich frage mich immer noch, wie er aus meinen Händen »erlesen« konnte, was vor fünf Jahren geschehen ist (Geli hat geschworen, dass sie ihm gegenüber keinen Mucks davon erwähnt hat).

Und so stehen wir bei strahlendem Sonnenschein im Garten seiner Finca, der in einen Hain voller Oliven-, Mandel- und Orangenbäume übergeht. Pablo hat mich zu einem (kostenlosen) *Einzel-Mal-Coaching* bestellt, wie er es nennt, weil er glaubt, dass mir das guttun könnte. Und weil er es glaubt, habe ich sein freundliches Angebot kurzerhand angenommen. Wer weiß, wofür's gut ist. Währenddessen übt die Gruppe sich im freien Malen in der Cala Deiá.

Watteweiche Wolken segeln gemütlich über den mallorquinischen Frühlingshimmel, und ein Esel grast unweit der Staffelei, die darauf wartet, dass ich sie bemale.

»Deine Hände sind total verkrampft«, sagt Pablo mit einer Mischung aus leisem Bedauern und Ratlosigkeit. »Deshalb hast du auch Probleme, den Malpinsel zu halten. Was ist nur los mit dir?«

Damit das jetzt nicht klingt, als sei ich völlig verrückt: Natürlich weiß ich, wie man einen Pinsel hält. Und auch dass man ihn in Farbe tunken muss, wenn auf der weißen Leinwand etwas entstehen soll, das auch nur entfernt an ein Bild erinnert.

Was ich aber nicht weiß, ist, wie ich das Bild aus dem Kopf bekomme, in dem ich vor fünf Jahren mithilfe eines Pinsels das Innere einer Auflaufform mit Olivenöl bepinsle, als *es* passierte.

»Hast du Rheuma, Arthrose oder so was?«, fragt Pablo und versucht, meine steifen Finger zu lockern. Doch die verkrampfen sich umso mehr.

»Aua!«

Der Esel gibt ein mitleidiges *Iah* von sich und trabt neugierig näher. Er hat hellgraues Fell, wunderschöne, dunkelbraune Augen und Wimpern, für die ich morden würde. Meine sind hell, kurz, dünn und stehen gerade ab. Dagegen ist kein Wimpernbürstchen gewachsen, auch keine Wimpernzange.

»Dann ist es eben eine andere Form von Blockade«, murmelt Pablo nachdenklich und nimmt mir den Pinsel aus der Hand. »Lass uns ein bisschen spazieren gehen, dann erzählst du mir, womit du dein Geld verdienst. Du scheinst auf alle Fälle keiner Arbeit nachzugehen, bei der du etwas mit den Händen machen musst, habe ich recht?«

Das stimmt allerdings. Bis auf das Tippen auf der Tastatur.

Der Esel kommt immer näher, offenbar will er ebenfalls wissen, welchen Beruf ich ausübe. Außer im Streichelzoo habe ich tatsächlich noch nie einen Esel aus der Nähe gesehen.

Er ist unheimlich niedlich und macht den Eindruck, als hätte er ein riesengroßes Herz. Ein freundliches Tier, mit dem ich am liebsten eine Runde kuscheln würde.

Doch da passiert es: Pablo schreit plötzlich »Achtung«, und schon donnert mir etwas gegen den Bauch. Mehrmals und so doll, dass ich rücklings auf den Boden falle, über mir das Gesicht des Esels, der höhnisch seine Zähne bleckt. Hilfe!

»Hau ab, toro salvaje«, ruft Pedro, gibt dem Esel einen Klaps auf den Po, zerrt ihn weg von mir und bindet ihn dann mithilfe einer Leine etliche Meter weiter an einem Feigenbaum fest.

Der Esel findet das gar nicht lustig. Er scharrt mit den Hufen und schnaubt.

Und ich rapple mich mühsam auf. Was bitte schön war das denn gerade?!

Pablo hilft mir auf und klopft dann hektisch meine Kehrseite ab. An der fliederfarbenen Mohair-Jacke hängen kleine Klumpen der trockenen, für Mallorca typischen roten Erde.

»Ich verstehe das nicht«, murmelt Pablo. »Für gewöhnlich geht Antena nur auf roten Stoff los. Hätte ich gewusst, dass neuerdings auch Flieder sie reizt, hätte ich dich natürlich vorgewarnt. Tut mir leid, Sophie, ist alles in Ordnung mit dir?«

Ich betaste meinen Bauch, der sich anfühlt, als hätte ich einen Boxkampf gegen Cassius Clay geführt und haushoch verloren. Das gibt garantiert blaue Flecken, wenn nicht gar ein ausgewachsenes Hämatom.

»Hält Antena sich für einen wilden Stier?«, frage ich verwirrt.

Pablo senkt betreten den Kopf. »Ich fürchte, ja. Antena ist hier auf der Finca gemeinsam mit einem jungen Stier aufgewachsen«, erklärt er. »Sie mochte ihn so sehr, dass sie ihn von klein auf imitiert hat. Die Farbe Rot ist seitdem ein sprichwörtlich rotes Tuch für sie. Ich warne normalerweise alle Besucher, etwas in dieser Farbe zu tragen, sei es auch nur in Form einer Handtasche.« Er seufzt. »Das gibt wahrscheinlich morgen ein schmerzhaftes, hässliches Hämatom«, sagt er dann, offenbar Experte in derlei Diagnosen. »Komm mit in die Finca, ich gebe dir eine schmerzlindernde Salbe. Sonst alles okay mit dir? Ist dir schwindlig oder übel?«

»Momentan nicht«, erwidere ich und folge ihm in Richtung Haus.

Nachdem Pablo mich mit Arnika-Salbe und schmerzlindernden Globuli versorgt hat, erkläre ich das heutige Coaching für beendet. Touris hin oder her, ich fahre gleich nach Valldemossa, statt mich weiter an der Staffelei zum Affen zu machen und womöglich Opfer eines zweiten tierisch schmerzhaften Angriffs zu werden.

Urlauber, die einem die Sicht auf Sehenswürdigkeiten verstellen, finde ich nicht halb so schlimm wie eine aggressive Eselin mit gespaltener Persönlichkeit.

»Schade, dass Antena unser Zusammentreffen gestört hat«, sagt Pablo bedauernd und bringt mich zum Auto, das auf einem schmalen Weg, dicht umsäumt von Mandelbäumen, vor dem Gatter seiner Finca parkt. »Sie ist eigentlich eine sehr nette, friedliche Eseldame. Wenn ich dir übrigens noch eines mit auf den Weg geben darf, bevor du zurück nach Hamburg fliegst: Du solltest dringend etwas gegen deine Blockade unternehmen. Obwohl du mir keine Erklärung gegeben hast, sagt mir meine Intuition, dass du traumatisiert bist. Warst du schon mal bei einem Therapeuten?«

Ich verneine knapp, sage »Adios« und setze mich ins Auto, denn ich habe absolut keine Lust, über dieses *Thema* zu reden.

Es reicht, dass Geli mich in regelmäßigen Abständen damit nervt. Ich weiß nicht, was so eine Therapie bringen soll.

Was geschehen ist, ist geschehen. Mein Mann Simon wird nicht wieder lebendig, nur weil ich darüber mit jemandem spreche, der auf Trauerbewältigung spezialisiert ist. Diesen Teil meines Lebens verwahre ich unangetastet im Schatzkästchen meiner Erinnerung.

Im Hier und Jetzt muss ich nämlich für meine beiden Töchter da sein, kitschige Liebesromane übersetzen, damit genug Geld in die Kasse kommt, und Geli davor bewahren, sich wieder einem Mann an den Hals zu werfen, der ihr wehtut. Um es kurz zu machen: Ich kann es mir nicht leisten, in der Vergangenheit herumzuwühlen, sonst überstehe ich die Gegenwart nicht.

Ich klappe die Sonnenblende hoch und will gerade losfahren, da blicke ich plötzlich in zwei riesige, braune Augen, umkränzt von den schönsten Wimpern der Welt.

Das darf doch jetzt nicht wahr sein.

Hat Antena eine Doppelgängerin, oder ist sie Pablo entwischt?

Der Esel starrt mich durch die Frontscheibe an.

Mir wird heiß und kalt zugleich.

Dummerweise habe ich keinerlei Chance, auszuweichen.

Und ich möchte auf gar keinen Fall einfach losfahren und dabei riskieren, Antena richtig wild zu machen oder – weitaus schlimmer – das Tier zu verletzen. Links und rechts stehen Bäume. Vor mir ein störrischer Maulesel, der sich keinen Millimeter zur Seite bewegt, obwohl ich den Motor starte, in der Hoffnung, dass der Lärm ihn zum Rückzug bewegt.

Antena klebt nun fast an der Scheibe, statt sich vom Acker zu machen. Pablo muss wieder her, und zwar schnell.

Hektisch durchwühle ich meine Riesenstofftasche mit Llengos-Muster, die ich am Vortag in einer Boutique in Deià gekauft habe, auf der Suche nach dem Handy.

Doch da ist … nichts. Oh nein!

Ich habe das Telefon im Badezimmer liegen lassen, als ich die Stichworte »Hämatome behandeln« und ja, ich geb's zu, »wild gewordene Esel« gegoogelt habe.

Ganz ruhig, Sophie, ganz ruhig, versuche ich mir Mut zu machen. *Du hast schon ganz andere Herausforderungen gemeistert. Das ist nur eine Eselin, die du vorhin sogar niedlich fandest. Die Jacke hast du ausgezogen, das Auto ist gelb. Es gibt also keinerlei Grund für Antena, dich noch mal zu attackieren.*

Hm, was frisst denn so ein Esel gern?, frage ich mich, denn die meisten Lebewesen (auch ich) werden friedlich, wenn sie etwas Leckeres zu Futtern haben.

Beim Herumwühlen in der Tasche finde ich eine Viertel Ensaimada, das Geli gestern in eine Serviette gewickelt und mir zur Aufbewahrung gegeben hat, falls sie zwischendrin mal Hunger bekommt. Mögen Esel dieses Gebäck aus Hefe, Eiern, Zucker und Mehl? Ich werde es wohl ausprobieren müssen, wenn ich nicht im Auto übernachten und den Rückflug nach Hamburg verpassen will.

Vorsichtig öffne ich die Fahrertür einen Spalt.

Dann strecke ich meine Hand aus. Zitternd umklammere ich die Süßigkeit.

Antena macht zwei Schritte nach links und schnappt nach mir. Aus Angst um meinen Arm ziehe ich ihn blitzschnell zurück.

Mir klopft das Herz bis zum Hals, aber es nützt nichts, ich muss da jetzt durch. Sollte ich die Ensaimada vielleicht einfach so weit werfen, dass Antena ihr hinterhertrabt?

Eine Art gebackene Frisbeescheibe?

Du kannst dich jederzeit wieder ins Auto flüchten, Sophie, feure ich mich erneut an. *Also raus mit dir, und zwar schnell, sonst sitzt du wirklich noch bis morgen hier fest.*

Bevor mich der Mut verlässt, steige ich aus, gehe ein Stück nach links und versuche Antena zu locken, die Ensaimada so weit wie möglich von mir gestreckt.

Sie trabt hinterher, bleckt die Zähne, schnappt sich das Gebäck und verputzt es binnen Sekunden.

Geschafft! Jetzt schnell zurück ins Auto und hoffen, dass sie mir nicht wieder den Weg verstellt.

Doch die Eselin tut nichts dergleichen. Sie stupst mich stattdessen vorsichtig, beinahe zärtlich an, als wolle sie sagen: »Hey, danke für das Leckerli. Wir beide hatten einen doofen Start. Können wir jetzt Freunde sein?«

Es ist, wie Pablo gesagt hat: Die Eselin ist eigentlich friedlich und verschmust.

Ich streichle sie, zuerst zaghaft, dann länger.

Ihr Fell ist genauso weich und seidig, wie es aussieht.

Nach einer kleinen Krauleinheit beschließe ich, zurück zur Finca zu gehen, um mein Handy zu holen. Schließlich will ich endlich nach Valldemossa.

Antena trabt vergnügt neben mir her wie ein Hund mit seinem Frauchen, was mich nicht nur amüsiert, sondern auch irgendwie rührt. Hoffentlich verträgt sie die Ensaimada.

Denn da ist, soweit ich weiß, auch Schweineschmalz drin.

7
MARC – HAMBURG

Kühlschrankinhalt Wohnung Hamburg:

Viva-con-Agua-Wasser, Hamburger Katenschinken, Sylter Ziegenkäse, Krabbensalat von Gosch, Möhren, Fenchel, Paprika, Elbler-Limonade, Butter, zwei Flaschen Astra-Bier, Beruhigungstropfen

Verdammt!

Ich bin echt nicht gut im Nichtstun.

Wieso freuen sich alle auf freie Tage, Urlaub und ein verlängertes Wochenende, nur ich nicht?

Haben die

a) so viele Hobbys?
b) keinen Spaß an ihrer Arbeit?
c) keine Lust, etwas anderes zu tun, als zu *chillen?*
d) mehr soziale Kontakte als ich?

Punkt d) nagt gewaltig an mir.

Ich kann mich ja schlecht jeden Tag mit Jan treffen.

Denn erstens haben wir uns dann bald nichts mehr zu sagen, und zweitens ist er mit seiner Freundin Bine und den Besuchen von Tochter Frieda bestimmt ganz schön ausgelastet.

Meine früheren Freunde sind nach der geplatzten Hochzeit ins *Team Christina* gewechselt, zu denen habe ich keinen Kontakt mehr. Der Einzige, der sich noch ab und zu bei mir meldet, ist Dirk, ehemals erfolgreicher Controller und mittlerweile gut situierter Privatier.

Seit einer Woche bin ich jetzt schon in Hamburg und im Freizeitmodus, der sich anfühlt, als steckte ich in einer Zwangsjacke. Alba kanzelt mich jedes Mal ab, wenn ich mich melde und wissen will, wie's läuft. Sie hat sogar mit Erfolg meine Vorschläge blockiert, das Auftragsruder in Sachen Blanco-Group herumzureißen. Hinweis: Da sei jetzt eh nichts mehr zu machen, und ich müsse lernen, derartige Dinge auch mal zu akzeptieren.

Nach drei weiteren Telefonaten und zwei E-Mails hat sie mir kurzerhand den Zugang zum Account von Marc Bauer Consulting gesperrt. Um mich – O-Ton! – vor mir selbst zu schützen. Mittlerweile geht sie noch nicht mal mehr ans Job-Handy.

Ich bin bereits endlos lange um die Alster spaziert, habe literweise Kaffee und Tee in irgendwelchen Hipster-Cafés in mich hineingekippt, war im Gym, zum Bummeln in der City und im Kino. Ich habe sogar ein Netflix-Abo besorgt, das ich mir jetzt mit Frieda teile, die mich sofort zu ihrem neuen Lieblingsmenschen auserkoren hat.

Doch Frieda schaut weitaus mehr als ich, ich bin einfach nicht die Zielgruppe für Highschool-Filme und Serien, in denen Menschen spurlos verschwinden, im Gefängnis orangefarbene Klamotten tragen oder als Zombies die Menschheit bedrohen. Dementsprechend bin ich unausgelastet, langweile mich tödlich und kann es kaum erwarten, bis meine Zwangspause endlich endet.

So ein Tag kann nämlich ganz schön lang sein, wenn man ihn mit sich allein verbringt, ohne Ablenkung, zurückgeworfen auf sich selbst. Doktor Romero sagt, dass es genau darum geht.

Darum, sich kennenzulernen und eins mit seinem Inneren zu werden.

Ich sage, das ist Bullshit, denn ich kenne mich sehr gut und weiß, dass ich glücklich bin, wenn ich möglichst viel um die Ohren habe. Deshalb kann ich es kaum erwarten, bis ich wieder zurück nach Palma ins Büro darf.

Mit einer Mischung aus Langeweile und Genervtsein schnappe ich mir die beiden letzten Ausgaben einer Hotel-Fachzeitschrift, die ich gestern per Nachsendeantrag bekommen und noch nicht gelesen habe. Als ich die erste durchblättere, fällt ein Umschlag heraus. Absender: *Liv's Cook-up*.

Neugierig öffne ich das Kuvert, das zwischen die Blätter des Magazins geraten ist. Darin steckt die Erinnerung an eine Einladung für zwei Personen zur Eröffnung des Restaurants, die ich angeblich schon vor drei Wochen bekommen haben soll.

Ich kann mich allerdings an nichts dergleichen erinnern.

Interessiert überfliege ich den Text auf der Karte.

Sie ist äußerst geschmackvoll in den Farben Weiß, Grün und Silber gehalten. Das Event findet … yes! … heute Abend um zwanzig Uhr in Eimsbüttel statt, unweit von Jans Wohnung. Leider ist der auf einem Kongress, kann mich also nicht begleiten, wie ich von seiner Sprechstundenhilfe erfahre.

Als Nächstes wähle ich die Nummer von Dirk in der Hoffnung, dass es noch die richtige ist.

»Coole Idee, bin dabei. Wie lange haben wir uns jetzt schon nicht mehr gesehen?«

Ich überlege. »Zwei Jahre oder so?«

»Na dann wird's aber Zeit«, sagt Dirk. »Bis heute Abend. Wir treffen uns Ecke Bellealliance an der Sparkasse.«

Punkt zwanzig Uhr stehe ich an besagtem Ort und halte Ausschau nach Dirks Porsche oder einem Taxi, das ihn herbringt, denn Dirk wohnt auf der Uhlenhorst, also am anderen Alsterufer.

»Suchst du mich?«, höre ich plötzlich eine Stimme hinter mir, drehe mich um und erblicke einen Mann, der entfernte Ähnlichkeit mit meinem alten Kumpel hat, aber vom Rad steigt.

Doch der Dirk, den ich kenne, hasst Räder.

»Äh, ja«, erwidere ich irritiert.

Statt eines maßgeschneiderten Anzugs trägt er eine verwaschene Baumwollhose und einen Hoodie. Anstelle des früheren Kurzhaarschnittes reichen ihm die grauen Haare fast bis auf die Schulter.

»Siehst ein bisschen anders aus.«

Dirk grinst und hält beinahe liebevoll das Rad fest, dessen Rahmen bei genauer Betrachtung aus Bambus ist, dem Trendmaterial der Nachhaltigkeitsbewegung (Frage: Wie lange gibt's den noch, denn soooo schnell kann der doch auch nicht nachwachsen, oder? Außerdem muss auch Bambus bewässert werden).

»Und du kein bisschen«, sagt er und schiebt das Fahrrad, während wir die Weidenallee in Richtung Schanzenviertel hochgehen.

»Bevor wir weiterquatschen, eine Frage: Was ist eigentlich ein Cook-up? Ich kenne nur Pop-up-Stores.«

»Das ist ein Restaurant, das auf bestimmte Zeit an Köche vermietet wird, die dort etwas ausprobieren wollen oder einfach Spaß an Abwechslung haben«, gebe ich zum Besten, was ich weiß. »Darum gibt's das *Liv's* auch nur bis zum zehnten Juni. Ich nehme an, die Besitzer wollen testen, ob ihr Konzept ankommt, und sich dann später an einem festen Standort etablieren.«

Kaum habe ich den Satz zu Ende gesagt, sind wir auch schon da.

Vor dem Eingang steht ein Holzfass, auf dem ein mehrarmiger Kerzenleuchter, ein Krug mit bunten Bauernblumen und eine Holzkiste mit regionalem Gemüse dekoriert ist.

Geschmackvoll und passend zum momentanen Trend der lokal-saisonalen Küche.

Die Tür zum Restaurant ist allerdings geschlossen – seltsam! Man sollte doch meinen, dass Liv Hartmann, Köchin und Betreiberin des gleichnamigen Cook-ups, die Gäste höchstpersönlich empfängt oder zumindest jemanden beauftragt, der dies in ihrem Namen übernimmt.

»Na dann mal rein in die gute Stube«, sagt Dirk, nachdem er das Rad abgeschlossen hat, und öffnet die Tür.

Schon befinden wir uns in einem kleinen, geschmackvoll geschmückten Raum, brechend voll mit Gästen. Es läuft sanfte Chill-out-Musik, Stimmengewirr erfüllt das Restaurant, fast alle halten ein Getränk in der Hand.

Eigentlich ist alles so, wie es sein müsste. Aber trotzdem ist irgendetwas merkwürdig.

»Hallo«, begrüßt mich eine freakige, nicht mehr ganz junge Blondine, die mir vage bekannt vorkommt, und checkt hektisch eine Liste. Neben ihr stehen Getränke auf einem hohen Bistrotisch. »Willkommen im … *Liv's*. Ich … äh … und Sie sind bitte?«

Kann mir mal jemand verraten, wieso die Dame so nervös ist? Das macht ehrlich gesagt keinen guten Eindruck.

»Mein Name ist Marc Bauer«, erwidere ich, »und das ist mein *plus one*, Dirk Burkhardt. Ich habe mich heute Vormittag per Mail angemeldet und eine Bestätigung erhalten. Wir sollten also auf der Liste stehen.«

»Marc Bauer, richtig«, bestätigt die Blondine, bekleidet mit einem bunten Minirock aus Nicki, krassen Overknee-Stiefeln und einem engen, fliederfarbenen Oberteil, dessen tiefer Ausschnitt keinerlei Fragen offen lässt.

Sie streicht meinen Namen auf der Liste durch und sieht mich dann unverwandt an. »Möchten Sie Wasser, Lillet Wild Berry oder Bellinis? Und … äh … sagen Sie mal, kennen wir uns?«

Ich erwidere: »Ich wüsste nicht, woher«, obwohl ich ebenfalls schwören könnte, dass dies nicht unsere erste Begegnung ist. Dirk entscheidet sich für Bellini, ich schließe mich an.

»Na dann, willkommen im *Liv's*«, sagt die Blondine und deutet auf den ihr am nächsten stehenden Tisch, an dem bereits eine vollbusige, platinblonde Beauty, ein dazu passender Beau und ein Paar, das ziemlich unentspannt aus der Wäsche guckt, sitzen. Ich tippe auf Restaurantkritiker oder Presse. »Für Sie beide haben wir den Platz da drüben vorgesehen.«

Für gewöhnlich werde ich in Situationen wie diesen persönlich zum Tisch geführt, aber ich sag's ja: Irgendetwas ist hier seltsam. Dirk und ich setzen uns, nicken den Tischnachbarn kurz zu und trinken einen Schluck des köstlichen Aperitifs.

Dieser Cocktail wird im Idealfall aus Champagner und frisch püriertem weißem Pfirsich zubereitet. Meistens bekommt man ihn jedoch in einer zweitklassigen Mixtur aus günstigem Prosecco und fertigem Pfirsichmark serviert.

»Guter Auftakt«, lobe ich den Apéro, und Dirk nickt begeistert.

Während ich einen Blick auf die handgeschriebene Menükarte werfe, klopft die Blondine mit einem Löffel gegen das Glas, und neben ihr steht auf einmal – das kann doch nicht wirklich sein, oder? – die Frau aus dem Delikatessenladen in Palma.

Mein Herz trommelt gegen die Brust, ich reibe mir ungläubig die Augen. Dann plinkere ich ein paarmal mit den Lidern.

Das muss eine Verwechslung sein. Die Brünette sieht der tollen Frau bestimmt nur wahnsinnig ähnlich. Ich mustere sie genauer und gebe mir gleichzeitig Mühe, sie nicht anzustarren, als sei sie so etwas wie das achte Weltwunder oder eine engelsgleiche Erscheinung.

Aber doch, sie ist es.

Anders als bei unserem spontanen Zusammenprall wirkt sie heute allerdings abgehetzt, fahrig und müde, doch nicht weniger attraktiv.

Mein Herzschlag setzt einen kurzen Moment aus – hat der Kardiologe mich auch gründlich genug untersucht?

Was macht diese Frau hier??????

»Liebe Gäste«, sagt sie mit dieser rauen Stimme, die mich schon bei *Jaume* total angemacht hat. »Ich bin Sophie Hartmann und möchte Sie ganz herzlich bei uns begrüßen. Meine Tochter Liv und ich freuen uns sehr, dass Sie … nun, dass Sie so zahlreich erschienen sind, um mit uns die Eröffnung dieses Cook-ups zu feiern. Es …« An dieser Stelle stockt sie.

Ihre haselnussbraunen Augen schimmern verdächtig.

Ich lausche gebannt ihren Worten und kann immer noch nicht fassen, dass der Zufall uns hier in Hamburg zusammengeführt hat. Wäre ich Christina, würde ich sagen, das ist kein Zufall, sondern Schicksal. Aber ich glaube nicht an das Schicksal.

Wenn etwas passiert, dann passiert es.

Ohne diesen »Das ist ein Zeichen«-Zirkus.

Punkt!

»Leider hatte meine Tochter gerade einen Unfall und ist auf dem Weg ins Krankenhaus«, fährt Sophie mit zitternder Stimme fort, was mich extrem anrührt. »Deshalb können wir Ihnen heute Abend nichts zu essen anbieten. Nur Getränke und ein bisschen was zum Knabbern, sobald meine Schwester Angelika sich hier loseisen kann, um etwas zu besorgen.«

»Na das ist ja ein Ding«, murmelt Dirk. »Ich habe riesigen Hunger. Obwohl das jetzt natürlich völlig zweitrangig ist«, schiebt er etwas kleinlaut hinterher.

Als hätte Sophie seine Bemerkung gehört, fährt sie mit ihrer Ansprache fort: »Mir ist klar, dass Sie alle sich auf das Essen gefreut haben und hier sind, um sich ein Bild von den Kochkünsten meiner Tochter zu machen. Doch so leid es mir tut, ich kann an dieser Stelle nicht übernehmen, obwohl alles so weit vorbereitet ist und wir natürlich auch die Rezepte für die vier Gänge des Menüs haben. Bedauerlicherweise können aber weder meine Schwester noch ich kochen, und dummerweise ist unser Aushilfskoch auch noch verschollen.«

In mir rattert es, denn immerhin:

a) habe ich alle Gerichte des Vier-Gänge-Menüs schon einmal zubereitet,
b) sind die Zutaten vorhanden,
c) gibt's auch Rezepte,
d) koche ich für mein Leben gern und gut und bin latent unausgelastet.

Und das ist das Wichtigste: Die attraktive, sympathische Sophie und ihre Tochter sind in höchster Not.

Und das Allerallerwichtigste: Es scheint keinen »Herrn Hartmann« zu geben, sonst wäre er an diesem besonderen Abend ganz bestimmt hier.

»Hätten Sie etwas dagegen, wenn ich es versuche?«, höre ich mich plötzlich sagen. »Sie müssten mir allerdings assistieren, denn allein schaffe ich das nicht.«

Sophie Hartmann sieht mich an, als sei *ich* die engelhafte Erscheinung.

Ich wünschte, Doktor Romero wäre hier.

Er wäre garantiert stolz auf mich.

8

SOPHIE – HAMBURG

Einem geschenkten Gaul schaut man nicht ins Maul

»Jemand, der gerne was verschenkt, damit andere lenkt«, mutmaßt Sophie. »Und das hat immer schlimme Folgen …«

Sie wollen uns wirklich helfen?«

Dieses unerwartete Angebot verwirrt mich dermaßen, dass ich gar nicht weiß, worüber ich zuerst nachdenken und was ich als Nächstes tun soll. Ist der Typ real, oder drehe ich jetzt völlig durch? Ist das wirklich *der Mann* aus dem Delikatessenladen in Palma oder eine mallorquinische Fata Morgana? Oder schlicht und einfach nur ein Traum?

»Ganz genau«, erwidert der Traummann lächelnd. »Ich koche gern, habe gerade nichts anderes vor und großen Hunger. Übrigens sind wir beide uns mal kurz in einem Delikatessenladen in Palma begegnet. Schön, Sie wiederzusehen, wenn auch die Umstände nicht besonders …«

»Auf mich können Sie gern ebenfalls zählen«, bietet nun auch sein Begleiter an und mischt sich damit dummerweise ins Gespräch.

Alle Anwesenden beobachten mich mit großen Augen.

Ich fühle mich wie eine Mischung aus Mogli aus dem *Dschungelbuch,* als ihn die Schlange Kaa mit den Worten »Hör auf mich, vertraue mir« hinterlistig einwickelt, und der Protagonistin eines Kitschromans, die mit einem erleichterten »Da bist du ja endlich« in die rettenden Arme ihres ritterlichen Helden sinkt. Tausend Fragen geistern in meinem Kopf herum.

Ist der Traummann womöglich in Wahrheit ein Albtraummann, der irgendetwas Böses im Schilde führt?

Ist er vielleicht Besitzer eines Restaurants aus der Umgebung, der Konkurrenz fürchtet und bei dieser Gelegenheit das *Liv's* ausspionieren will?

Oder ist er tatsächlich ein helfender Schutzengel, den das Universum uns geschickt hat, weil es mir und meiner Familie vor fünf Jahren einen grausamen Streich gespielt hat und nun alles wiedergutmachen möchte?

In kniffeligen Situationen wie diesen ist zum Glück (fast) immer Verlass auf meine große Schwester.

»Das ist wirklich, wirklich nett von Ihnen«, sagt Geli erfreut und drückt aufmunternd meine Hand. »Übrigens kennen wir beide uns auch, denn ich war an dem Tag in Palma gemeinsam mit Sophie einkaufen. Zu dritt könnten wir das hier vielleicht sogar schaffen.«

»Wieso zu dritt? Nach meiner Berechnung sind wir zu viert, wenn wir alle gemeinsam mit anpacken«, fragt der vermeintliche Retter in der Not stirnrunzelnd. »Ich bin übrigens Marc Bauer.«

Alle gemeinsam mit anpacken.

Nach diesen Worten beginnt das *Liv's* sich um mich zu drehen, ich fühle mich wie in diesem fiesen Karussell namens *Hip Hop Jumper*. Dort sitzt man auf einer ovalen Drehscheibe, die sich während der gesamten Fahrt um die eigene Achse dreht und zugleich zur Seite neigt. Aufgrund der Zentrifugalkraft fliegen die Füße der Fahrgäste in die Höhe, und man ist am Rande einer Ohnmacht – so wie ich gerade. Ich kann auf gar keinen Fall in der Küche mithelfen, und das weiß Geli ganz genau.

»Bin übrigens auch gern mit von der Partie«, meldet sich eine vollbusige Platinblonde zu Wort, die so aussieht, als könne sie einen Kochlöffel nicht von einem Schuhlöffel unterscheiden.

Mir ist schleierhaft, wie dieser kindlich magere Körper das Gewicht ihrer beiden Brüs… Egal!

Ist das etwa diese Jungschauspielerin Scarlett Neberg, der ich seit Neuestem auf Instagram folge (ich sag nur: 606 T Abonnenten. Wofür steht eigentlich dieses »T«? Für Tonnen?)? »Kochen ist ja das neue Essen. Kann ich auch super auf Insta posten«, sagt sie mit piepsiger Klein-Mädchen-Stimme. Als sei das Angebot so ansteckend wie Influenza (ach, deshalb heißen diese Insta-Stars Influencer!), meldet sich nun auch ihr Begleiter sowie zeitgleich fast alle anderen Gäste, um ebenfalls ihre Hilfe anzubieten. Aber vielleicht wollen die Männer auch nur einen Blick in den tiefen Ausschnitt ihres mintfarbigen Seidenkleids erhaschen. Und die Frauen darauf aufpassen, dass die Männer ihre Pfoten bei sich lassen.

Doch Motiv hin oder her – ich bin gerührt, Liv wäre es ebenfalls.

Meine arme, arme Tochter.

Es zerreißt mir das Herz, nicht bei ihr im Krankenhaus sein zu können. Sobald dieser ganze Spuk vorbei ist, fahre ich zu Liv, das schwöre ich.

»Die passen auf gar keinen Fall alle in die Küche«, raunt Pauli mir zu. »Bei dem Andrang müssen wir auslosen. Ich hole mal eben Zettel und einen Stift.«

»Halt, stopp«, protestiert Marc Bauer und stellt sich dicht neben Geli, Pauli und mich. Der Mann hat nicht nur ein gutes Gehör und kann rechnen, er duftet auch noch sensationell.

Nach einem Tag an der Nordsee, weitem Himmel und Wind.

Zu Pauli gewandt, sagt Marc: »Die Helfer in der Küche dürfen sich nicht gegenseitig auf die Füße treten. Idealerweise kümmert sich je ein Team um einen der Gänge, ich plädiere der Einfachheit halber dafür, auf drei zu reduzieren. Wir streichen die Consommé von Steinpilz-Ravioli mit Gemüsewürfeln und starten stattdessen mit dem Carpaccio von der Roten Bete mit gratiniertem Ziegenkäse.«

Alles klar – Marc Bauer ist ein Mann der Tat!

Entscheidungskräftig, durchsetzungsstark, charismatisch und … ziemlich sexy.

»Das gefällt Liv aber garantiert nicht«, protestiert Pauli, ebenfalls entscheidungskräftig, durchsetzungsstark und klug obendrein (sexy wird sie garantiert auch noch, aber damit kann sie sich gern noch ein bisschen Zeit lassen). »Wenn wir so viele Helfer haben, sollten wir auch das gesamte Menü kochen.«

»Pauli, Herr Bauer hat recht, je simpler wir das Ganze halten, desto besser«, mische ich mich ein. Der *Hip Hop Jumper* ist endlich zum Stillstand gekommen, mein Gehirn wieder funktionsfähig. »Geli, bist du so lieb, schnell Cracker und Ähnliches zu holen, damit keiner verhungert, solange ihr mit der Vorbereitung des ersten Gangs beschäftigt seid? Und versuch bitte noch mal, Ben an die Strippe zu bekommen. Dann hätten wir wenigstens einen Profikoch an Bord.«

Mittlerweile hat Marc die vielen Hilfsangebote charmant abgelehnt, der Tumult hat sich gelegt, die Gäste nehmen wieder Platz und widmen sich ihrem Aperitif. Irgendjemand müsste jetzt mal Wasser und Wein ausschenken, damit keiner auf dem Trockenen sitzen muss. Ich fürchte, das muss Pauli übernehmen, egal wie *unfly* sie alkoholische Getränke findet.

Und wie unpädagogisch ich die ganze Aktion.

Nachdem Pauli gnädigerweise »Okaaaaaaaaaaay« gesagt hat (wenn sie genervt ist, dehnt sie das Wort unendlich), gehe ich in die Küche, wo sich das Retterteam versammelt hat und auf das Startkommando wartet.

Doch bevor es losgeht, brennt Marc Bauer offenbar immer noch die Frage auf den (wunderschön gepflegten) Fingernägeln, vor deren Antwort ich mich gern drücken würde: »Was heißt eigentlich *ihr* im Zusammenhang mit der Küchenarbeit? Fühlen Sie sich dafür nicht zuständig?«

Seine Augen gucken auf einmal ziemlich streng.

Ich verstecke intuitiv meine Hände hinter dem Rücken. Blöderweise hatte ich mal wieder keine Zeit für Maniküre, aber das muss Marc ja nicht wissen. Doch die fehlende Nagelpflege ist neben der Tatsache, dass ich irgendwie immer noch glaube, dass das hier ein Film ist, leider das geringste Problem – denn Marc lässt nicht locker: »Selbst wenn Sie nicht kochen können, sind Sie doch sicherlich in der Lage, die Rote Bete dünn zu schneiden und auf Tellern zu drapieren, während Dirk und ich …«

Den Rest des Satzes bekomme ich fast gar nicht mehr mit.

Der *Hip Hop Jumper* nimmt wieder Fahrt auf, ein lähmendes Gedankenkarussell grauenvoller Erinnerungen.

Doch das bekommt wiederum Marc nicht mit. »Wie haben Sie denn Ihre Töchter bisher ernährt? Mit Tütensuppe, Junkfood und Essen vom Lieferservice?«

Wie bitte?

Wieso ist der Mann, den ich gerade noch so toll gefunden habe, plötzlich so unfreundlich? Und warum unterstellt er mir, ich sei – zumindest in kulinarischer Hinsicht – eine Rabenmutter?

Scarlett Neberg verfolgt unsere Unterhaltung mit den himmelblauen Kulleraugen einer Barbiepuppe. Ihr Mund hat diese Babykussform, die ihre Wirkung auf mich als Mutter nicht verfehlt (Kindchenschema!). Ich bin arg versucht, ihr einen Schnuller zu geben oder zumindest einen Hafer-Dinkel-Keks.

»Liv und Pauli haben selbstverständlich immer anständig und gesund gegessen«, entgegne ich beleidigt. »Was unterstellen Sie mir denn da?«

»Ich wollte nur sichergehen, dass Sie mir auch zuhören, denn Sie wirkten gerade ein wenig abwesend«, kontert Marc und grinst über beide Ohren. »Also: Wollen Sie die Husumer Rinderfiletspitzen mit Pfeffer-Brandy-Soße wirklich, wie geplant, mit Pappardelle servieren oder vielleicht doch besser mit Stampf von hiesigen Kartoffeln? Das würde das Konzept der regionalen Küche deutlich mehr unterstreichen. Kartoffeln schälen können Sie doch wohl hoffentlich, oder etwa nicht?«

In der Tat sind Pappardelle untypisch für die norddeutsche Küche. Und das mit dem Schälen sollte ich eigentlich …

»Sind Sie Koch?«, frage ich und suche in der Vorratskammer nach mehlig kochenden Kartoffeln.

Als Marc antwortet: »Ich bin Unternehmensberater für Hotellerie und Gastronomie«, wird mir alles klar. Der Mann hat Schwung und Führungsqualitäten; das Team hört, genau wie ich, brav auf sein Kommando: Dirk hobelt in Höchstgeschwindigkeit die gegarten Rote-Bete-Knollen.

Scarlett Neberg ist ebenfalls schwer beschäftigt: Sie bindet eine viel zu große Kochschürze um ihre wespengleiche Taille und filmt sich dann plappernderweise mit dem Selfie-Stick dabei, wie sie die hauchdünnen Scheiben herzförmig auf Tellern drapiert. Dabei landen mehrere platinblonde Haare auf dem Gemüse, doch das übersieht sie geflissentlich, oder es stört sie nicht, genau wie die pinkroten Innenflächen ihrer Hand. Ja, die Rote Bete ist ein echtes Naturfärbemittel. »In Herzform ist dieser gesunde Snack auch optisch ein echtes Schmankerl«, sagt sie in dem Tonfall, den sonst nur Moderatorinnen von Verkaufskanälen im TV draufhaben. »Schade, dass der Valentinstag schon vorbei ist, sonst könntet ihr euren Liebsten mit diesem Appetithäppchen eine Freude machen. Und wo wir gerade dabei sind, über das Thema Liebe zu plaudern: Habe ich euch eigentlich schon erzählt, dass die Dreharbeiten zu meinem neuen Film *Va-*

lentinstag ohne Valentin so gut wie abgeschlossen sind? Hach, ich kann es kaum erwarten, bis er ins Kino kommt.«

Das ist mal eine elegante Überleitung zum persönlichen Werbeblock, denke ich und stelle die Keramikschale voller Kartoffeln auf den letzten freien Teil der Arbeitsfläche.

Dann pflücke ich die ausgefallenen Haare vom Carpaccio und werfe sie in den Mülleimer.

Sie fühlen sich unecht an, aber was weiß ich schon, was starkes Bleichmittel mit der Struktur von Haaren anstellt?

Viel wichtiger ist die Frage: Haben wir eigentlich Haarnetze?

Oder wenigstens ein Haargummi?

Marc Bauer schneidet derweil das Rinderfilet zurecht, konzentriert und in einer geradezu profihaften Geschwindigkeit, der Beau von Scarlett namens Julius passend zum Rote-Bete-Carpaccio Ziegenkäse von der Rolle. Macht alles den Eindruck, als könnte es zumindest mit der Vorspeise was werden. Ich binde mir ebenfalls eine Schürze um und wasche meine Hände.

Die Kartoffeln verströmen den Duft von Erde, warmen Sommern und …

Simon liebte Kartoffeln. Es gab sie bei uns in allen Variationen: als Ofenkartoffeln mit grobem Meersalz und frischem Rosmarin. Als sämigen Stampf mit einem Klacks Butter und Muskat. Als Pellkartoffeln mit Frühlingsquark oder Quark pur mit Leinöl. Als Suppe, als Gratin oder Puffer mit selbst gemachtem Mus aus den Äpfeln des Gartens unseres Ferienhäuschens in den Vierlanden. Simon bereitete sogar Kartoffelchips für die Mädchen selbst zu.

Meine Hände zittern, als ich das Schälmesser nehme.

An jenem Abend vor fünf Jahren sollte es ebenfalls Kartoffeln geben. Ich war gerade dabei, die Auflaufform mit Öl zu bepinseln, als Simon neben mir zusammenbrach und tot war, bevor ich ein letztes Mal »Ich liebe dich« zu ihm sagen konnte.

Ein Aneurysma schleicht sich nicht heran wie so manch andere Krankheit. Es schlägt plötzlich, unerwartet und voller Härte zu. Es ist grausam, unerbittlich und zerstört nicht nur das Leben desjenigen, der stirbt.

Ich weiß, wovon ich spreche, denn ich bin seit jenem Abend vor fünf Jahren Witwe und war damals in meinem Leid völlig überfordert davon, meinen Töchtern zu erklären, dass ihr Vater künftig nicht mehr bei ihnen sein kann. Dass er nicht miterleben wird, wie sie erwachsen werden, sich verlieben, studieren, einen Job antreten oder selbst ein Kind bekommen.

Seit diesem Tag kann ich weder kochen noch irgendetwas in der Küche zubereiten. Mein Küchentrauma ist ein von allen Eingeweihten gut gehütetes Geheimnis, dass ich niemals vor jemandem lüften würde, der mir nicht nahesteht.

Hätte Liv nicht immer schon gern gekocht und wäre Geli ihr dabei nicht zur Hand gegangen, wäre es wohl tatsächlich so gekommen, wie Marc es mir vorhin unterstellt hat.

»Alles klar?«, fragt er, Skepsis im Blick. »Ich will ja nicht meckern, aber so unsicher, wie Sie das Schälmesser halten, kann das mit den Kartoffeln nichts werden. Wollen Sie lieber die Erdbeeren für das Schokoladen-Malheur vorbereiten?«

Bevor ich antworten kann, steht auf einmal Ben vor mir: Strickmütze auf dem Kopf, blass, die Augen gerötet, die Pupillen verdächtig klein, aber offensichtlich bestens gelaunt. »Hey, das sieht doch schon alles krass gut aus«, ruft er. »Und ganz besonders dieses heiße, blonde Gerät hier. Holla die Waldfee, wo haben sie dich denn gefunden, Blondchen? In Hollywood?«

Scarlett errötet hold und vergisst für eine Sekunde das Smartphone. Julius (dunkelhaarig, Typ Lackaffe) wirft Ben einen Blick zu, der Bände spricht.

Mit den Worten »Hey, Ben, schön, dass du da bist, dann kannst du übernehmen« werfe ich mich beherzt zwischen diesen offensichtlichen Anflug von Eifersucht und unseren Koch, egal, was der für illegale Substanzen geraucht, geschluckt oder sich sonst wie zugeführt hat. »Die Kartoffeln müssen geschält und die Pfeffer-Brandy-Soße muss zubereitet werden. Liv hatte übrigens einen Unfall und ist im Krankenhaus. Ich schau mal nach den Gästen, ihr habt hier ja alles bestens im Griff.«

Dann flüchte ich aus der Küche vors Restaurant, ohne Bens Reaktion abzuwarten. Ich halte es hier drin keine Sekunde länger aus, schon gar nicht unter Marcs kritischem Blick, der sich so tief in meine Seele gebohrt hat, dass es wehtut.

Kaum bin ich draußen auf der Straße, schließe ich die Augen und atme hektisch ein und aus. Mein Puls rast, ich habe Perlen von Angstschweiß auf der Stirn. Mir ist übel, ich würde am liebsten im Erdboden versinken und nie wieder auftauchen.

Alles gut, Sophie, beruhige dich.

Du hast Glück im Unglück gehabt und bist noch mal davongekommen, ohne Marc Bauer erklären zu müssen, wieso du nicht in der Lage bist, Kartoffeln zu schälen.

Zu dumm nur, dass er dich nun garantiert für unterbelichtet und grenzdebil hält.

Oder zumindest für dumm wie Brot.

9

MARC – HAMBURG

Kühlschrankinhalt Liv's:

mehrere Schalen Erdbeeren, Zitrone, Karotten, Pastinaken, Weißwein, Reste von Roter Bete, Trüffelbutter, Sahne, gehackte frische Kräuter, Rinderbrühen-Fond

Jetzt mal ehrlich: Geht's noch?

Was ist los mit dieser Frau?

Zittert am ganzen Körper, nur weil sie Kartoffeln schälen muss, und schaut mich an wie ein Reh, wenn's donnert (oder haben Kühe so große Angst vor Gewitter?), als ich sie darum bitte, die Erdbeeren fürs Dessert zu waschen. On top lässt sie auch noch diesen offensichtlich zugedröhnten Möchtegern-Jungkoch auf das Menü los und macht sich aus dem Staub, obwohl der Typ eindeutig mehr Interesse an der Instagram-Barbiepuppe hat als an seinem Job.

Ich bin enttäuscht.

In Palma wirkte Sophie souverän, interessant und lässig.

Hier in Hamburg ist sie ein blasses, unsicheres Wesen, das sich offenbar am liebsten in Luft auflösen würde.

Ich bevorzuge starke, selbstbewusste Frauen. Ängstliche Mäuschen finde ich ungefähr so sexy wie Flanellschlafanzüge oder Rüschenblusen.

Aber okay, ich lass das jetzt mal so stehen, schließlich lautet das Ziel: den Abend trotz Pleiten, Pech und Pannen zum Erfolg für das *Liv's* zu machen. Also: Los geht's!

»Hallo, ich bin Marc«, sage ich, drücke Ben eine Kochschürze in die Hand und verkneife mir eine Bemerkung über seine alberne, nicht gerade taufrische Strickmütze. Denn zumindest verhindert sie, dass sich seine rotblonden, langen Haare ins Essen verirren. Mit dem Ziegenbärtchen erinnert er mich ein wenig an Kurt Cobain, den Frontman von *Nirvana*, Gott hab ihn selig. »Ich leite heute stellvertretend für Liv das Küchenteam. Schön, dass du jetzt auch den Weg zu uns gefunden hast. Besser spät als nie.«

»Ach, nun seien Sie doch nicht so streng«, kommt es von Scarlett-Starlet. Sie streicht sich eine ihrer viel zu blonden Strähnen hinters Ohr. »Jetzt ist er ja da, und alles wird gut, nicht wahr? Hi, Ben, ich bin übrigens Scarlett. Nicht aus Hollywood, aber gerade aus den Bavaria-Filmstudios angereist. Du kennst vielleicht …«

»Kümmere du dich bitte um die Soße, Ben«, falle ich Scarlett ins Wort, bevor sie uns ungefragt ihre Filmbiografie um die Ohren haut. Julius-Lackaffe beauftrage ich mit dem Schmelzen der Kuvertüre fürs Dessert – nicht dass er Ben noch mit eifersüchtigen Blicken erdolcht. Denn stoned hin oder her, der Mann wird gebraucht, schließlich ist er Koch.

»Und? Alles klar?«, fragt Pauli, die plötzlich in der Küche steht, die Hände in die kindlich schmalen Hüften gestemmt. »Wo ist Mum?«

Ich knurre: »Das wüsste ich auch gern. Ist bei euch da draußen alles gut? Wir servieren gleich den Hauptgang.«

Pauli schnuppert am Kartoffelstampf. »Ja, läuft, Geli und ich haben alles im Griff. Riecht yummy. Was hast du da reingetan? Auf alle Fälle Muskat und Sahne. Aber noch irgendwas anderes.«

»Trüffelbutter.«

»Trüffel?« Pauli macht große Augen. »Wo hast du die denn her?«

»Aus dem Kühlschrank«, erwidere ich und tauche einen Löffel in den Stampf. »Magst du mal probieren?«

Pauli schließt die Augen, während sie kostet. Irgendwie süß und rührend.

Christina und ich hatten uns Kinder gewünscht.

Halt! Stopp! Nicht weiterdenken.

»Leeeeeecker«, lautet ihr fachmännisches Urteil. Ihre großen grünen Augen leuchten wie ein Waldsee in der Sommersonne. Sie sieht ihrer Mutter ziemlich ähnlich, bis auf die Augenfarbe. »Yummy, dadrin könnte ich mich wälzen. Hast du noch mehr solche Tricks auf Lager?«

»Wenn du weißt, ob deine Schwester Pinienkerne eingekauft hat, dann rösten wir sie und garnieren den Stampf damit. Man kann ihn übrigens auch mit Pesto aufpeppen oder mit süßem Paprikapulver bestreuen.«

»Was aber beides nicht zur Soße für das Rinderfilet passt«, hält Pauli dagegen und öffnet die Tür zur Vorratskammer.

Sie scheint mehr Ahnung von Küchendingen zu haben als ihre Mutter – und auch weit mehr Elan.

Während Dirk Karotten blanchiert, ich das Filet brate und Ben bei der Zubereitung der Pfeffer-Brandy-Soße über die Schulter gucke, wird Pauli fündig. »Liv hat, wie immer, an alles gedacht«, sagt sie und schwenkt triumphierend eine größere Packung Pinienkerne. »Darf ich?«

Ich erwidere »Wenn du magst«, und schwupps, hat Pauli auch schon zielsicher eine kleinere Pfanne in der Hand, die sich perfekt für ihr Vorhaben eignet. Bin gespannt, ob sie das auch hinkriegt, denn diese zarten Kerne brennen schneller an, als man »Verdammt!« sagen kann.

Doch Pauli scheint Erfahrung zu haben. Oder Anfängerglück.

Seite an Seite richten wir, gemeinsam mit Ben und Dirk, den Hauptgang auf den Tellern an.

Ich gebe zu: Bens Soße ist köstlich, gute Köche erkennt man bekanntlich an ihrem Talent für die Zubereitung solcher.

»Das duftet super«, sagt Geli, die gerade in die Küche kommt und bisher überwiegend damit beschäftigt war, im Restaurant die Gästeschar bei Laune zu halten und Fragen der Presse zu beantworten. »Die Rote-Bete-Vorspeise kam übrigens sehr gut an. Also dann: Auf zum zweiten Gang.«

Pauli, Scarlett und sie übernehmen den Service. Insbesondere Scarlett macht dabei eine erstaunlich gute Figur, und ich frage mich:

a) Hat sie gekellnert, um ihr Schauspielstudium zu finanzieren?
b) Hat sie überhaupt ein Studium absolviert?
c) Wähnt sie sich vielleicht gerade in der Rolle einer Filmfigur, die kellnert?
d) Wieso interessiert mich das überhaupt?

»Wollen wir draußen mitessen oder hier drin?«, fragt Dirk, der die ganze Zeit erstaunlich ruhig war und ohne Murren meinen Anweisungen gefolgt ist. Früher hat er geredet wie ein Wasserfall. Ich muss ihn nachher unbedingt fragen, wieso der auf einmal versiegt ist.

»Ich bleibe hier, damit alles startklar fürs Dessert ist. Aber lass du es dir bitte gut gehen, schließlich gehörst du nicht zum Küchenpersonal.«

»Du aber schon, oder wie?«, fragt Dirk belustigt. »Ich bin echt beeindruckt, wie schnell du dich in die ganze Sache reingefunden hast. Als wärest du dein Leben lang nichts anderes gewesen als Küchenchef und Restaurantleiter in Personalunion. Dann hat sich die teure Ausbildung in der Schweizer Hotelfachschule offenbar gelohnt.«

Da ist er wieder, der Mann, der den Begriff Effizienzanalyse stets verkörpert hat wie kein zweiter. Ich hab's auch gern effektiv, das eint uns beide.

»Wir sprechen nachher, genieß erst mal dein Essen«, erwidere ich, nicht gewillt, das Thema Beruf vor Julius und Ben zu vertiefen, die beide mächtig interessiert schauen.

Außerdem habe ich diesbezüglich ein kleines Geheimnis, das aber nur mich und das Geheimnis etwas angeht.

Als Scarlett vom Servieren zurück ist, klingelt ihr Handy. Sie meldet sich und gibt dann einen Kieks-Laut von sich: »Ehrlich jetzt? Sooooooo viele Aufrufe, Views und Likes? Das ist ja total krass der Hammer. Da komme ich ja gerade gar nicht drauf klar. Nee, hab ich noch gar nicht gesehen, war hier total beschäftigt, denn ich werde gebraucht.«

Gebraucht? Bisher hat Scarlett bis auf ihren kleinen Servierauftritt nichts anderes getan als das Rote-Bete-Carpaccio zu posten, vor der Kamera zu posieren und im Weg herumzustehen. »Hm, ja«, sagt sie und lauscht dem Gesprächspartner, während ich Butter und Eier für das Dessert zu einer glatten Masse verrühre. Scarlett klebt an ihrem Handy, als wäre ihr Ohr daran festgewachsen. »Echt jetzt? Also ich weiß nicht. Natürlich wäre das toll, und rein theoretisch habe ich auch Zeit, aber … nun ja, ich bespreche das mit Ju und melde mich dann wieder. Bis dann, ciao, ciao, Toni, Küsschen.« Kaum hat sie das Telefonat beendet, scrollt sie über das Handydisplay, gluckst vergnügt und lässt uns alle an dem Grund für ihre gute Laune teilhaben: »Mein Insta–Video hat die Produktionsfirma einer TV-Kochsendung auf den Plan gerufen, und die bieten mir doch tatsächlich einen Job als Co-Moderatorin des Chefkochs an. Sie glauben, dass eine emotional-weibliche Komponente der Show guttun würde, und fanden meine Idee mit der Herzform total nice.«

»Was denn für 'ne Show?«, fragt Julius, offenbar nicht halb so begeistert wie Scarlett. »Weder du noch ich gucken solche TV-Formate, und du kannst kein Stück kochen, wie wir beide wissen.«

»Letzteres können wir problemlos ändern«, mischt sich Ben ungefragt in die Diskussion. »Jeder kann kochen, wenn er sich ein bisschen Mühe gibt und Lust dazu hat.«

»Ehrlich jetzt? Du würdest es mir beibringen?«, fragt Scarlett sichtlich entzückt und reißt ihre Kulleraugen noch weiter auf. »Aber wir kennen uns doch gar nicht, und das Ganze würde schon ein Weilchen dauern … also nicht, dass ich zu doof dafür wäre, glaube ich zumindest, aber ich habe nicht viel Zeit. Castings, Drehs, Proben und so. Du weißt ja sicher, wie das so läuft.«

»Dann lernen wir uns eben beim Kochen kennen«, erwidert Ben mit derart charmantem Lächeln, dass es sogar mich ein wenig umhaut. »Wir können sicher das *Liv's* nutzen, und ich bin zeitlich ziemlich flexibel.«

»Das machst du auf gar keinen Fall«, zischt Julius. »Du bist Schauspielerin und kein supporting act für irgendeinen Promikoch. Du musst deine Karriere im Blick behalten, schließlich schläft die Konkurrenz nicht.«

Doch Scarlett hört gar nicht zu, sondern tippt schon wieder auf ihrem Smartphone herum. »Wow, die Sendung *Top Chef* ist in den USA eine der erfolgreichsten Produktionen aller Zeiten und wird … Leute, haltet euch fest, moderiert von Padma Lakshmi.«

»Klingt grundsätzlich erst mal gut« sagt Ben und schnippelt dabei die Erdbeeren. »Aber wer ist die Tante? Eine von diesen Kardigans?«

»Du meinst die *Kardashians*«, verbessert Scarlett Ben in diesem mild-geduldigen Tonfall, den oftmals Kindergärtnerinnen draufhaben. Oder Ehefrauen, wenn ihr Liebster einen über den

Durst getrunken hat und sie ihn ins Bett bugsieren müssen. »Padma ist eine international erfolgreiche Schauspielerin, Fernsehmoderatorin und Model. Sie war drei Jahre mit dem Schriftsteller Salman Rushdie verheiratet, doch dann ging die Ehe in die Brüche. Das war, glaube ich, so ein Arthur-Miller-Marilyn-Monroe-Ding. Beauty meets Brain, wenn ihr wisst, was ich meine.«

Scarlett Neberg weiß, wer Salman Rushdie ist? Chapeau!

»Lass uns darüber in Ruhe reden, wenn wir wieder daheim sind«, zischt *Ju,* »und vor allem allein.«

»Gute Idee«, stimme ich zu, »wir haben hier nämlich noch ein bisschen was zu tun. Ihr könnt gern nach nebenan gehen und den Abend genießen, wir kommen hier schon allein klar.«

»Gibst du mir deine Handynummer, Ben?«, fragt Scarlett und nimmt die Schürze ab. »Ich ruf dich morgen an.« Und zu uns gewandt: »Vielen Dank für den schönen Abend. Wir gehen jetzt besser nach Hause, anstatt Dessert zu essen. Ich kann mir auf gar keinen Fall leisten zuzunehmen, Fernsehkameras machen nämlich noch dicker als die fürs Kino. Und Zucker macht Falten. Bye-bye, ihr Süßen, macht's gut.«

»Sie wollen schon los?«, fragt Geli, die in diesem Moment in die Küche kommt, gefolgt von Pauli, die ein Tablett mit leer getrunkenen Gläsern balanciert. »Das ist aber schade. Ich würde nämlich gern mit Ihnen über die Promotion des heutigen Abends sprechen. Ihr Insta-Video aus der Küche hat gigantische View-Zahlen, da habe ich eben mal ganz kurz reingeklickt, um zu schauen, wie's läuft. Vielleicht könnten Sie ja bei Gelegenheit noch so etwas in der Art …«

»Das macht Scarlett garantiert nicht«, zischt Julius, fasst seine Liebste energisch am Arm und bugsiert sie durch die Tür. »Vielen Dank für diesen … interessanten Abend und noch viel Erfolg mit dem *Liv's*.«

Geli murmelt betreten »Danke« und dann zu Pauli gewandt: »Schade. Die Neberg ist 'ne echte Promotion-Granate.«

»Was uns aber auch nichts nützt, weil es das *Liv's* morgen gar nicht mehr geben wird«, erwidert Pauli und kräuselt die Nase.

Die Worte *Weil es das Liv's morgen nicht mehr geben wird* machen mich irgendwie traurig, obwohl ich die Namensgeberin des Restaurants ja gar nicht kenne. Liv hatte einen Traum, und der ist heute Abend geplatzt wie die sprichwörtliche Seifenblase. Als Unternehmensberater habe ich ständig mit vergleichbaren Situationen zu tun, doch nicht alle berühren mich so wie diese hier.

Und dann habe ich eine Idee.

10

SOPHIE – HAMBURG

Liebe ist die beste Medizin

»Dem ist nichts hinzuzufügen«, findet Sophie.
»Lieber wäre mir allerdings, ich müsste
keine Medizin nehmen«, klagt Liv.
»Und mir wäre lieber, das alles wäre
nie passiert«, sagt Pauli. »Schöner Mist!«

Guten Morgen, mein Schätzchen, wie geht's dir?«

Liv so blass, schmal und zubandagiert im Krankenhausbett zu sehen, macht mich fix und fertig. Ihre schwarzen Haare sind zu einem Zopf gebunden, die blauen Augen haben ihren Glanz verloren.

»Wie soll's einem schon gehen, wenn die eigene Welt in Trümmern liegt und man höllische Schmerzen hat«, erwidert meine Tochter matt. »Hast du den Vermieter erreicht?«

Ich ziehe einen der beiden Besucherstühle an ihr Bett.

Wenn's nach mir ginge, würde ich mich direkt neben sie legen, damit ich ihre Hand halten und versuchen kann, jeglichen Kummer so weit wie möglich von ihr fernzuhalten.

»Hab ich, und …«

Mist, wie soll ich ihr schonend beibringen, dass das Cook-up auf eine Katastrophe zusteuert?

»Es klappt nicht, oder?«, spricht Liv aus, was zu sagen mir schwerfällt. Ihre sonst so kraftvolle Stimme klingt dünn und mutlos; ich kann beinahe körperlich spüren, wie schlecht es ihr geht.

»Die nächsten Mieter können alle nicht so schnell oder haben anderweitige Verpflichtungen«, erkläre ich. »Aber mach dir darüber jetzt keinen Kopf. Solange wir nur die Pacht für zwei Monate aufbringen müssen und kein Personal beschäftigen, geschweige denn Lebensmittel einkaufen, hält sich der ganze … (ich will gerade *Schaden* sagen, kriege aber gerade noch die Kurve) finanzielle Aufwand ziemlich in Grenzen.«

Nun ja, Fixkosten von Minimum 24 000 Euro für die Pacht des Restaurants ohne entsprechende Einnahmen sind natürlich der blanke Horror, aber ich will Liv auf gar keinen Fall unter Druck setzen oder gar ängstigen.

»Holger versucht, den Raum als Pop-up-Store zu vermieten, und ich überlege natürlich ebenfalls, ob mir noch eine andere Nutzungsmöglichkeit einfällt, aber …«

»… aber es gibt schon mindestens drei Läden in der Weidenallee, die regelmäßig leer stehen«, murmelt Liv düster.

Aus dem Bett ihrer Zimmernachbarin ertönt ein lautes Schnarchen.

»Was sagen denn die Ärzte?«, will ich wissen, denn mich interessiert Livs Gesundheitszustand ehrlich gesagt gerade weitaus mehr als das Restaurant. »Ist die Visite schon durch?«

»Wenn alles nach Plan verläuft, kann ich am Freitag oder Samstag hier raus und entweder in eine stationäre Reha, oder wir finden jemanden, der zu Hause mit mir trainiert. Mama, ich hab echt keine Lust auf irgendeine marode Kurklinik im Harz oder wer weiß wo. Da werde ich nur noch kränker. Ist doch eh schon alles schlimm genug. Wieso musste Geli bloß noch die Küche durchwischen? Die war blitzsauber.«

Livs Stimmung kippt endgültig, ihre Augen füllen sich mit tieftraurigen Verzweiflungstränen. Ich gehe jedoch nicht auf den leisen Vorwurf ein, das Schlamassel wäre Gelis Schuld. Denn das ist es nicht. Ich kenne meine Tochter und ihren Hang zum Durchdrehen, wenn sie nervös ist.

Pauli hat mir bestätigt, dass Geli sie sogar noch extra auf den Eimer aufmerksam gemacht hat, damit nichts passiert.

»Du kommst nicht in die Rehaklinik, versprochen«, versuche ich Liv wieder Mut zu machen. »Ich habe heute Morgen schon mit zwei Physiotherapeuten telefoniert und warte auf Rückruf. Bald wissen wir mehr.«

Wie aufs Stichwort blinkt mein Handy, das ich auf lautlos gestellt habe. Der Anrufer ist allerdings kein Krankengymnast – sondern der Mann, der den gestrigen Abend durch Coolness, Souveränität und Tatkraft gerettet hat. Der Mann, dessen plötzliches Auftauchen mich völlig durcheinandergebracht hat. Jede Erinnerung an ihn jagt mir prickelnde Schauer über den Rücken. Was will das Schicksal mir damit sagen, dass sich unsere Wege nun schon zum zweiten Mal gekreuzt haben, noch dazu unter so merkwürdigen Umständen?

»Es ist Marc Bauer«, sage ich zu Liv, um einen normalen Tonfall bemüht. »Soll ich mit ihm sprechen?«

Da sie nickt, verlasse ich Zimmer 3.0 der chirurgischen Station von Hamburgs renommierter Uniklinik und gehe in Richtung der Fahrstühle, wo ich niemanden störe und keiner mich hören kann.

»Hallo, wie nett, dass Sie sich melden«, sage ich zur Begrüßung. Mein Herz klopft wie wild. Das kommt sicher davon, dass ich heute Nacht so gut wie gar nicht geschlafen habe. Eine andere Erklärung dafür kann und darf es nicht geben. »Ich bin gerade bei Liv im UKE.«

Marc kommt ohne Umschweife zur Sache: »Haben Sie und

Ihre Tochter heute einen Moment Zeit? Ich würde Ihnen gern einen Vorschlag machen.«

Einen Vorschlag?!

Was könnte das sein?

»Liv ist natürlich hier und hat so gesehen nichts weiter vor. Und ich … nun ja, ich könnte es auch einrichten. Aber ich fürchte, Sie müssten hierherkommen, wenn Sie uns beide gemeinsam sprechen wollen«, erwidere ich.

»Meine Idee betrifft zwar in erster Linie Ihre Tochter, aber ich denke, Sie haben in dieser Sache ein Wörtchen mitzureden. Also ja, ich komme vorbei, sobald Besuchszeit ist.«

»Die beginnt offiziell um fünfzehn Uhr«, erkläre ich und tigere im Flur auf und ab. »Können Sie mir verraten, worum es geht, damit ich es meiner Tochter sagen kann?«

»Ich würde das *Liv's* gern für die Dauer der Krankheit Ihrer Tochter übernehmen«, sagt Marc.

Huch?! Was meint der Mann mit »übernehmen«?

Plötzlich schwirrt der Begriff *feindliche Übernahme* in meinem Kopf herum, wahrscheinlich, weil Marc sein Geld als Unternehmensberater verdient. Diese Berufsspezies ist bekanntlich alles andere als zimperlich, wenn es um die Durchsetzung ihrer Interessen geht. Es irritiert mich, dass dieser Mann einen solchen Beruf hat, denn meiner Erfahrung nach schließen Kalkül und Gefühl sich gegenseitig aus. Ist Marc Bauer ein harter Hund im Gewand eines Schmuseteddys?

»Sie wollen die Räumlichkeiten mieten?«, frage ich so sachlich wie möglich. Unsicherheiten wie diesen muss man möglichst neutral begegnen – allerdings gehört *neutral sein* nicht unbedingt zu meinen Stärken, schließlich bin ich nicht die Schweiz.

»Nein, will ich nicht. Aber ich möchte das *Liv's* gern als Küchenchef betreiben, gemeinsam mit Ben. Ich denke, wir könnten dem Restaurant zu einem so guten Start verhelfen, dass Ihre Tochter später an einem anderen Standort neu eröffnen und von unserer Vorarbeit profitieren kann.«

Ich lasse mir Marcs Worte auf der Zunge zergehen, und mein Herz beginnt zu tanzen. Das wäre ja zu schön, um wahr zu sein!

Marcs Vorschlag würde auf einen Schlag alle Probleme lösen. Nun, zumindest *fast* alle.

Der Mann ist sicher unbezahlbar, hat aber offenbar schon alles bestens durchdacht: »Ich brauche allerdings neben Ben jemanden an meiner Seite, der die gesamte Organisation, die Buchungen und den Bereich Service im Griff hat. Dabei denke ich natürlich an Sie, denn Kochen ist, wie wir seit gestern wissen, offenbar nicht so Ihr Ding.«

Ich schlucke das Unbehagen herunter, das der letzte Teil des Satzes bei mir auslöst (man könnte auch sagen, ich bin beleidigt), denn es ist unerheblich, dass ich wegen des Versagens an der Kartoffelschälfront gerade ziemlich doof dastehe. Trotzdem hat Marcs Vorschlag einen gewaltigen Haken: Der Mann bietet seine Hilfe an, und die ist von unschätzbarem Wert.

»Das ist ein wirklich nettes Angebot, doch ich fürchte, wir können uns das nicht leisten. Liv hätte sich in diesen zwei Monaten Testphase selbst kein Gehalt gezahlt. Unser Konzept basiert darauf, dass wir als Familie helfen und Ben bereit ist, für diese Zeitspanne finanzielle Abstriche hinzunehmen.«

»Ist das der Grund für seine laxe Arbeitsmoral?«, kommt es wie aus der Pistole geschossen.

Ich würde Ben ja gern verteidigen wie eine Löwin ihr Junges, aber es stimmt schon: Er hat seinen eigenen Kopf und macht nur selten, was er soll und vor allem *wann* er soll. Er programmiert neben seinem Job als Koch leidenschaftlich gern Apps, was häufig dazu führt, dass er nachts nur wenig schläft und am nächsten Tag schwer bis gar nicht aus dem Bett kommt. Wenn er sich allerdings entschließt, etwas zu tun, ist das Ergebnis in der Regel sensationell, weshalb Liv ihn auch engagiert hat.

»Für gewöhnlich ist Ben pünktlich und zuverlässig«, höre ich mich ins Telefon sagen, obwohl ich bekanntlich nichts mehr hasse, als zu lügen. Doch wie heißt es so schön? Der Zweck heiligt die Mittel. »Bevor wir allerdings mit ihm planen, muss ich ihn fragen, ob er sich vorstellen kann, mit Ihnen gemeinsam am Herd zu stehen. Womit wir aber immer noch nicht die Frage Ihres Gehalts geklärt haben.«

»Das lassen Sie mal meine Sorge sein«, antwortet Marc auf die gleiche Frage von Liv, als wir uns um Punkt fünfzehn Uhr im Krankenzimmer versammeln. »Ich verlange kein Gehalt. Aus Gründen, die ich nicht näher erläutern möchte, nehme ich mir gerade eine Auszeit und orientiere mich neu. Da ich sehr gern koche und mich von Berufs wegen gut in der Gastro-Szene auskenne, kommt mir ein Projekt wie dieses geradezu wie gerufen.«

»Das wäre dann, um es in Ihrem Fachjargon zu sagen, eine Win-win-Situation«, fasst Liv mit leuchtenden Augen zusammen.

In dem Moment, als ich ihr von Marcs Vorschlag erzählt habe, haben ihre blassen Wangen wieder Farbe bekommen. »Sie ahnen gar nicht, wie dankbar ich Ihnen bin und wie sehr ich Ihre Arbeit seit Jahren bewundere. Allein die Rettung des …«

Livs Schwärmerei für Marcs Arbeit zieht ungehört an mir vorbei, denn ich bin vollauf damit beschäftigt, alle Konsequenzen seiner Idee zu Ende zu denken.

Was, wenn Marc Bauer nach einer Woche die Nase gestrichen voll hat und das Handtuch, pardon, die Küchenschürze hinschmeißt?

Was, wenn er sich nicht mit Ben versteht?

Was, wenn mein Herz jedes Mal aus dem Takt gerät, wenn wir einander in die Augen schauen?

Mit Letzterem könnte/müsste ich leben, aber Ben ist ziemlich unberechenbar. Außerdem: Wer garantiert, dass Marc Bauer nicht kneift, wenn sich ihm etwas anderes, Spannenderes bietet? Und was meint er eigentlich mit »neu orientieren«? Will er vielleicht selbst ein Restaurant eröffnen, und das *Liv's* ist eine Art kulinarisches Versuchskaninchen?

»Mama, hallo«, ruft Liv und schwenkt ihre zugegipste rechte Hand, die in einer Schlinge steckt. »Hier spielt die Musik. Wir sollten eine Entscheidung treffen.«

Nun, streng genommen ist die Entscheidung schon gefallen, als ich Liv vorhin alles erzählt habe und sie vor Aufregung kaum ihre Tomatensuppe, die es heute zum Mittagessen gab, aus der Schnabeltasse trinken konnte. Bevor der Bruch an Hand und Oberschenkel nicht verheilt ist, werden wir alle Liv in Alltagsdingen häufig zur … nun ja … Hand gehen müssen, so viel ist mal sicher.

»Wenn es Ihnen wirklich ernst ist, sollten wir den Versuch wagen«, sage ich und schaue Marc fest in die Augen.

Mein Plan ist, so streng zu gucken, dass er ganz, ganz viel Respekt (oder, noch besser, Angst) vor mir hat und gar nicht erst auf die Idee kommt, dem *Liv's* übel mitzuspielen.

Doch dummerweise haben seine Augen eine hypnotische Wirkung auf mich. Ich könnte in ihnen versinken, so schön sind sie. Wie nennt man dieses Blaugrau eigentlich? Greige? Ach nee, so heißt die Mischung aus Grau und Beige. Und wer hat schon beigefarbene Augen?

»Na dann sind wir uns ja einig«, sagt Marc und wirkt ausgesprochen zufrieden. »Sprechen Sie mit Ben und geben mir dann Bescheid, was er von meinem Vorschlag hält? Und, ach ja, Liv, wir beide sollten möglichst noch heute den Speiseplan für die kommenden Tage durchsprechen, oder existiert er schon?«

»Er existiert, und zwar als Datei in meinem Laptop«, erwidert Liv und deutet mit dem Kopf auf das Nachtschränkchen neben dem Bett. »Mama, bist du so lieb, ihn mir zu geben?«

Mama ist so lieb, aber leider ein bisschen paddelig. Denn *Mama* bekommt dummerweise die Schublade nicht auf und rüttelt so lange daran, bis die Sachen, die obendrauf standen, herunterfallen und umherkullern.

Unter anderem geht eine Flasche *Rotbäckchen* zu Bruch, die Liv von Geli geschenkt bekommen hat. Für den Fall, dass Liv Eisenmangel hat. Oder gerade kein Rouge zur Hand.

Der klebrig-süße rote Saft verteilt sich auf dem Boden, und Liv's Bettnachbarin wird wach. »Kommen Sie jetzt, um mich zu holen?«, fragt sie, offensichtlich völlig verwirrt.

Die feinen weißen Haare der über Neunzigjährigen stehen kreuz und quer ab, ihr Gesichtsausdruck ist geradezu panisch.

Bevor ich etwas tun oder mich entschuldigen kann, geht Marc an ihr Bett, nimmt die Hand der alten Dame und drückt sie beruhigend. »Keine Sorge, Sie hatten nur einen schlechten Traum und sind wach geworden, weil Frau Hartmann versehentlich etwas zerbrochen hat. Machen Sie sich keine Sorgen, Sie sind hier in Sicherheit, alles ist gut.«

Na toll, jetzt bin ich schon wieder die Blöde.

Sophie Hartmann, die keine Kartoffeln kochen kann.

Und nun auch noch Sophie Hartmann, der Schrecken armer alter Damen.

11

MARC – HAMBURG

Kühlschrankinhalt Wohnung Hamburg:

Butter, Hühnerbrühe, Eier, 2 Becher Sahne, eine Flasche Sherry fino, Gemüse vom Isemarkt, geräucherte Makrele, Milch

Mal schauen, was steht noch mal genau im Rezeptbuch von Oma Ilse? Auf der Suche nach der Anleitung zum Kochen von mallorquinischer Mandelsuppe blättere ich durch das alte Buch mit dem Titel *Ilses Küchengeheimnisse.* Auf dem Einband sind jede Menge Fett- und Rotweinflecken, und darin hat meine Großmutter ihre Lieblingsrezepte sowie Küchentipps festgehalten und mir das Buch später vererbt.

Ah, da ist es ja:

Zutaten:

- 100 g Mandeln, fein gemahlen
- 10 g Butter
- 750 ml Hühnerbrühe
- 2 EL Mandelblättchen
- 4 Eigelb
- 1 ½ Becher Sahne
- Salz und weißer Pfeffer
- 4 EL Sherry fino

Zubereitung:

1. Die gemahlenen Mandeln ohne Fett in einem Topf erhitzen, dann die Butter darin schmelzen lassen.
2. Mit der Hühnerbrühe ablöschen und ca. 10 Minuten schwach köcheln lassen.
3. Mandelblättchen in einer trockenen Pfanne etwas anrösten. Eigelb und 1 Becher Sahne mischen und vorsichtig in die nicht mehr kochende Suppe rühren.
4. Mit Salz und Pfeffer abschmecken.
5. Den Sherry dazugeben.
6. Die restliche Sahne halb steif schlagen.
7. Suppe anrichten und mit jeweils einem Löffel Sahne und Mandelblättchen garnieren.

Ich schnappe mir das Mobiltelefon und schicke eine Sprachnachricht an Liv. Beim Besuch im Krankenhaus haben wir herausgefunden, dass sie mit der linken Hand so geschickt ist, dass sie immerhin die Mikrofunktion ihrer WhatsApp-Nachrichten bedienen kann. Ein Hoch auf die Generation Smartphone! *Diese Suppe harmoniert wunderbar mit den weiteren Gerichten, die Sie für morgen auf den Speiseplan gesetzt haben, und hätte den Vorteil, dass wir die komplizierte Vorspeise streichen könnten,* informiere ich Liv und bitte sie um Zustimmung zur Änderung des Speiseplans.

Nachdem ich die Nachricht abgeschickt habe, spaziere ich von meiner Wohnung aus ins *Liv's,* um dort nach dem Rechten zu sehen, den Schlüssel für das Restaurant in der Hosentasche. Fühlt sich verdammt gut an. Dort angekommen, widme ich mich als Erstes dem Facebook- und Instagram-Account, für die ich von Liv die Zugangsdaten bekommen habe, und poste Berichte über die Eröffnung sowie die Info, dass das Restaurant heute Abend *aus organisatorischen Gründen* geschlossen bleibt, jedoch morgen wieder seine Pforten öffnet.

Bisher liegen laut dem Online-Buchungsportal für den morgigen Abend lediglich drei Reservierungen vor. Das ist eindeutig zu wenig, um den ganzen Einkauf und Personalaufwand zu rechtfertigen. Hat Liv denn keine Werbung für das Cook-up gemacht? Ich googele den Restaurantnamen und werde mehrfach fündig: viele Magazine, Blogs und Zeitungen haben im Vorfeld über das Restaurant berichtet. Es gibt sogar ein Interview mit Liv als Video. Doch trotz der gelungenen Public Relations scheinen die Hamburger Foodies kein gesteigertes Interesse daran zu haben, hier in der Weidenallee essen zu gehen.

Auf der Suche nach einer Lösung für das Problem kommt mir Scarlett Nebergs Insta-Posting in den Sinn. Könnte man sie vielleicht zu einem zweiten Besuch überreden?

Versuch macht bekanntlich klug, also googele ich die Telefonnummer ihrer Managerin. »Marc Bauer von Bauer Consulting hier«, sage ich, als Tina Capriccio ans Telefon geht. »Ich wollte fragen, ob Frau Neberg Lust hätte, an einem der kommenden Abende zusammen mit ein paar Leuten im Restaurant *Liv's* in Eimsbüttel zu essen. Selbstverständlich auf Einladung des Hauses.«

»Frau Neberg lässt sich grundsätzlich nur in ganz besonderen Fällen vor einen Werbekarren spannen«, grummelt es mir entgegen. »Und schon gar nicht unentgeltlich.«

Wie bitte? Dieses blonde Sternchen will Geld dafür haben, dass es sich einen netten Abend mit Freunden in einem tollen Restaurant machen kann? Von Topstars bin ich das natürlich gewohnt. Aber who the hell is Scarlett Neberg, um derartig überzogene Forderungen zu stellen?

Ich erwidere, dass ich es zwar bedauerlich finde, aber keinesfalls Honorar für ihr Auftauchen zahlen werde, und verabschiede mich höflich.

Dann tue ich das, was ich bisher noch nicht getan habe: Ich googele die Hamburger Schauspielerin erneut, schaue mir aber diesmal alles ganz genau an. Den Grundstein ihrer Karriere bilden kleinere Rollen in Kino-Blockbustern von Til Schweiger, Matthias Schweighöfer und Bora Dagtekin. Danach folgten Hauptrollen in romantischen Komödien und einer erfolgreichen deutschen Netflix-Produktion, ebenfalls unter namhafter Regie. Scarlett-Starlet stand auch schon auf der Bühne des Boulevard-Theaters Winterhuder Komödie und der Komödie des Bayerischen Hofes in München.

Asche auf mein Haupt, ich habe das Girlie gnadenlos unterschätzt.

»Wie viel verlangt Frau Neberg für ein solches Abendessen mit begleitender Social Media?«, fragte ich Tina Carpaccio, äh, Capriccio, nachdem ich die Situation abgewogen und mich zu diesem Schritt entschlossen habe, zweites Telefonat inklusive. Die genannte Summe haut mich um. Allerdings nicht weil ich mir das Honorar nicht leisten, sondern weil ich mir einfach nicht vorstellen kann, dass dieses Blondchen derart talentiert ist, dass Kino- und Theatergänger ihretwegen den Hintern vom Sofa schwingen und ein Ticket kaufen. Ich dachte, diese Altersklasse streamt nur, schaut Kinofilme auf illegalen Plattformen im Netz und kann das Wort Theater nicht mal buchstabieren?!

»Ich lasse mir das Ganze noch mal durch den Kopf gehen und melde mich dann wieder bei Ihnen«, sage ich und beschließe den sogenannten »Hausfrauentest« zu starten, wenngleich nicht bei Hausfrauen, sondern bei den beiden einzigen jungen Mädchen, die ich kenne: Frieda und Pauline. Wobei Letztere sich am Abend der Eröffnung völlig unbeeindruckt gezeigt hat.

Ganz anders als Frieda.

Die ist sooooooo hübsch und so unnormal cooooool, schwärmt Jans Tochter, die auf meine Nachricht antwortet, kaum dass ich sie abgeschickt habe. Ist sie um diese Zeit nicht in der Schule?

Kannst du mir ein Autogramm von ihr besorgen? Oder kann ich ein Selfie mit ihr machen?

Alles klar, Frieda ist ein echter Fan und kommt definitiv mit auf die Gästeliste, sollte ich mich dazu durchringen, Scarlett tatsächlich für diese Werbeaktion zu engagieren.

Paulines Handynummer habe ich leider nicht, also schicke ich eine Nachricht an Sophie Hartmann mit der Bitte um die Kontaktdaten ihrer Tochter. Als Sophies Profilbild im Display auftaucht, stolpert mein Herz. Das Foto wurde auf Mallorca gemacht, Sophie steht, leicht gebräunt, in einem hübschen Sommerkleid und mit Sonnenbrille auf der Nase, vor La Seu, der Kathedrale in Palma.

Obwohl ich so etwas sonst nie tue, mache ich einen Screenshot von dem Bild und speichere ihn.

In diesem Moment ploppt, wie der Zufall es so will, eine Nachricht von Conchita auf, die ich in den vergangenen Tagen ziemlich vernachlässigt habe. *Vermisse dich, mi amor,* steht da, gefolgt von diesem pulsierenden roten WhatsApp-Herz, das ich beinahe noch schrecklicher finde als alle anderen Emojis und Piktogramme zusammen, die das Netz zu bieten hat. Je länger ich auf das Ding schaue, desto größer, monströser und bedrohlicher wirkt es auf mich. *Poch, poch, poch.*

Habe gerade nach Flügen geschaut. Wenn du willst, könnte ich schon morgen Abend bei dir sein.

Hilfe, Himmel, nein!

Wenn ich wieder auf Mallorca bin, muss ich unbedingt mit Conchita reden. Ich habe ihr zwar von Anfang an gesagt, dass das mit uns nur *just for fun* ist und ich keine feste Beziehung mit ihr möchte, doch genau das scheint sie anzuspornen.

Da sage noch einer, wir Männer seien Jäger.

Das stimmt nicht. Jeder noch so geübte Don Juan ist ein harmloses Nichts im Vergleich zu einer Frau, die sich in den

Kopf gesetzt hat, aus dem bindungsunwilligen Objekt ihrer Begierde einen hingebungsvollen Ehemann und Vater machen zu wollen. Dafür ist kein Trick zu kompliziert, kein Engagement zu aufwendig, kein (Problem-)Berg zu hoch. Je höher Amors Liebeshürden, desto mehr wirkt das Aphrodisiakum Ehrgeiz.

Sosehr ich Conchita auch mag, sie sexy und anziehend finde und gern Zeit mit ihr verbringe, habe ich

a) mein Herz dauerhaft an Christina verschenkt,
b) keine Lust, ein zweites Mal vor dem Traualtar zu landen und diesmal selbst derjenige zu sein, der die Flucht ergreift,
c) Muffensausen vor einer temperamentvollen Spanierin, die ziemlich ungemütlich werden kann, wenn sie nicht bekommt, was sie will.

So verlockend ich die Idee auch finde, schreibe ich an Conchita, *es passt leider nicht. Ich arbeite hier gerade an einem wichtigen Projekt, das meine gesamte Zeit und Aufmerksamkeit erfordert. Wir sehen uns, wenn ich wieder zurück bin.* Ich zögere einen Moment, schicke dann aber doch ein *Un beso* hinterher. Erfahrungsgemäß lassen sich die meisten enttäuschten Frauen von einem mündlichen oder schriftlichen »Kuss« und/oder einem Herz-Emoji beruhigen (zumindest kurzfristig), und ich möchte einfach Zeit gewinnen. Ein Beziehungsgespräch via Telefon über eine Beziehung zu führen, die gar keine ist, halte ich für ähnlich verwerflich, wie Serranoschinken in dicke Scheiben zu schneiden.

Ich denke, du ruhst dich aus?, folgt prompt die folgerichtige Frage von Conchita. Hoffentlich petzt sie nicht bei Alba, sonst steht die hier auf der Matte, lässt mich fesseln, knebeln und abtransportieren. *Maldito,* was antworte ich denn jetzt?

In diesem Moment öffnet sich die Tür, hereinspaziert kommt Ben. *Kann ich dich später anrufen?,* schreibe ich in meiner Not und tue damit offensichtlich das einzig Richtige (oder Falsche. Ist ja immer alles eine Frage der Perspektive), denn Conchita antwortet: *Sehr gern, ich freue mich, endlich wieder deine Stimme zu hören.*

»Hi, Ben, alles gut?«, begrüße ich den Aushilfskoch und lege mein Telefon beiseite. »Wir haben heute geschlossen, das heißt, du könntest auch wieder …«

»Wir müssen reden«, erwidert Ben energisch. Heute sind seine Pupillen normal groß, seine Augen hellwach und glasklar. »Sophie und Liv haben gesagt, dass wir ab sofort das *Liv's* übernehmen … als Team.«

Oh, oh. Ben sieht nicht gerade begeistert aus, wenn ich das mal so sagen darf. Doch ich brauche ihn, wenn das hier gelingen soll.

»Das ist richtig«, erwidere ich so ruhig wie möglich. Der Typ mit der albernen Strickmütze muss nicht wissen, dass ich auf ihn angewiesen bin. So gern ich auch koche, ich bin weder Paul Bocuse noch Harry Potter. »Deine Soße war erstklassig, und ich gehe davon aus, dass du's auch insgesamt draufhast, sonst hätte Liv dich wohl kaum engagiert.«

Ben kaut seelenruhig Kaugummi, kommt dicht an mich heran und lässt dann die Blase knapp vor meinem Gesicht platzen. Der Duft von Himbeeren steigt mir in die Nase, doch obgleich ich dieses Obst mag – ich stehe nicht drauf, wenn man mir so dicht auf die Pelle rückt. Das ist unter uns Männern so etwas wie eine Kriegserklärung, frei nach dem Motto: Wer hat den längeren … Kaugummi (Sie wissen schon, was ich meine).

»Ich hab's auch drauf, Alter«, erwidert Ben, immer noch nahe an meinem Gesicht. »Aber ich habe ein Problem damit, wenn man mich behandelt wie ein Schulkind. Und erst recht in Gegenwart einer heißen Braut wie Scarlett, haben wir uns verstanden?« *Alter?!*

Gerade als sich sagen will *Und ich steh nicht auf unzuverlässige Zipfelmützen, Typ Kurt Cobain für Arme*, taucht Sophies Bild vor meinem inneren Auge auf, gepaart mit der zubandagierten Liv in ihrem Krankenbett.

Also strecke ich Ben die Hand hin und sage: »Wir arbeiten auf Augenhöhe als Team.«

Ben schlägt ein, grinst und deutet dann auf den Laptop, auf dessen Display Scarlett zu sehen ist. »Und Finger weg von der da. Die gehört mir, auch wenn sie davon noch nichts weiß.«

12

SOPHIE – HAMBURG

Die Liebe ist ein seltsames Spiel

»Und ich spiele da nicht mit«, sagt Sophie bockig.
»Es kommt, wie es kommt«, widerspricht Geli.
»Give love and peace a chance.«

Hellrosafarbene Kastanienblüten segeln wie kleine Propeller von den Bäumen herab und säumen meinen Weg von der Uniklinik zu unserem Bootshaus am Isebekkanal in Eimsbüttel.

Es ist später Nachmittag, allerhöchste Zeit, Pauli zu unterstützen, denn sie braucht meine Hilfe bei einer Deutscharbeit. Der Haushalt macht sich leider auch nicht von allein, und ich muss mich dringend wieder an meine Arbeit machen, der Verlag wartet auf die Übersetzung von dem spanischen Original.

»Bin wieder daaaaaaaaa«, rufe ich, als ich im Flur unseres hellblau gestrichenen Holzhauses stehe und meine Jacke an die Garderobe hänge. Die Terrassentür ist offen, wahrscheinlich hat Pauli es sich draußen am Tisch mit Blick auf den Kanal gemütlich gemacht.

Und genauso ist es. »Alles klar, mein Schatz?«, frage ich und gebe meiner Tochter einen Kuss auf das von der Sonne erhitzte Gesicht. »Bist du schon dabei, oder machst du gerade etwas anderes?«

Vor Pauli steht der aufgeklappte Laptop, auf dem Display ist das Gedicht *Willkommen und Abschied* von Johann Wolfgang von Goethe zu sehen.

Paulis dunkle Locken sind völlig zerzaust, als hätte sie sich gerade mächtig die Haare gerauft. »Fuck you, Goethe«, knurrt sie und seufzt. »Ich weiß echt nicht, was das soll. Total schwülstiger Text und voll verworren. Ich hab das Gefühl, dass der Mann keinen Plan davon hat, was er da schreibt.«

Ob ich will oder nicht, ich muss grinsen. Einer unserer größten Dichter und keinen Plan?!

»Das solltest du bei deiner Klassenarbeit nächste Woche besser nicht erwähnen«, sage ich schmunzelnd und ziehe einen zweiten Stuhl an den langen Holztisch, an dem wir als Familie schon viele schöne Sommerabende und Grillfeste verlebt haben.

»Und was soll überhaupt dieser Mist mit Sturm und Drang?«, mault Pauli weiter. »Das ist alles voll lange her und hat doch nix mit mir zu tun.«

Nun, das sehe ich ganz anders, doch wie bringe ich das meiner offensichtlich miesgelaunten Tochter bei?

Simon hatte in Krisen wie diesen eine tolle Art, mit Pauli umzugehen. Er hat sie einfach erst zum Lachen gebracht und dann behutsam auf den richtigen Weg gelenkt.

Ich versuche es statt Albernsein mit Küchenpsychologie: »Hast du nur wegen des Gedichts schlechte Laune, oder ist irgendwas Blödes in der Schule passiert?« Pauli ist sonst super in Deutsch, hat einen Blog mit dem Namen *Paulis Welt* und liest viel. Außerdem amüsiert sie sich immer köstlich über die Kitschtexte, die ich neuerdings für die Verlage übersetze, und sagt, dass ich endlich mal etwas *Anständiges* machen soll.

Zum Beispiel ein eigenes Buch schreiben.

»Nö, wieso?«, fragt Pauli und beißt in einen Apfel. Der Saft spritzt umher und trifft meine Wange.

»Ist denn mit dir und Laura alles in Ordnung?«

Laura ist Paulis on-and-off-beste Freundin, je nachdem, wie die Mädchen gerade gelaunt sind. Mal kleben die beiden so dicht zusammen, dass man sie kaum trennen kann, dann wiederum sprechen sie tagelang kein Wort miteinander.

»Ach, vergiss Laura.« Pauli verdreht ihre wunderschönen, waldseegrünen Augen. Alles klar, die beiden sind offenbar wieder in der *Off-Phase*.

»Und was ist mit …«

Achtung, jetzt betrete ich vermintes Terrain. Doch irgendetwas sagt mir, dass ich notfalls einen kleinen Streit riskieren muss, wenn ich in Erfahrung bringen möchte, was in meiner Kleinen vor sich geht.

»… mit Niklas? Er war länger nicht mehr hier, oder?«

Niklas ist seit einem Jahr Paulis bester Freund. *Nur Freund, Kumpelzone,* wie sie stets betont.

Pauli pfeffert den halb aufgegessenen Apfel in den Kanal und verfehlt mit ihrem Geschoss knapp den Kopf einer Ente, die sich empört quakend in den Schutz des Blätterdachs einer Trauerweide flüchtet. Dann springt meine Tochter auf, der Stuhl kippt um, die Terrassentür scheppert gefährlich und fällt dann hinter ihr ins Schloss.

»Hey, lass mich rein«, rufe ich und hämmere gegen die Tür.

Ich wollte das Schloss schon ewig reparieren lassen, denn es lässt sich zurzeit nur von innen öffnen. Und ich stehe dummerweise gerade draußen. Doch Pauli ist auf und davon gestürmt, und ich gucke in die Röhre. Was mache ich denn jetzt?

»Na, wieder mal ausgesperrt?«, ertönt es von oben.

Mein Mieter, Herr Hoppe, steht an der Brüstung des Balkons im ersten Stock und lächelt verschmitzt. »Soll ich Sie retten?«

»Das wäre echt nett«, erwidere ich und beschließe zum wiederholten Male, endlich den Schlosser kommen zu lassen. Dieser Punkt auf meiner gefühlt nie endenden To-do-Liste ist im Trubel der Vorbereitungen für das *Liv's* leider untergegangen wie ein leckgeschlagenes Schiff.

Da Herr Hoppe einen Schlüssel zu unserer Wohnung besitzt, öffnet er mir drei Minuten später, und ich kann endlich wieder rein.

Aus Paulis Zimmer dröhnt laute Musik. Ich tippe auf Ariana Grande oder Billie Eilish.

»Mögen Sie einen Kaffee?«, frage ich den alten Herrn, der seit etwa vier Jahren in der Wohngemeinschaft im ersten Stock lebt, von deren Mieteinnahmen ich den größten Teil der Haushaltskasse bestreite.

»Ich dachte schon, Sie fragen nie«, sagt Herr Hoppe und lässt sich stöhnend auf einem der fünf Stühle am Esstisch unserer Wohnküche nieder. »Was hat die Kleine denn?«, fragt er und massiert seine Knie (in denen sich eine böse Arthrose eingenistet hat, doch er verweigert die Operation), während ich Kaffeepulver in die Filtertüte häufle.

»Ein Problem mit Goethe. Sie schreibt bald eine Arbeit über das Gedicht *Willkommen und Abschied*. Ziemlich schwieriger Stoff für eine 15-jährige Zehntklässlerin«, erwidere ich, obwohl mir Goethe nicht das Hauptproblem zu sein scheint.

Doch ich bin nicht gewillt, etwas Persönliches über meine Tochter auszuplaudern. Pauli liebt Herrn Hoppe heiß und innig und wird ihm schon erzählen, wenn sie etwas bedrückt. Für sie ist der 84-jährige Herr so etwas wie Ersatz-Opa und -Oma in einer Person. Darum nennt sie ihn auch Opa Hoppe.

Meine Eltern sind vor zehn Jahren im Rahmen ihres Wunsches nach *Traumerfüllung* nach Kalifornien gezogen, weil das Klima dort viel angenehmer ist und sie es sich leisten können, dort zu leben, wo andere Urlaub machen. Davor sind sie ständig durch Spanien getingelt, bis es ihnen dort irgendwann zu langweilig wurde. Die Kinder sehen ihre Großeltern meist nur, wenn sie für zwei Wochen über den Jahreswechsel in Hamburg sind.

»Der gute alte Herr Goethe, verstehe«, murmelt Herr Hoppe und streicht sich über den schlohweißen Bart. »Der ist auch harter Tobak für eine so junge Dame. Wieso lassen die Lehrer ihre Schüler nicht lieber zu diesen Poem-Schlammschlachten gehen, damit sie eine zeitgemäße Form von Lyrik kennenlernen? In der Auster Bar um die Ecke finden doch einmal im Monat solche Veranstaltungen statt. Soll ich da mal mit Pauli hingehen?«

Poem-Schlammschlachten, wie süß.

»Wenn Sie Lust dazu haben, sehr gern«, erwidere ich erfreut. »Wirklich schade, dass Sie nicht mehr unterrichten. Wenn Pauli Lehrer wie Sie hätte, ginge sie ganz bestimmt lieber in die Schule. Ich schlage es ihr vor, sobald sie wieder aus ihrem Zimmer kommt.«

»Ich könnte auch an ihre Tür klopfen und fragen, ob sie Kakao mit mir trinkt und ein bisschen über Sturm und Drang plaudern möchte. Das Thema müsste ihr liegen, schließlich ist sie doch selbst ein kleiner Wirbelsturm, nicht wahr?«

»Das stimmt allerdings«, erwidere ich seufzend und schäume Milch für den Kaffee auf. »Das Alter ist wirklich schwierig. Dieses ewige, emotionale Auf und Ab – und das gefühlt im Sekundentakt. Bin ich froh, dass zumindest Liv da endlich raus ist.«

Obwohl: so ganz stimmt das nicht. Meine Gefühle fahren zurzeit ja auch ganz schön Achterbahn. Ich sage nur: Marc Bauer!

Herr Hoppe verschwindet in Richtung Paulis Zimmer, und siehe da: Meine Tochter öffnet ihm, in der Hand diverse Zettel und einen Gedichtband von Goethe. Die Aussichten auf Kakao und einen Plausch mit ihrem Ersatz-Opa sind offenbar verlockend.

»Also los, erzähl mal«, sagt Herr Hoppe mit Blick auf Paulis Notizen, als die beiden zurück in die Küche kommen. »Worum geht es deiner Meinung nach in diesem Gedicht?«

Pauli kaut auf einer Haarsträhne herum, etwas, das sie sich eigentlich schon längst abgewöhnt hatte. »Um … einen Typen, der nachts durch die Gegend reitet und sich im Mondschein mit irgendeiner Tussi trifft«, mutmaßt sie und sucht fragend seinen Blick.

Herr Hoppe nickt aufmunternd, was meine Tochter zu motivieren scheint. »Es geht also um welches große Thema?«

»Um die Liebe«, erwidert Pauli, und plötzlich ploppt das Bild von Marc Bauer vor meinem inneren Auge auf. »Um lieben und geliebt werden.«

»Richtig«, spornt Herr Hoppe sie an. »Und worum noch?«

»Um … um …« Pauli schaut Hilfe suchend umher, und ich selbst werfe einen Blick auf das Gedicht, das ich früher sogar auswendig konnte, weil ich die darin enthaltenen Sprachbilder wie »An den Bergen hing die Nacht« wunderschön finde.

Wieso übersetze ich eigentlich nicht Texte wie diese?

»Um … Abschied? Und Traurigkeit? Lässt der Typ sie nicht fallen wie eine heiße Kartoffel, oder habe ich da was falsch verstanden?«

Ist Marc Bauer eigentlich Single? Und wenn ja, wieso (ich konnte keinen Ring entdecken)?

»Das ist richtig«, erwidert Herr Hoppe. »Goethe hatte zu jener Zeit eine Liebschaft mit einer Pfarrerstochter, die in seinen Augen nicht standesgemäß war. Nachdem er sie eineinhalb Jahre *gedated* hat, wie ihr Kids heute sagt, beschloss er, sich von ihr zu trennen.«

»Also hatte er erst seinen Spaß und dann genug von ihr«, murmelt Pauli und wirkt mit einem Male zu Tode betrübt.

»Er hat Friederike Brion, die davon ausgegangen war, dass Goethe sie heiraten würde, tatsächlich nicht ins Gesicht gesagt, dass er sie verlässt, sondern ihr eine Woche nach seiner Abreise einen Brief geschrieben«, fährt Herr Hoppe mit seiner literaturhistorischen Abhandlung fort.

»Er hat also quasi mit ihr Schluss gemacht? Was ist das denn für ein mieses Arschloch?« Paulis Augen sind groß wie Scheunentore, in ihrem Blick steht blankes Entsetzen.

Ich denke betrübt: Das war schon immer so und wird sich vermutlich auch nie ändern. Wenn es um direkte Konfrontation geht, sind Männer häufig ziemliche Feiglinge.

»Nun, so kann man es auch nennen«, erwidert Herr Hoppe, der nie verheiratet war, weil er die Frauen dafür zu sehr liebte (also die *Vielzahl* der Frauen), wie er mir neulich bei einem Glas Rotwein gestanden hat. »Man muss ihm allerdings zugutehalten, dass er damals erst einundzwanzig Jahre alt war und noch sehr viel reisen und erfahren wollte«, startet er einen schwachen Versuch, den dichtenden Womanizer Johann Wolfgang in Schutz zu nehmen.

»Und was ist aus der Frau geworden?«, fragt Pauli mit bebender Unterlippe.

»Sie hat nie geheiratet, weiterhin bei ihrer Familie gelebt und ist schließlich gestorben, ohne je Kinder bekommen zu haben.«

»Nicht dein Ernst, oder?« Pauli bricht in Tränen aus, die beinahe das gesamte Bootshaus fluten. Herr Hoppe sieht bestürzt drein, ich laufe zu ihr, nehme meine Kleine in den Arm und wiege sie wie ein Baby. Ich weiß, dass es keinen Sinn hat, sie jetzt zu fragen, was sie so sehr bedrückt. Wenn Pauli so weit ist, erzählt sie es ganz von allein.

Nach einer gefühlten Ewigkeit öffnen sich schließlich ihre emotionalen Schleusen: »Niklas hat heute in der Schule per WhatsApp mit mir Schluss gemacht«, murmelt sie mit tränenerstickter Stimme. »Und nun werde ich einsam und allein sterben, genau wie diese Friederike. Womit habe ich das verdient? Ich hasse mein Leben! Und nur damit ihr's wisst: Ich bewerbe mich bei der Sendung *Goodbye Deutschland – deine Auswanderer.* Dann können mich hier alle mal.«

13

MARC – HAMBURG

Kühlschrankinhalt Liv's:

Wildschwein-Paté, Himbeeren, Erdbeeren, Blaubeeren, Zitronensorbet, Himbeersorbet, Blattsalate gemischt, eine Flasche Champagner, Mango- und Quitten-Chutney, zwei Flaschen Fritz Kola, ein Klumpen dunkles Irgendwas, vermutlich schwarzer Trüffel (oder Marihuana)

Am dritten Abend ist im *Liv's* schon deutlich mehr los; Freitag ist Ausgehtag. Wir erwarten elf Gäste.

»Alles klar?«, fragt Geli, die zurzeit ihre Schwester Sophie vertritt, die alle Hände voll damit zu tun hat, sich um die Genesung ihrer Tochter und um deren Betreuung nach der Entlassung zu kümmern.

»Bis jetzt ja«, erwidere ich und lächle Geli zu.

Auch heute trägt sie wieder ein mehr als schrilles Outfit: eine ockerfarbene Lederhose mit Schlag, dazu einen rostroten Häkelpulli aus Glitzerwolle mit riesigen Löchern, darunter ein hautenges Top.

»Und bei dir?«

Wir duzen uns seit gestern Abend, da wir nach dem Aufräumen und Putzen der Küche noch zusammen ein Glas Wein getrunken und uns dabei ein bisschen unterhalten haben. Seitdem weiß ich, dass Geli Onlinedating macht und sich sehnlichst eine Beziehung mit jemandem wünscht, der kein Psychopath, finanziell ruiniert oder bindungsunfähig ist.

»Was machen denn die Herren bei *Hanse Love?*«

»Darf ich dir den einen zeigen, mit dem ich gestern fast die halbe Nacht gechattet habe?«, fragt sie. An einer Handykette um ihren Hals baumelt das Smartphone, das sie ständig und überall dabeihat. Ob sie auch nachts damit schläft?

»Der Typ scheint nicht übel zu sein«, mischt sich Ben in die Unterhaltung. »Ich würde mich mit ihm treffen, wenn ich du wäre.«

»Woher weißt *du* denn, mit wem Geli schreibt?«, frage ich verdutzt.

Ben hört auf, frische Kräuter zu hacken, und grinst: »Na ganz einfach, weil Geli mich heute Morgen schon mit diesem Online-Kram vollgequatscht hat. Sorry, Geli, nicht böse gemeint. Ich weiß, dass dir in deinem Alter nichts anderes übrig bleibt, wenn du noch einen Kerl abkriegen willst.«

»Beim … Frühstück?!« Ich bin verwirrt.

»Wusstest du nicht, dass Geli und ich morgens immer zusammen kuscheln und Kaffee im Bett trinken?«, fragt Ben ungerührt und widmet sich wieder dem Hacken von frischen Wildkräutern und Zitronenmelisse.

»Äh, nein.«

»Ben, hör auf so einen Unsinn zu reden, Marc ist schon ganz blass um die Nase«, sagt Geli. Und dann, zu mir gewandt: »Hat dir niemand gesagt, dass Ben und ich zusammen mit einem Herrn namens Anselm Hoppe im ersten Stock von Sophies Haus wohnen?«

»Bisher nicht, aber danke für die Info«, erwidere ich. »Dann seid ihr also so etwas wie WG-Freunde?«

»Ganz genau«, erwidert Geli lächelnd und gibt Ben ein Küsschen auf die Wange. Der Kuss hinterlässt tiefrote Spuren – ich tippe auf *Rouge Allure* von Chanel, Christinas liebste Lippenstiftfarbe.

Die Erinnerung an Christina versetzt mir prompt wieder einen Stich.

»Wir sind seit knapp fünf Jahren ein super Team und lieben uns heiß und innig, nicht wahr, Benny-Herz?«, fährt Geli fort. »Ich sage es ja immer wieder: zu schade, dass du keinen älteren Bruder hast.« Dann fragt sie besorgt: »Marc, was ist mit dir? Bis eben warst du noch blass, aber jetzt siehst du aus wie Shrek, total grün im Gesicht. Geht's dir nicht gut?«

Ich murmle »Doch, doch« und bemühe mich, das flaue Gefühl in der Magengegend zu ignorieren. »Ich fürchte, ich habe heute zu wenig getrunken.«

»Das kenne ich«, sagt Ben grinsend. »Zwei Gin Tonic pro Abend sind eindeutig zu wenig.«

Geli schenkt ein Glas Wasser ein und gibt es mir. »Runter damit und dann am besten noch gleich eins hinterher. Ansonsten hilft auch Cola, wenn der Kreislauf streikt.«

Ich bezweifle zwar, dass niedriger Blutdruck dafür verantwortlich ist, wie ich mich gerade fühle, aber das geht niemanden etwas an. »Danke, mir geht's schon viel besser«, schwindle ich und widme mich dann wieder der Vorbereitung des heutigen Abendmenüs.

Vorspeise: Gemischter Blattsalat mit Kräutern, Pinienkernen und essbaren Blüten

Hauptgang: Paté vom Wildschwein, Schwarzwurzeln und Quitten-Chutney

Dessert: Variationen von Eissorbet mit Beeren

Je länger ich mit den Zutaten herumhantiere, desto mehr komme ich wieder ins Lot. Der Duft von frischen Kräutern, Knoblauch und Quitten ist Balsam für die Seele. Und es macht Spaß, mit Profigeräten an einem großen Profiherd zu arbeiten.

»Fein, dann kann ich dir ja kurz Mister Loverboy J. zeigen«, sagt Geli, zückt ihr Smartphone. »Hier, das ist er.«

Vor mir erscheint das Bild eines Mannes, der mir verdammt bekannt vorkommt. Was daran liegt, dass ich ihn kenne.

Auf dem Foto prangt doch tatsächlich das Konterfei von Dr. med. Jan Wohlerts, Internist, bester Freund und seinen Worten nach mit einem megasüßen Bienchen namens Bine liiert.

Ich frage mich:

a) Wieso zum Teufel ist Jan bei *Hanse Love?!*
b) Ist Jan verrückt geworden und/oder unausgelastet?
c) Hat Bine ihn wegen eines Jüngeren verlassen?
d) Ist Jan zu einer Art frauenverschlingenden Raupe Nimmersatt mutiert?

Was sage ich denn jetzt zu Geli? *Finger weg von meinem Freund, wenn du dir nicht die Finger verbrennen willst. Jan ist gerade mitten in einer fetten Midlife-Crisis und nicht mehr Herr seines … äh, seiner Sinne?!*

Wohl eher nicht.

»Hat's dir die Sprache verschlagen?«, fragt Ben, der die Paté in Scheiben schneidet, die er am Vorabend zubereitet hat und die äußerst köstlich schmeckt. »Ich finde, der Typ ist ein Volltreffer: im richtigen Alter, hat Kohle, sieht gut aus, ist so gut wie geschieden, mit nur einem Kind im Schlepptau, das nicht im eigenen Haushalt lebt. Wenn das matcht, hat Geli einen Arzt an ihrer Seite, wenn sie einen braucht, was in ihrem Alter ja durchaus öfter mal vorkommen kann.«

»Hältst du wohl die Klappe? Jetzt ist aber Schluss mit diesem Alters-Mist! Frechheit«, schnaubt Geli empört und wirft mit einem nassen Schwamm nach Ben.

»Hast du Druck auf dem Kessel, oder wieso machst du jetzt Onlinedating?«, frage ich Jan, mit dem ich nach Feierabend in einer coolen Bar in der Nähe des *Liv's* verabredet bin.

»Dir auch einen schönen guten Abend«, erwidert Jan und legt seine Jacke über den freien Barhocker direkt neben ihm am Tresen. »Und, viel entscheidender, woher weißt du das? Stalkst du mich etwa?«

»Sagen wir es mal so: Ich habe Beziehungen …« Ich bin nicht bereit, die Karten offen auf den Tisch zu legen, ehe Jan es tut.

»Hallo, Jungs, was darf's sein?«, fragt Liam, der smarte Barkeeper aus Dublin, mit dem wir bereits einige feuchtfröhliche Abende im *Whisky's* verbracht haben. »Für dich wieder Venus sour, Marc, und für dich einen Old Fashioned, Jan?«

»Wir lassen es heute mal total krachen und nehmen etwas anderes«, entgegnet Jan, ohne mich zu fragen, ob mir das auch recht ist. »Ich habe keine Lust, mich zu fühlen wie ein altmodischer Sack, und Marc sollte sich lieber gut mit Venus stellen, statt sie sauer zu machen. Wird Zeit, dass er sich mal hier in Hamburg nach den Girls umschaut. Mix uns einfach was Nettes, und wir sagen dir schonungslos ehrlich, was wir davon halten.«

»Alles klar, schön, dass ihr mir vertraut«, erwidert Liam amüsiert. »Ihr wisst: Ihr könnt den Drink auch zurückgeben, wenn ihr ihn nicht mögt. Wir trinken ihn dann schon aus.«

Mit »wir« meint Liam seine bildhübsche Bartenderin Fiona, gebürtig in Cork, also ebenfalls Irin. Jan verschlingt die ungefähr Fünfundzwanzigjährige beinahe mit den Augen.

Offenbar sieht man zehn Kilometer gegen den Wind, was ich von dieser Glotzerei halte. »Nun guck nicht so sauertöpfisch, sondern freu dich lieber darüber, dass wir einen Männerabend vor uns haben, mit den besten Aussichten, die die Stadt zurzeit zu bieten hat«, sagt Jan. Seine Blicke verfangen sich geradezu in Fionas tiefem Ausschnitt. Zwischen ihren Brüsten baumelt ein

Kettenanhänger, der verdächtig nach Pistole aussieht. So sexy sie auch gekleidet ist, steht sie garantiert nicht darauf, wenn ein Mann, der doppelt so alt ist wie sie, sie anschmachtet, als sei sie der letzte verfügbare Schluck Whisky in einer Bar.

»Also, was ist mit Bine?«, frage ich, nicht bereit, mich über irgendetwas Belangloses zu unterhalten, solange die Sache mit dem Onlinedating nicht geklärt ist.

Auch wenn ich Geli erst seit ein paar Tagen kenne und sie ein bisschen schrill finde, mag ich sie. Und ich möchte unbedingt verhindern, dass sie sich in Jan verknallt, der zurzeit offenbar unzurechnungsfähig und hormonell übersteuert ist. »Habt ihr beiden Stress, oder hast du beschlossen, von nun an der Polyamorie zu frönen?«

»Seit Bine weiß, dass ich getrennt bin, entwickelt sie genau solche Marotten wie Katja – oder sogar noch schlimmer. Sie verlangt von mir, dass ich abnehme, Sport mache, mich gesünder ernähre, andere Klamotten kaufe und zur Maniküre gehe. Ist das zu fassen?« Jan betrachtet seine Fingernägel, und ich kann nicht umhin, Bine innerlich recht zu geben: Schön geht eindeutig anders. Er steht offenbar mit der Feile auf Kriegsfuß. Seine Nägel sehen aus wie eine einzige Berg-und-Tal-Fahrt, und das als Arzt!

»Zu allem Überfluss ist Bine ständig auf Achse und mault rum, wenn ich früher als drei Uhr morgens im Bett liegen möchte. Aber mal ehrlich: Wenn wir heute Abend einen draufgemacht haben, liegen wir doch beide den halben Samstag in Sauer. Oder geht das nur mir so?«

»Nein, da bist du wahrlich nicht allein«, erwidere ich, froh darüber, mein seltsames Formtief im *Liv's* überwunden zu haben. Schon merkwürdig, was der Körper manchmal so im Alleingang veranstaltet, ohne dass man(n) einen Plan hat, was er einem mit seinen Sperenzchen sagen will. »Schaust du dich jetzt deshalb im Netz nach Gleichaltrigen um? Meinst du, mit denen ist es einfacher? Die haben ebenfalls hohe Ansprüche, wie du bestens von Katja weißt. Bis auf eine Ausnahme: Sie wollen auch gern bis spätestens Mitternacht im Bett sein.«

Liam stellt zwei Drinks vor uns hin. Ich bin gespannt.

»Ich suche gar keine Gleichaltrige«, widerspricht Jan. »Sondern etwas dazwischen. Eine um die dreißig wäre super. Die muss nicht mehr ständig Party machen und weiß im Idealfall, dass es besser ist, den anderen in Ruhe zu lassen, wenn man ihn nicht vergraulen will. Der einzige Haken an dieser Altersklasse ist, dass viele von den Frauen Kinder haben möchten. Und das will ich weder mir noch Frieda antun. Sie ist und bleibt meine absolute Nummer eins.«

»Geli ist aus dem gebärfähigen Alter raus«, murmele ich und überlege, wie alt Sophies Schwester ist. Ende vierzig, Anfang fünfzig? »Aber wieso flirtest du mit ihr, wenn du nach einer zwanzig Jahre jüngeren Frau suchst?«

»Woher weißt du, wie mein Online-Flirt heißt und wie alt sie ist?«, fragt Jan und beäugt mich misstrauisch. »Hast du mein Handy gehackt? Lässt du mich beschatten?«

»Weil besagte Geli die Schwester von Sophie ist und mir heute Abend dein Profil auf *Hanse Love* gezeigt hat.«

»Nicht dein Ernst, oder? Das erklärt ja einiges. Ich chatte nur mit Geli, weil sie mich angeschrieben hat. Ich habe meinen Suchfilter nämlich auf das Alter von 25–33 Jahren beschränkt. Sie scheint aber nett zu sein und lustig. Wusstest du, dass sie ein Faible für die Siebzigerjahre hat? Sie hat angeboten, Toast Hawaii für uns zu machen und als Dessert kalter Hund, wenn wir uns zum Essen treffen. Das finde ich total lustig. Ist mal was anderes als diese ewige Haute Cuisine und das ganze regionale Gedöns. Jetzt mal ehrlich, Marc: Wie wollt ihr denn Gäste in dieses Restaurant kriegen, wenn jeder Laden in der Gegend ähnliches Essen anbietet? Wenn der Schuppen laufen soll, braucht ihr etwas Originelles, Unverwechselbares. Einen kulinarischen USP, wie man so schön sagt.«

Wo Jan recht hat, hat er recht. Ich werde darüber mit Liv und Sophie sprechen müssen. Jetzt aber noch mal zurück zum Onlinedating.

»Mister Loverboy J.? Also ehrlich jetzt, geht's noch?«

Jan grinst. »Aber klar doch. Sei froh, dass ich mich nicht Mister Boombastic genannt habe, wobei ich der, wenn man's genau betrachtet, tatsächlich bin.«

Manchmal frage ich mich, wie es sein kann, dass Jan Medizin studiert hat und ein so kompetenter Arzt geworden ist. Wenn man ihn so reden hört, käme man im Traum nicht auf diese Idee. Aber: Ich kann nicht anders, ich muss schon wieder lachen.

14

SOPHIE – HAMBURG

Eine Schwalbe macht noch keinen Sommer

»Eine Sonnenblume auch nicht. Aber schön ist sie trotzdem«, schwärmt Sophie und kauft einen ganzen Strauß.

Das kannst du nicht tun, mi amor. Du darfst mich nicht verlassen, das überlebe ich nicht. Sagtest du nicht erst gestern Nacht, du liebst mich?« Ines blickte Esteban aus weidwunden Augen an. Tränen rollten wie kleine, durchsichtige Perlen …

Ich starre auf den Text, den ich gerade übersetze. Durchsichtige … Perlen?

Seit wann sind Perlen durchsichtig?

Verwirrt ziehe ich Google zurate, bisher war ich nämlich der Ansicht, dass diese runden Schmuckstücke aus Perlmutt sind, daher auch der Name. Google und ich sind uns einig: Die einzige durchsichtige Variante, die es gibt, ist die sogenannte Glasperle. Die wächst allerdings nicht in einer Muschel heran, sondern wird aus Glas geblasen.

Mir kommt bei der Recherche zu diesem Thema *Das Glasperlenspiel* von Herrmann Hesse in den Sinn, das letzte und wohl anspruchsvollste Werk des deutsch-schweizerischen Schriftstellers, dessen Romane ich als Teenager inhaliert habe wie andere Joints und/oder Nutellabrote. Was war Hesse nur für ein begnadeter Autor! Und was bin ich für eine bemitleidenswerte …

»OMG, was ist das denn schon wieder für ein übler Schwulstkram?«, fragt Geli, über meine Schulter gebeugt. »Kann der Verlag dir nicht mal etwas anderes geben? Und was soll das sein, eine durchsichtige Perle. Ticken die bei Amoroso Books in Barcelona noch ganz sauber?«

»Keine Ahnung, was die Verfasser sich bei diesem Text gedacht haben, das werde ich wohl umformulieren müssen, aber nicht jetzt«, erwidere ich seufzend und speichere die bisher erarbeiteten sieben Seiten ab. »Solange ich bei diesem Projekt so stark eingebunden bin, komme ich leider nicht dazu, andere Aufträge zu akquirieren. Wollen wir auf der Terrasse einen Kaffee trinken, bevor ich irre werde, und du erzählst mir, wie es in Sachen Dating und bei *Share your clothes* läuft?«

Ich massiere meinen Nacken, der sich spätestens nach der Sexszene, die ich vorhin am Wickel hatte, so versteift hat, als ekelte er sich ebenso wie ich vor dem peinlichen Text. Seit Punkt heute Morgen um fünf sitze ich an diesem Schwachsinn, zurzeit der große Renner auf dem Buchmarkt, und habe keine Lust mehr. Seit Beginn des Jahres bin ich Mitarbeiterin einer Serie mit dem Titel *Pochende Glut des Herzens,* die den Abonnenten täglich als Online-Variante aufs Tablet oder den Reader gespielt wird. Ähnlich wie eine Telenovela, die jeden Tag zur selben Zeit über den Bildschirm flimmert – mit ebenso ähnlich verblödender Wirkung. Zum Glück arbeite ich nicht allein, sondern in einem Übersetzerteam, das sich die Episoden aufteilt, von denen jede insgesamt fünfzig Seiten umfasst. Ich muss bis 16 Uhr meinen Anteil von zehn abgeben, andernfalls droht Auftragsentzug.

Geli kocht Kaffee, während ich meine Mails checke und schaue, ob Liv geschrieben hat. Es wäre wirklich schön, wenn sie heute entlassen werden würde. Sie fehlt mir, und ich mache mir Sorgen um sie. Der Aufenthalt im Krankenhaus bekommt ihr gar nicht, obwohl sie viel Besuch hat und jede Menge netter Geschenke zur Ablenkung (zum Beispiel ein Hörbuch-Abo, da sie zurzeit ja keine Romane in der Hand halten kann und an sich sehr gern liest). Auch kulinarisch ist sie nicht auf den Hund gekommen, Ben hat ihr extra eine Zimt-Apfel-Tarte gebacken, die sie so sehr liebt. Zudem bringt Geli ihr täglich Kostproben des Menüs mit, das Marc und Ben zubereitet haben, damit meine Tochter auf dem Laufenden ist, was die Kochkünste der *Reservemannschaft* betrifft.

»Frische Luft, das tut gut«, sage ich wenig später und lasse meinen Blick über den Kanal schweifen. Über uns strahlt die Sonne und tupft Glanzpunkte auf das Wasser, in dem sich kleine Fische tummeln. Auf der Oberfläche gleitet ein Schwanenpaar gemächlich dahin, das mit seinen fünf flauschigen Jungen einen Ausflug macht. Pauli ist ganz verrückt nach den possierlichen Tierchen und würde sie am liebsten allesamt adoptieren.

»Das stimmt«, sagt Geli und reicht mir einen Becher wohlduftenden, frisch gebrühten Kaffee. »Ich bin wirklich froh, dass ich dein Angebot, nach der Scheidung von Rolf hier einzuziehen, angenommen habe. Diese Aussicht hier ist einfach der Hammer. Kaum zu glauben, dass das schon wieder beinahe drei Jahre her ist.«

Auch mir kommt es so vor, als sei es gestern gewesen, dass meine Schwester, völlig verheult und am Boden zerstört, an der Tür des Bootshauses geklingelt und um einen Schlafplatz für das Wochenende gebeten hat. Aus geplanten zwei Nächten wurde eine Dauer-WG, was manchmal schön, dann wieder anstrengend, aber alles in allem toll ist. Geli hilft mir viel, Pauli und Liv lieben ihre Tante heiß und innig, auch wenn zwischendrin mal die Fetzen fliegen (Gelis Hutsammlung sprengt den räumlichen Rahmen, eigentlich müssten wir anbauen). Außerdem kann ich das Geld für die Miete gut gebrauchen, weshalb ich nach Simons Tod das gesamte Obergeschoss vermietet habe.

»Die Blumen sehen übrigens super aus. Der kleine Terrassengarten wird immer schöner.«

Wir schauen beide versonnen auf die großen Töpfe, die ich, gemeinsam mit Pauli, mit Vergissmeinnicht, Ranunkeln, Tulpen und Narzissen bepflanzt habe.

»Ich weiß gar nicht, wie du es schaffst, das alles hier unter einen Hut zu kriegen, Schwesterherz. Egal, wie sehr wir alle mitanpacken, das ist doch eine ganze Menge Arbeit.«

»Bleibt mir schließlich nicht viel anderes übrig, außerdem macht mir das Bepflanzen und Herumwühlen in der Erde als Kontrast zum Schreibjob am PC riesigen Spaß, wie du weißt. Wenn ich nur diese schwachsinnigen Texte übersetze, werde ich verrückt. Aber jetzt sag schon, was gibt's Neues bei dir? Seit der Eröffnung des *Liv's* und dem Unfall kommen wir kaum noch dazu, über etwas anderes zu reden als über Speisepläne, Lebensmitteleinkauf, die mangelnde Gästezahl und PR-Ideen.« Oder über Marc Bauer, der sich offenbar bestens mit Geli versteht. Die beiden haben sogar neulich abends noch ein Glas Wein miteinander getrunken. Bin ich eine missgünstige Schwester, wenn mir der Gedanke an ein vertrautes Beisammensein der beiden einen kleinen Stich versetzt?

»Ich beginne mal mit dem Job«, erwidert Geli, setzt sich an den Tisch und streift ihre braunen Clogs mit den Holzsohlen ab, die das ganze Haus beschallen, wenn sie auf ihnen auf und ab geht. *Klock, klack, klock.* »Svea hat mich gefragt, ob ich mir vorstellen könnte, eine Filiale von SYC zu leiten, weil das Konzept so gut angenommen wird, dass sie langfristig in allen großen Stadtteilen einen Laden eröffnen möchte.«

»Das ist ja großartig«, erwidere ich und setze mich ebenfalls. »Da sieht man mal, dass der Gedanke der Nachhaltigkeit sich immer mehr verbreitet und die Leute bei besonderen Anlässen eher auf das Ausleihen setzen, als sich etwas zu kaufen und es dann später zu entsorgen, weil es den ohnehin überfüllten Kleiderschrank verstopft.«

SYC hat sich darauf spezialisiert, Kunden gegen eine Leihgebühr besondere Kleidung wie Business-Outfits, Abendgarderobe, Kostüme und Schuhwerk anzubieten, das man in der Regel nur eventbezogen anzieht. »Hast du zugesagt?«

Geli nickt. »Im Spätherbst soll's losgehen, Svea sucht gerade fieberhaft nach passenden Läden. Bis dahin hat sich ja auch die Sache mit dem *Liv's* erledigt, und ihr braucht meine Hilfe nicht mehr.« Kaum hat Geli den Satz ausgesprochen, schlägt sie sich erschrocken auf den Mund. »Sorry, ich wollte damit nicht ausdrücken, dass sich Livs Traum erledigt hat, sondern dass sie bis dahin bestimmt einen festen Standort für das Restaurant mit vielen Stammkunden hat, die es kaum erwarten können, bei ihr essen zu gehen.«

»Schön wär's«, entgegne ich seufzend. »Irgendwie glaube ich zurzeit nicht daran. Letztlich ist es doch fast egal, ob Marc, Ben oder Liv selbst hinter dem Herd stehen. Das *Liv's* zieht trotz der massiven Werbung im Vorfeld einfach nicht, wieso auch immer. Die Hamburger gehen zwar wahnsinnig viel essen, aber eher in Läden, die Pizza, Burger, Sushi, Bowls oder diesen Frozen Yogurt anbieten, der momentan bei den Kids so angesagt ist. Da wissen sie, was auf den Tisch kommt, und haben nicht den Stress, sich entscheiden zu müssen.«

»Generation Unentschieden mit ihren Luxusproblemen«, murmelt Geli betreten. »Ich hasse das. Das ist so … ultraverwöhnt und irgendwie undankbar. Ist Liv eigentlich bewusst, wie viele so ticken? Ihr habt euch doch Gedanken darüber gemacht, bevor ihr das Cook-up angemietet habt?«

»Na klar haben wir das. Aber Liv hat nun mal keine Lust auf Einheitsbrei. Sie liebt die kulinarische Vielfalt und fand heimische Gemüsesorten wie den Spaghetti-Kürbis schon immer spannender als Miracoli.«

»Spaghettikürbis, was ist das denn?«, fragt Geli stirnrunzelnd. »Ist das so was wie Spaghettieis, nur als Gemüse? Woher kennt Liv nur so was? Ich bin immer wieder baff, was sie alles draufhat.«

»Von einem befreundeten Gärtner, der diese Sorte gerade mit viel Erfolg anbaut. Das Fruchtfleisch hat eine helle, faserige Struktur, die tatsächlich ein bisschen an Nudeln erinnert. Die Veganer lieben das natürlich, genau wie die Pasta aus Zucchini.«

»Vielleicht sollte Liv lieber auf vegan umschwenken«, sagt Geli. »Das ist ein klar umrissenes Konzept und seltsamerweise immer noch weitgehend konkurrenzlos in der Gegend. Übrigens treffe ich heute Abend diesen Jan, von dem ich dir gestern kurz erzählt habe. Ich weiß nur noch nicht, wo.«

»Wie wär's denn im *Liv's?* Wir haben doch Platz genug«, schlage ich vor.

Heute Abend übernehme ich den Service, schließlich hat Geli mich lange genug vertreten, und ich muss später nicht mehr ins Krankenhaus zu Liv, wenn alles nach Plan läuft.

Pauli und Herr Hoppe haben versprochen, sich um sie zu kümmern, wenn ich arbeite. Das ist eine gute Ablenkung für Pauli, die Liebeskummer vom Feinsten hat. Wenn ich diesen Bengel Niklas erwische, mache ich Hackfleisch aus ihm, und Geli verarbeitet ihn dann zum Mettigel, jawoll! Ich habe Pauli noch nie in einem solche Zustand gesehen. Allerdings wusste ich bis vor Kurzem auch noch gar nicht, dass die beiden »zusammen« waren.

»Meinst du wirklich?«, fragt Geli. »Ist das nicht ein bisschen zu … persönlich? Ich dachte eher an Cocktails, obwohl das natürlich ganz schön ins Geld geht. Und für den Fall, dass dieser Jan sich in echt als Rohrkrepierer entpuppt …«

»… verbringst du den Abend eindeutig besser an einem Ort, an dem ich dich jederzeit retten kann, wenn es doof werden sollte, und der dich nichts weiter kostet«, erwidere ich. Obwohl ich schon viel Positives über Onlinedating gehört habe, insbesondere über die Plattform *Hanse Love,* finde ich diese Art der Partnersuche gruselig und bin jedes Mal froh, wenn Geli nach ihren Blind Dates wieder heil ins Bootshaus zurückkehrt.

»Kann ich auch Kaffee?«

Paulis Stimmchen ist dünn und zart. Sie hat tiefe Ringe unter den Augen und ist offensichtlich total neben der Spur. Sie trägt das Shirt auf links, und die Farben ihrer Klamotten passen nicht zusammen (O-Ton meine Tochter: »Blau und Rot zusammen geht gar nicht! Eher esse ich Lakritz, als so was zu tragen.« Pauli hasst Lakritz abgrundtief).

»Kaffee nicht, aber ich koche dir gern Früchtetee oder Kakao, wenn du magst«, erwidere ich. Liebeskummer hin oder her: Ich bin nicht gewillt, ihr Koffein zu erlauben. Ein ständiges Diskussionsthema zwischen uns, bei dem ich bisher immer gewonnen habe.

»Aber ich bin kein Baby mehr, ich werde im Oktober sechzehn«, mault Pauli und zieht einen beleidigten Flunsch. »Ich bin sogar schon so erwachsen, dass Marc Bauer meine Meinung über Scarlett Neberg wissen will, weil er plant, sie für viel Geld für Promotionzwecke für das *Liv's* zu enga… äh, zu beauftragen.«

»Huch, wann hattest du denn mit Marc zu tun?«, fragt Geli erstaunt.

»Seitdem ich ihm Paulis Handynummer gegeben habe«, erkläre ich. Mein Herz vollführt einen kleinen Stepptanz, obwohl ich noch nie gesteppt habe und garantiert nicht begabt dafür bin (ich hab's nicht so mit dem Erlernen von Choreografien, das liegt bestimmt am Alter). Heute Abend sehe ich Marc wieder.

Und ein Teil von mir freut sich darauf.

Doch der andere rebelliert sofort: Wie kommt der Mann dazu, eigenmächtig zu entscheiden, Scarlett Neberg zu engagieren? Das *Liv's* ist unser Projekt, nicht seins. Na warte, der kann was erleben, wenn ich ihn das nächste Mal treffe!

15

MARC – HAMBURG

Kühlschrankinhalt Wohnung Hamburg:

Mittel gegen Ohrensausen, eine Flasche Cava,
Fischsalat von Butter Lindner, eine Salatgurke

Es tut mir leid, ich habe völlig vergessen, dich anzurufen, die Arbeit am …«

Ich habe keinerlei Chance, den Satz zu beenden, denn ich muss vor den schweren Geschützen in Deckung gehen, die Conchita von Mallorca aus auf mich abfeuert. Wahrscheinlich meint sie es gar nicht so böse, wie es klingt. Spanisch ist nun mal eine eher harte Sprache im Vergleich zu …

»Hast du eben tatsächlich hijo de puta zu mir gesagt?«, frage ich ehrlich entsetzt. Mir ist schon klar, dass das nicht nur Hurensohn heißt, sondern auch Unglücksrabe oder Pechvogel, ich tendiere allerdings in meiner Interpretation zu Ersterem, ihrem Temperamentsausbruch nach zu urteilen. »Ich schlage vor, du beruhigst dich erst mal wieder und wir sprechen morgen weiter, ja?« Deeskalation ist das Zauberwort der Stunde.

Doch dummerweise habe ich die Rechnung ohne Conchita gemacht. »Was soll das heißen, du meldest dich morgen wieder?«, keift sie in der schrillen Tonlage der älteren Markfrauen im Mercato di Olivar. »Das tust du ja doch nicht. Was machst du eigentlich wirklich in Hamburg? Du triffst eine andere Frau, nicht wahr? Du bist jeden Abend viel zu beschäftigt, um mich anzurufen. Und wir beide wissen ganz genau, was das heißt: Cava, Tapas, romanticismo, el amorio.«

In meinem Fall heißt es eher: Melissentee, Baldriantropfen und Zwieback, aber das binde ich dieser Furie garantiert nicht auf die Nase.

»Beruhig dich bitte wieder, es gibt nämlich gar keinen Grund, wütend auf mich zu sein«, starte ich einen weiteren Versuch, Conchita aus der Leitung zu bekommen.

In zehn Minuten bin ich mit Dirk verabredet, und dann muss ich dringend ins *Liv's*. »Ich date keine andere Frau, sondern habe vertretungsweise die Leitung eines Restaurants übernommen.«

»Die Leitung eines Restaurants?« Conchitas Stimme klingt ein kleines bisschen sanfter, ich hoffe, ich kann sie auf diesem Kurs halten. »Und was heißt vertretungsweise? Was ist das für ein Laden, und wie lange machst du das noch?«

Meine Taktik geht auf: Je mehr ich Conchita mit Fakten füttere, desto ruhiger wird sie. Also erzähle ich ihr von dem Cook-up-Projekt, behaupte allerdings, dass Liv und Sophie Hartmann Linus und Sebastian Bartmann heißen. Conchita darf auf gar keinen Fall wissen, dass ich diese Arbeit zwei Frauen zuliebe mache und … na ja, ein bisschen natürlich auch für mich selbst.

»Ich denke, die brauchen mich noch einen knappen Monat, bis dahin muss ich ohnehin wieder in Palma sein, weil dann mein neues Projekt startet, das Alba nicht allein durchziehen kann.«

Den Gedanken daran, was später mit dem *Liv's* wird, schiebe ich elegant beiseite. Kommt Zeit, kommt Rat. Ich hoffe einfach, dass Ben bis dahin so weit ist, das Restaurant die eigentlich vereinbarten letzten Wochen meines Einsatzes allein beziehungsweise mit einer Aushilfe zu schmeißen, deren Gehalt selbstverständlich auf meine Finanzkappe geht. Aber weder Liv noch Sophie wissen von meinem Plan, ich wollte sie zum Start unserer Zusammenarbeit nicht unnötig verunsichern.

»Schön, dich zu sehen, wie läuft's mit dem Restaurant?«, fragt Dirk, den ich beim Portugiesen, drei Häuser vom *Liv's* entfernt, treffe. Ich schlürfe den köstlichen Galão (oh Mann, ich trinke echt zu viel Kaffee, vielleicht rührt daher mein Herzrasen), erzähle von den vergangenen Tagen und davon, dass es gar nicht so einfach ist, Gäste zu gewinnen.

»Aber jetzt zu dir, wir hatten ja noch gar keine Gelegenheit, uns in Ruhe darüber zu unterhalten, was du so machst und wo deine mehr als offensichtliche Veränderung herrührt.«

Dirk ist auch heute wieder salopp gekleidet und trägt anstelle der sündhaft teuren Aktentasche einen Leinenbeutel bei sich. Er lächelt geheimnisvoll. »Sagen wir es mal so: Ich hatte eine Art Erleuchtung.«

Meine Fantasie schlägt augenblicklich Purzelbäume. Wird Dirk mir jetzt sagen, dass er

a) sein Vermögen beim Poker oder Roulette verspielt hat und es sich nicht mehr leisten kann, die Versicherung für den Porsche zu zahlen?
b) in die Fänge eines Coaches geraten ist, der ihm zu einer natürlichen, spartanischen Lebensweise (ohne Besuch beim Friseur und beim Herrenausstatter) geraten hat?
c) eine neue Freundin hat, die sich bei den Grünen engagiert und für die Greta Thunberg so etwas ist wie für mich … Oje, habe ich denn gar keine Vorbilder und Ikonen?! (Obwohl: habe ich doch. Aber ich mag gar nicht an den Mann denken …)

»Meine Aktien sind vor etwa einem Jahr total in den Keller gerauscht, ich hatte finanziell einfach zu hoch gepokert und in die falschen Fonds investiert. Dann wurde mein Porsche geklaut, obwohl der besser abgesichert ist als Fort Knox, und meine Freundin hat mich verlassen, weil ich ohne ebenden Porsche und das nötige Kleingeld fürs schicke Ausgehen ein No-Go für sie war, wie sie es so charmant formuliert hat.«

»Du bist pleite?«, frage ich bestürzt. Mein Herz rast wie verrückt, ich stelle den Galão beiseite. Wie kann so etwas ausgerechnet einem Mann passieren, der Controller ist?

Dirk nickt. »Nicht ganz, denn irgendwann haben sich die Kurse wieder ein bisschen erholt. Die Zeit bis zur Entwarnung hat mir allerdings deutlich gezeigt, wo meine Grenzen sind und wie falsch ich im Grunde lebe.«

»Mann, da bin ich aber echt froh«, sage ich erleichtert. »Und du bist jetzt wirklich glücklich? Du hast doch deinen Porsche und die tollen Reisen damit sehr geliebt, meines Erachtens sogar mehr als die Frauen auf dem Beifahrersitz.«

Dirk nickt. »Wenn mir jemand prophezeit hätte, dass ich mal mit weniger Luxus auskommen und mich auf andere Dinge besinnen würde, hätte ich ihn für verrückt erklärt. Doch Reichtum und Besitz machen nicht frei, sondern, im Gegenteil, ziemlich abhängig. Der Porsche muss bezahlt, gehegt, gepflegt und abgesichert werden. Und trotzdem gibt es immer jemanden, der schlauer ist als alle Alarmsysteme zusammen.«

In der Tat. In mein Apartment in Palma wurde auch eingebrochen, obwohl der Elektriker und ich hätten schwören können, dass die Wohnung ähnlich sicher ist wie das Mallorquiner Castell de Bellver.

»Frauen, deren Lebenselixier es ist, sich an der Seite eines erfolgreichen Typen zu präsentieren, sind oft hohle Nüsse, die einem schnell mit ihren überzogenen Ansprüchen auf die Nerven gehen«, fährt Dirk fort, während ich in Gedanken ernsthaft erwäge, doch einen Garagenplatz für meinen Alfa Romeo zu besorgen, immerhin ein nicht ganz günstiger Oldtimer. »Und sich selbst vermutlich auch, weil sie für diese Art von Männern natürlich in erster Linie Jagdtrophäen sind und entsprechend gut in Schuss sein müssen. Die dürfen kein Glas zu viel trinken, keine Pizza essen und meiden die Sonne wie die Vampire. Sie müssen andauernd ins Gym oder zum Pilates, obwohl sie sicher auch manchmal lieber faul auf der Couch liegen würden. Zudem lassen sie ein halbes Vermögen bei Nagelpflege und Waxing. Das musst du auch erst mal verdienen.«

Nun, da ist sicher etwas dran. Kein Wunder, dass Authentizität neuerdings so angesagt ist. Vermutlich sehnen sich fast alle Menschen danach, so sein zu können, wie sie wirklich sind, und kein Abziehbild der Erwartungen anderer. Manchmal empfinde ich meinen Business-Anzug auch als moderne Ritterrüstung im täglichen Kampf um das Auftragsvolumen meiner Kunden.

Und Rüstungen sind nun mal nicht bequem.

Oha, das habe ich doch jetzt nicht wirklich gedacht? Was ist denn nur los mit mir?

»Klingt, als sei das alles reiflich durchdacht. Ich bin beeindruckt«, erwidere ich. »Weniger ist oft mehr, das stimmt schon. Aber gerade jetzt bin ich echt froh, dass ich genug Geld verdiene, um mir diese Auszeit zu gönnen.«

»Aber womöglich bräuchtest du die gar nicht, wenn du zwischendrin auch mal Pausen machen und durchatmen würdest«, hält Dirk dagegen. »Wir haben uns unter anderem deshalb zwei Jahre lang nicht gesehen, weil du wie ein Irrwisch über die Erdkugel jettest und praktisch nie zu fassen bist. Dieses Tempo kann man maximal bis Anfang vierzig durchhalten, aber danach sollte man echt aufpassen, dass man sich seine Gesundheit und die sozialen Kontakte nicht ruiniert. Hätte Christina sich auch in ihren Yogaguru verliebt, wenn du weniger gereist und mehr für sie da gewesen wärst?«

Hm, aus dieser Warte habe ich das Scheitern unserer Liebe noch nie betrachtet. Genau genommen habe ich nie wirklich nach Gründen gesucht. Dafür war ich viel zu gekränkt und verletzt.

Vielleicht sollte ich mal gründlich über das plötzliche Beziehungs-Aus nachdenken.

Dirks Worte im Ohr, spaziere ich wenig später zum *Liv's* und treffe dort auf Sophie, die aus der anderen Richtung gekommen ist. Sie sieht absolut hinreißend aus: die Haare zum Dutt hochgetürmt, kleine blitzende Stecker in den zarten Ohrläppchen, auf den Lippen dezenter Lipgloss, der ihren Mund noch voller und sinnlicher …

Halt, stopp!

»Hallo, Sophie, na, wie geht's? Wurde Liv heute entlassen?«, frage ich möglichst lässig und kann meine Augen kaum von ihren Lippen lösen.

»Ja, vorhin«, erwidert sie knapp und schließt die Tür auf.

»Wie geht's ihr denn? Klappt das mit der stationären Reha?«

»Gut und ja. Danke der Nachfrage.«

Nanu? Warum ist Sophie denn so einsilbig? Da sage noch mal einer, Frauen seien Quasselstrippen.

Aus irgendeinem Grund scheint sie heute neben dem Sprechen auch das Lächeln verlernt zu haben.

»Wie schön, das freut mich«, sage ich, bemüht, mir meine Irritation nicht anmerken zu lassen. »Ich würde gern bei Gelegenheit mit ihr über das Konzept des *Liv's* sprechen. Momentan läuft das Ganze ja leider etwas schleppend an, was für den Anfang natürlich ein Stück weit normal ist, aber …«

»Gutes Stichwort«, fällt Sophie mir ins Wort. Ihre haselnussbraunen Augen haben heute die Farbe von Zartbitterschokolade, ihre Stimme ist eisig. Ich mag keine Zartbitterschokolade, die ist mir viel zu herb. Und bei eisigen Stimmen bin ich sofort schockgefrostet.

»Wann wollten Sie eigentlich mit uns darüber sprechen, ob es okay ist, Scarlett Neberg dafür zu engagieren, dass sie gegen Zahlung eines Honorars von immerhin fünftausend Euro für das Restaurant wirbt? Das ist weder in unserem Sinn, noch können und wollen wir das zahlen. Ich weiß ja nicht, wie es auf Ihrem Planeten zugeht, aber bei uns wächst das Geld nicht auf Bäumen. Und wieso erfahre ich von meiner Tochter Pauline davon? Sie ist viel zu jung, um sich mit solchen Themen auseinanderzusetzen. Außerdem soll sie sich keine Sorgen um das Projekt ihrer Schwester machen müssen. Was haben Sie sich nur dabei gedacht, sie in diese Problematik reinzuziehen?«

Oha, das waren jetzt aber viele Sätze auf einmal.

Sophie Hartmann ist offenbar stinksauer. Und das zu Recht, wenn ich so drüber nachdenke. Ich schäme mich ein bisschen, das will ich gern zugeben – obwohl ich es nicht besonders gern zugebe, wenn ich unrecht habe (was auch Christina mir häufig vorgeworfen hat).

Aber ich kann auch nicht leugnen, dass ich es ziemlich cool und sexy finde, wie Sophie sich für ihre Belange starkmacht.

Doch, das hat was.

Definitiv!

16

SOPHIE – HAMBURG

»Mein Tanzbereich, dein Tanzbereich« (Dirty Dancing)

»Einer der tollsten Tanzfilme und einer
der besten Sprüche überhaupt«, findet Sophie.
»*Ich habe eine Wassermelone getragen*
toppt das Ganze aber noch«, sagt Geli lächelnd.
»*Dirty Dancing?* Was soll das sein? Ein Erotikfilm
im Stil von *Fifty Shades of Grey?*«, fragt Pauli.

Es tut mir leid, das war nicht meine Absicht, Pauli in alles einzuweihen«, sagt Marc.

Ich gebe zu, es macht diebischen Spaß zu sehen, wie sehr der sonst so toughe Mann sich vor Verlegenheit windet. Ha! Dem hab ich's aber gezeigt! Er soll ein für alle Mal wissen, dass immer noch wir Hartmanns bestimmen, wie es im Liv's zu laufen hat.

»Ich hatte beim Telefonat mit Ihrer Tochter völlig vergessen, dass ich mit einem Teenager rede und nicht mit einer Mitarbeiterin. Es war falsch, sie in betriebliche Interna einzubeziehen. Eigentlich wollte ich nur wissen, ob sie Scarlett Neberg auch so sensationell findet, wie Frieda es tut.«

Pauli *telefoniert?!*

Ich fasse es nicht.

Was gäbe ich darum, meine Tochter nur einmal direkt an die

Strippe zu bekommen, wenn ich etwas mit ihr besprechen möchte und sie gerade nicht da ist. Doch Pauli besteht darauf, alle Kontakte via WhatsApp abzuwickeln, weil sie sich dann – O-Ton – »alles so einteilen kann, wie es mir am besten passt«. Dazu gehört natürlich auch, unliebsame Nachfragen zu ignorieren, um später mit unschuldigem Augenaufschlag zu sagen: »Ooops, das habe ich voll vergessen. Sorry, Mama, du weißt, wie verpeilt ich bin.«

Und wer ist eigentlich Frieda?!

Nun, das frage ich besser nicht, schließlich geht es mich nichts an. Egal, ob Frieda seine feste Freundin ist, seine Geliebte oder … an so eine Möglichkeit habe ich bisher gar nicht gedacht … seine Tochter.

»Wer ist Frieda?«

Glückwunsch, Sophie, das hast du ja prima hingekriegt.

»Frieda ist …« Marc gerät erneut sichtlich ins Schlingern. »Frieda ist die Tochter eines … nun ja, Bekannten, den ich flüchtig … und die ist großer Fan von Scarlett. Sie möchte gern ein Selfie mit ihr und …«

Bekannter, soso. Wieso nur glaube ich ihm nicht? Und wieso fühlt es sich gerade an, als würde mir jemand eine Fonduegabel ins Herz rammen?

Ich tippe nämlich eher auf *Bekannte* (Ohne r), die er aus irgendeinem Grund lieber unterschlagen möchte. Obwohl es sticht und schmerzt, muss ich plötzlich kichern (klassische Übersprungshandlung), denn mir fällt ein, dass meine Mutter immer von Bekannter oder Bekannten spricht, wenn sie eigentlich Freund oder Freundin meint und der Beziehungsstatuts eindeutig *intim* lautet.

»Was genau ist an meiner Antwort so witzig?« Schon wieder guckt Marc Bauer irritiert aus der Wäsche. Seine blaugrauen Augen haben mit einem Mal einen leicht hilflosen, beinahe kindlichen Ausdruck. Total … rührend.

»Nichts, nichts«, erwidere ich, keinesfalls gewillt, mich von diesem Tsunami gegensätzlicher Gefühle übermannen äh, überfrauen zu lassen (ganz schön kompliziert, dieses gendergerechte, politisch korrekte Vokabular. Und wie lautet dann eigentlich die dritte Option? Überdiversen?). Jetzt heißt es: weiter sachlich und streng bleiben, schließlich geht es hier um eine Menge Geld und darum, zu zeigen, wer hier letzten Endes das Sagen hat.

»Das erklärt jedoch nicht Ihren Alleingang in Sachen Finanzplanung. 5000 Euro Gage? Sie wollten Scarlett Neberg doch nicht für einen Film engagieren.«

»Nur für einen weiteren werbewirksamen Auftritt im *Liv's*«, erklärt Marc, nun wieder ganz in seinem Element. »Ich habe natürlich versucht, ihre Agentin Toni Capriccio mit der Aussicht darauf zu ködern, dass Frau Neberg hier zusammen mit Freunden einen kostenfreien Abend verleben kann. Als Dankeschön oder, wenn Sie so wollen, Gegenleistung hatte ich vor, ein Video von diesem Event drehen zu lassen, das wir für Online-PR nutzen können.«

Okay, der Plan an sich ist nicht schlecht. Und man muss Marc zugutehalten, dass er immerhin versucht hat, das Ganze im finanziell erträglichen Rahmen zu belassen.

Hm, war ich zu streng? Zu voreilig in meinem Urteil?

»Doch leider verfolgt die Agentin eine strikte Richtlinie, die besagt, dass es eine Stange Geld kostet, wenn man Frau Neberg für so etwas buchen will«, fährt Marc fort. »Und selbst dann ist nicht gewährleistet, dass sie es macht, denn sie ist äußerst wählerisch.«

»Schade, dass *mich* niemand dafür bezahlt, essen zu gehen«, murmele ich in Gedanken an meinen Job, der mich von Tag zu Tag mehr nervt. »Aber dafür bin ich natürlich weder jung noch blond genug.«

Oops, habe ich das eben laut gesagt?

Marc lächelt: »Aber äußerst attraktiv und tausendmal interessanter. Außerdem mag ich dunkelhaarige Frauen. Sie wirken einfach geheimnisvoller. Dieser … Wie nennt man das noch? Dutt? … steht Ihnen übrigens ausgesprochen gut.«

Marcs Worte gehen runter wie Olivenöl. Flirtet er etwa mit mir?! Und meint Marc das ernst, oder ist das nur eine perfide Taktik, um davon abzulenken, dass er in Sachen Scarlett Neberg eindeutig seine Kompetenzen überschritten hat?

»Das nennt sich top knot«, kläre ich ihn auf, zugegebenermaßen beglückt von diesem unerwarteten Kompliment. Heißt das, Marc Bauer mag allgemein Frauen mit diesem Look oder … mich?!

Mein Herzschlag setzt erst einen Moment aus und veranstaltet dann einen gigantischen Trommelwirbel. Cool down, Sophie, und zeig dem Mann auf gar keinen Fall, dass du gleich vor Freude durchdrehst, nur weil er dir ein bisschen schmeichelt. »Und danke, ich mag mich damit auch.«

»Top knot, den Begriff werde ich mir merken«, entgegnet Marc.

Dann folgte eine lange Pause, unsere Blicke verfangen sich wie Öse und Haken einer Kette.

»Nun, dann wollen wir mal«, sage ich energisch. Diese emotionale Verkettung und eine womöglich daraus folgende Kettenreaktion ist mir eindeutig zu unheimlich! Außerdem haben wir uns nicht zum Flirten verabredet, sondern zum Arbeiten. »Vielleicht fällt uns ja noch jemand anders als Scarlett Neberg für die Promotion ein. Jemand, der nicht 5000 Euro kostet und trotzdem …«

»Sprecht ihr von sexy Scarlett?«, fragt Ben, der soeben hereingekommen ist, drei vollbeladene Kisten mit Einkäufen auf einer Sackkarre. Er war heute Morgen beim Großmarkt und ist nicht nur pünktlich, sondern sogar zehn Minuten zu früh. »Wieso fragt ihr mich nicht, wenn ihr was von ihr wollt? Sie tut mir sicher gern jeden Gefallen, um den ich sie bitte.«

»Ach ja?«, sagen Marc und ich gleichzeitig. »Wieso das?« (Wieder synchron.)

»Weil ich ihr hier schon mehrmals Unterricht gegeben habe, um sie für diese Kochshow im Fernsehen fit zu machen. Und so wie's aussieht, wird es noch ein Weilchen dauern, bis sie so weit ist, dass man ihr die Rolle der kompetenten Assistentin abnimmt. Also, was genau wollt ihr von ihr?«

Marc und ich beginnen erneut gleichzeitig zu reden.

»Das ist natürlich Ihr Kompetenzbereich, Sophie«, sagt er jedoch entschuldigend, als ihm offenbar klar wird, dass er schon wieder seine Grenzen überschreitet.

Einmal Macher, immer Macher.

»Das wäre super, Ben«, sage ich. »Danke schön. So, dann decke ich mal die Tische ein und checke die Reservierungen für Samstag.«

Bevor ich loslege, schaue ich einen Moment versonnen aus den gläsernen Schiebetüren, die man bei schönem Wetter öffnen und damit die Restaurantfläche vergrößern kann. Heute hat es sich ein wenig eingetrübt, doch auf der Weidenallee flanieren die Eimsbüttler auf und ab, wie die Hamburger es nun mal so tun, sobald es nicht aus Eimern schüttet und die Temperaturen im Minusbereich liegen. Bei uns im Norden nimmt man jedes Fitzelchen Sommergefühl mit, das man kriegen kann. Wir bräuchten Mobiliar für Außenplätze. Aber hat das Cook-up überhaupt eine Genehmigung für die Nutzung des Bürgersteigs?

»Ihr könnt gern draußen bestuhlen«, sagt Vermieter Holger, den ich zum Glück sofort telefonisch erreiche. »Solange ab zweiundzwanzig Uhr Ruhe im Karton ist, damit die Anwohner sich nicht beschweren. Aber ich habe keine Möbel, die ich euch zur Verfügung stellen kann. Wenn ihr was kauft, solltet ihr übrigens daran denken, dass es nachts gesichert sein muss, sonst …«

Ja, sonst kann es passieren, dass alles gemopst wird. Schon klar, ich lebe ja nicht auf dem Mond und kann manchmal sogar bis drei zählen, obwohl Mathe nicht zu meinen Stärken gehört (apropos drei: Woran es leider immer noch hapert, ist der Dreisatz. Das nennt man heutzutage liebevoll *Dyskalkulie,* doch ich habe für dieses Versagen in der Schule früher immer Ärger bekommen). Doch zurück zur Gefahr des Diebstahls: Ich muss sagen, dass Eimsbüttel in dieser Hinsicht ein echt cooles Viertel ist mit jeder Menge Flächen vor den Häusern, die von den Anwohnern für urban gardening genutzt werden, teils bestückt mit äußerst teuren Blumenkübeln, gedrechselten Bänken und Stühlen, auf denen Laternen und Windlichter dekoriert werden. Ich gehe täglich an allem vorbei, und mir ist noch nie aufgefallen, dass etwas gefehlt hätte.

»Sie haben ein echtes Händchen für Dekoration«, lobt Marc Bauer, als ich gerade dabei bin, die kleinen Vasen mit frischem Blumenschmuck zu verteilen, den Pauli und ich vorhin gemeinsam bei der Floristin unseres Vertrauens besorgt haben. »Haben Sie beruflich damit zu tun?«

Ist das jetzt ernst gemeint, oder will er mich nur über meinen Beruf aushorchen? Und was macht der Mann überhaupt hier? Sollte er nicht bei Ben in der Küche sein?

»Ich bin Übersetzerin«, erwidere ich knapp und widme mich nun dem Nachpolieren des Silberbestecks. »Aus dem Spanischen, Englischen und Französischen«, schiebe ich hinterher.

»Deshalb sprechen Sie so gut und akzentfrei Katalanisch«, sagt Marc und sieht tatsächlich ein bisschen beeindruckt aus. Hoffentlich fragt er nicht, was ich übersetze, sonst ist's ganz schnell aus mit der Bewunderung.

»Und was übersetzen Sie genau?«

»Überwiegend Romane und Sachbücher. Manchmal auch Texte für Websites oder Broschüren.«

»Und zurzeit?«

Heieiei, der Mann lässt nicht locker. Was sage ich denn jetzt?

»Das Buch handelt von einer … feindlichen Übernahme … in der Finanz- beziehungsweise Immobilienwelt«, antworte ich vage.

»Also ein Sachbuch aus dem Bereich Wirtschaft?« Marc Bauer wirkt zufrieden. Klar, der Mann ist schließlich Unternehmensberater.

Ich nicke, fühle mich aber mehr als unwohl. Erwähnte ich schon, dass ich es hasse, zu schwindeln oder gar zu lügen? (Hm ja, ich glaube schon.) Doch ist es wirklich eine Lüge, wenn das Gegenüber sich irgendetwas zusammenreimt, das nicht der Wahrheit entspricht? Dafür kann ich schließlich nichts, oder?

»Ich überlege gerade, Außenmobiliar für das *Liv's* zu besorgen«, sage ich in der Hoffnung, Marc abzulenken. »Dann fällt das Restaurant auch denjenigen auf, die sonst einfach daran vorbeispaziert wären.«

»Wollen Sie wirklich noch mehr Geld in dieses Projekt investieren, das sich im schlimmsten Fall nicht bezahlt macht?«, gibt Marc zu bedenken. »Ich will auf gar keinen Fall herumunken und glaube schon, dass man mit dem *Liv's* einiges auf die Beine stellen kann. Und natürlich gebe ich Ihnen recht, Außenplätze sind immens wichtig und ein echter Magnet, wenn das Wetter schön ist. Aber man weiß natürlich nicht, wie dieser Sommer sich entwickelt. Klimaerwärmung hin oder her.«

»Ich würde ja keine Designklassiker kaufen, sondern günstige Stühle vom Flohmarkt. Das hätte Charme, wäre individuell, sogar nachhaltig. Und Pauli würde es lieben, daran herumzuwerkeln. Sie hat einen wirklich guten Geschmack, ein Auge fürs Detail und ein super Gespür für Farben.«

»Und auch ein bisschen Ahnung vom Kochen, wenn ich an den Eröffnungsabend denke«, stimmt Marc Bauer mir zu. Mit einem Mal verwandelt sich der geschäftsmäßige Ausdruck in seinem Gesicht. Er wird wärmer und weicher. Mag er Kinder, oder ist das jetzt purer Zufall?

»Ich habe gerade Scarlett am Telefon«, unterbricht Ben unser Gespräch. »Sie möchte morgen Abend mit zehn Leuten bei uns zu Abend essen. Fünf der Gäste sind echte Influencer aus unterschiedlichen Bereichen, wie sie sagt. Haben wir noch so viel Platz?«

»Oh ja, den haben wir«, sage ich, froh über Scarletts Unterstützung. Und füge im Geiste ein *leider* hinzu.

Wird das *Liv's* jemals ein Erfolg?

17

MARC – HAMBURG

Kühlschrankinhalt Wohnung Hamburg:

Schokopudding, Vanilleeis, kinder Pinguí,
Wackelpudding, Cola, Fanta, Ahoj-Brause

Papa, kommst du raus zum Spielen?«

Die Stimme meiner Tochter klingt dünn und flehentlich, und ich würde ja gern, aber ich fühle mich bleischwer. Irgendetwas zieht an meinen Füßen und … dann ist mein Gesicht nass. Weine ich?

»Aufwachen, Herr Bauer, Sie haben einen Albtraum!«

Woher kommt diese Stimme? Seit wann sagt meine Kleine »Herr Bauer« zu mir? Und, noch viel irritierender, seit wann habe ich eine Tochter?

Und dann sehe ich sie: Marcella, meine portugiesische Zugehfrau, die ich, seit ich zwischen Palma und Hamburg hin- und herjette, nur selten brauche, dafür aber schon sehr lange kenne. Sie steht vor dem Bett, eine Hand energisch in die runde Hüfte gestemmt, in der anderen einen Waschlappen (ich wusste gar nicht, dass ich so etwas besitze. Oder ist das ein Wischlappen?).

»Guten Morgen, Marcella, wie spät ist es?«, frage ich so benommen, als hätte ich nur zwei Stunden geschlafen und mit Jan drei Kisten Bier ex gekippt.

»Drei Uhr«, erwidert sie, ohne eine Miene zu verziehen. »Und für mich ist das nachmittags. Ich putze schon seit zwei Stunden um Sie herum. Was ist los mit Ihnen? Sind Sie im Koma?«

Drei Uhr?! Schande! Ich wollte doch heute mit Ben zum Einkaufen auf den Bauernmarkt fahren. Und zwar um sieben Uhr morgens.

Verwirrt und halb blind vor Müdigkeit taste ich auf dem Nachtschränkchen nach meinem Handy.

»Suchen Sie das hier?« Marcella streckt mir das Smartphone mit derart angewidertem Gesichtsausdruck entgegen, als sei es ein Werk des Teufels. Sie ist äußerst religiös und lässt mich ständig wissen, dass Gott das Internet nicht gutheißen würde, weil es so viele Lügen über die katholische Kirche verbreitet, man viel zu viel Geld beim Onlineshopping ausgibt und sich dort Pornos anschauen kann. Bezüglich der beiden letzten Punkte sind wir beide einer Meinung, weshalb Marcella auch weiterhin für mich arbeitet und nicht kündigt, wie sie es sonst bei Auftraggebern tut, die in dieser Hinsicht nicht auf ihrer Linie sind.

Ich murmele: »Danke.« Und dann: »Shit!«

Ben hat ungefähr zehnmal versucht mich zu erreichen, Sophie Hartmann dreimal, Conchita zweimal. Das Handy ist auf lautlos gestellt, keine Ahnung, wieso. Manchmal führen die Dinger ein geheimes Eigenleben, auch wenn der Hersteller meine Theorie garantiert als »Schwachsinn« abtun würde.

»Soll ich Ihnen einen starken Kaffee bringen?«, fragt Marcella, die sich noch keinen Millimeter von meinem Bettrand entfernt hat.

»Würden Sie?«, frage ich, und dann übermannt mich ein Gähnanfall vom Allerfeinsten.

»Sonst hätte ich ja wohl kaum gefragt«, knurrt *M*, wie ich sie manchmal heimlich nenne (für diejenigen, die erinnerungstechnisch gerade auf der Filmrolle stehen: Das ist die Chefin des britischen Geheimdienstes und somit Vorgesetzte von James Bond, kongenial verkörpert von der superstrengen Judi Dench, die ich sehr verehre), und schlurft davon in Richtung Küche.

Kurz darauf ertönt das ohrenbetäubende Getöse meiner Hightech-Kaffeemaschine. Vielleicht sollte ich mal wieder zum guten alten Herdkocher zurückkehren. Denn

a) der machte keinen solchen Lärm
b) er bereitete den besseren Espresso
c) meine Ohren sind zurzeit supersensibel und neigen dazu, eine eigene Konzertreihe zu veranstalten (atonal, ein bisschen wie Stockhausen). Neigte ich zu Hypochondrie, würde ich sagen, ich stehe am Rande eines chronischen Tinnitus. Oder
d) noch schlimmer, kurz vor einem Hörsturz.

Bin jetzt allein los, lautet Bens letzte Nachricht. *Wo stecken Sie? Wir haben heute Full House und eine wichtige Mission zu erfüllen, wie Sie wissen.*

Verdammt! Ausgerechnet heute kommt Scarlett mit ihrer Truppe.

Und ich weiß immer noch nicht, wieso ich so dermaßen out of order bin. Doch dann fällt mein Blick auf eine Packung, die auf dem Boden liegt. Das sind die Schlaftabletten, die ich mir neulich besorgt habe, nachdem ich mich wieder stundenlang unruhig umhergewälzt habe. Obwohl diese Pillen frei verkäuflich und – laut Apothekerin – völlig harmlos sind, gibt es eine kleine Anzahl an Patienten, die mit Symptomen reagiert, die absolut zu meinem Zustand passen: bleierne Müdigkeit, Albträume, Schweißausbrüche und leichte Übelkeit, wie ich der Rubrik *Nebenwirkungen* auf der Packungsbeilage entnehme. Hätte ich mal besser die Finger davongelassen.

Bin in einer halben Stunde im Liv's, schreibe ich Ben und bete inständig darum, dass dieser dichte, undurchdringliche Schleier, der mein Gehirn vernebelt, sich endlich auflöst.

So wie ich mich gerade fühle, bin ich nämlich außerstande, zu kochen oder irgendetwas anderes Sinnvolles zu tun.

Außer weiterzuschlafen. Ermattet lasse ich mich zurück ins Kissen sinken. Morpheus' Arme sind einfach zu verlockend.

»Jetzt reißen Sie sich aber mal zusammen, wo gibt's denn so was?«, schallt es durch den Raum, und der Duft von Espresso kitzelt meine Nase. Die M im Film ist ein echtes Weichei im Vergleich zu Marcella, wenn die erst mal so richtig in Fahrt ist. »Sie werden doch heute sicher noch etwas anderes vorhaben, als faul im Bett herumzuliegen? Hier, trinken Sie das.« Schwupps, steht ein Becher vor meiner Nase. Das ist kein doppelter Espresso, sondern eher ein fünffacher. Und was sollen die zwei halben Zitronen auf dem Unterteller?

»Ist gut gegen Kater. Und jetzt: runter damit«, befiehlt Marcella. »Ich schwöre, ich bleibe so lange hier stehen, bis Sie unter der Dusche sind.«

Sollte M irgendwann mal keine Lust mehr haben zu putzen, wäre sie sicher super bei der Bundeswehr aufgehoben. Oder könnte ein Vermögen als Domina verdienen.

Zwanzig Minuten und eine erfrischende Dusche später sieht die Welt schon ein kleines bisschen heller und klarer aus.

»Wir brauchen für heute Abend noch jemanden, der hilft«, sagt Ben, der anruft, kaum dass ich aus dem Badezimmer heraus bin. »Hat dieser Freund von dir Zeit? Dieser …«

Huch, seit wann duzen wir uns? Aber okay, ich will mal nicht so sein. Augenhöhe, Team und so.

»Dirk? Keine Ahnung, ich kann ihn ja mal fragen.«

Gesagt, getan. Ich habe Glück. Dirk hat nichts anderes vor und Lust, ein bisschen mit mir in der Küche herumzuwirbeln.

»Was hast du dir denn reingedröhnt? Ecstasy-Pillen?«, fragt Ben, als wir im Restaurant ankommen. Er ist heute offenbar in Hochform, wohingegen ich Mühe habe, das unübersehbare Zittern meiner Hände beim Schneiden der geschälten Süßkartoffeln, die ich gleich zum Gratin verarbeiten werde, unter Kontrolle zu bekommen. »Du bist ja die reinste Zitterpappel.«

»Hallo, Herr Bauer, schön, Sie zu sehen«, sagt Sophie, die in diesem Moment hereinkommt, und begrüßt dann Dirk. »Wie nett, dass Sie uns heute wieder helfen, Herr …«

»Burkhardt«, stellt Dirk sich mit vollem Namen vor. »Wir können aber auch gern Du sagen. Ist einfacher.«

Über Sophies schönes Gesicht huscht ein Lächeln. Ein bezauberndes Lächeln, so viel bekomme ich sogar trotz meines Nebelschleiers mit.

»Das wollte ich übrigens auch schon längst angeboten haben«, mische ich mich in die Unterhaltung ein und strecke Sophie meine Hand hin. Doch das hätte ich besser nicht tun sollen, denn nun würde ich ihre Hand am liebsten gar nicht mehr loslassen. Sophies Haut ist samtig weich, einfach unfassbar zart, und doch tut es erneut einen kräftigen Schlag. Und nicht nur einen Schlag, sondern es prickelt am ganzen Körper. Megaaufregend, erregend, anregend.

»Ich bin Marc«, sage ich und ziehe meine Hand schnell wieder zurück. Nicht dass es im *Liv's* gleich die Sicherungen raushaut und alle Lichter ausgehen.

Dann werkeln Ben und ich Seite an Seite (Sophie natürlich nebenan). Ich bin echt froh, dass er so gute Vorarbeit geleistet und sich das Prickeln ein wenig gelegt hat, sonst könnte ich nämlich nicht arbeiten. Und ich muss heute äußerst konzentriert sein, denn es kommen außer Scarletts Truppe sechs weitere Gäste, die überzeugt werden wollen. Nach wie vor offerieren wir ausschließlich Tagesgerichte, bestehend aus Vor- und

Hauptspeise sowie einem Dessert, die man auch als Menü ordern kann. Das müsste zu schaffen sein.

»Na, alles klar?«, fragt Geli, die plötzlich auftaucht, obwohl sie gar nicht zur Arbeit eingeteilt ist. »Ich bin zwar heute privat hier, springe aber natürlich gern ein, sollte Not am Mann sein. Das wollte ich euch nur wissen lassen.«

»Wow, du siehst toll aus«, lobt Sophie ihre Schwester, und ich gebe ihr recht. Angelika trägt ein Flower-Power-Kleid, in dem jede andere ihres Alters aussehen würde wie verkleidet. Doch ihr steht der Look. Dirk beäugt sie aufmerksam, Ben gibt Geli einen Kuss auf die Wange. »Siehst echt heiß aus, Baby. Lass es krachen. Ich habe mir übrigens extra für euch ein ganz besonderes Dessert überlegt, das nicht auf der Karte steht.«

Extra für euch?! Privat? Was geht denn bitte schön hier ab?

Geli erwidert: »Na dann bin ich ja mal gespannt.« Dann rauscht sie aus der Küche.

»Meine Schwester isst heute hier zu Abend«, erklärt Sophie, als hätte sie meine Gedanken gelesen, holt eine Flasche Crémant aus dem Kühlschrank und entkorkt sie mit geübtem Griff. »In … Begleitung.«

In diesem Moment dämmert mir, mit wem ihre Schwester fürstlich speisen wird – Jan hat mir vorhin eine Nachricht geschickt mit der Info, dass er heute Geli trifft. Allerdings hat er mit keiner Silbe erwähnt, dass dieses Date im *Liv's* stattfindet! Na toll. Muss das ausgerechnet hier sein?! Ich will nicht auch noch direkter Zeuge eines Debakels sein, das meiner Ansicht nach unausweichlich ist, also bleibe ich am besten den ganzen Abend unsichtbar in der Küche.

»Alles klar bei dir?«, fragt Dirk. »Was soll ich als Nächstes tun?«

Mir liegt auf der Zunge zu sagen: *verhindern, dass ein Unglück geschieht,* denn ich kann mir einfach nicht vorstellen, dass die Kombi Jan und Geli eine gute Idee ist.

Stattdessen bitte ich Dirk, das Salatdressing zu kosten. Ben ist gerade kurz draußen, um eine zu rauchen. Dirk und ich sind allein in der Küche.

»Was weißt du über diese Geli?«, fragt er zu meiner Überraschung, nachdem er die Salatsoße für *perfekt* befunden hat. »Und über Sophie. Sind die beiden Singles?«

»Geli ja, soweit ich weiß«, erwidere ich vage. Dirk muss nicht wissen, dass Angelika via Onlinedating nach dem Mann fürs Leben sucht, den sie in Jan unter Garantie nicht findet. »Bei Sophie gehe ich auch davon aus, weil sie keinen Ring trägt. Ich tippe auf alleinerziehende Mutter nach der Scheidung. Wieso fragst du? Sind doch beide nicht dein Typ.«

»Das würde ich zwar so nicht sagen, aber ich bin auch gar nicht auf der Suche. Mir gefällt mein Leben genau so, wie es ist. Eine Frau würde diesen inneren Prozess, denn ich immer noch durchlaufe, zurzeit eher stören. Eigentlich frage ich deinetwegen. Du wirkst ein bisschen … verloren … und ich habe den Eindruck, dass dir Sophie nicht ganz gleichgültig ist.«

Nicht ganz gleichgültig ist die Untertreibung des Jahres.

Aber das verrate ich Dirk nicht.

Ich würde es ja gern vor mir selbst leugnen, aber dieser Stromschlag eben hat mir deutlich klargemacht, dass da etwas ist.

»Hast du sie schon mal gegoogelt?«

Gegoogelt? Wieso bin ich da nicht selbst draufgekommen?

Doch die Antwort lautet: Nein, das ist nicht die richtige Art, sich dieser Frau zu nähern. Das käme mir ein bisschen vor wie Stalking. Andererseits, ich muss ja nicht Sophies Beziehungsstatus ausspionieren … Wie wäre es für den Anfang mit den Büchern, die sie übersetzt hat? Dann könnte ich vielleicht eins davon lesen.

Da Ben wieder zurück ist, nutze ich die Gunst der Stunde, bevor um Punkt acht Uhr alle Gäste eintreffen. »Bin gleich wieder da«, sage ich und schnappe mir mein Tablet.

Draußen gehe ich ein paar Schritte auf und ab, um mir die Beine zu vertreten, dann tippe ich die Stichworte *Sophie Hartmann* und *Übersetzung* sowie *Bücher* in die Suchmaschine. Tatsächlich werde ich schnell fündig, aber auch stutzig: Sagte Sophie nicht etwas von Fachbüchern aus dem Bereich Wirtschaft?

Ich scrolle über Titel wie *Und trotzdem liebe ich dich, Küsse, Kerle und Konfetti,* aber auch *Liebe, Leidenschaft und Liebeskummer.*

Okay, Sophie war jung und brauchte das Geld. Anders kann ich mir nicht erklären, dass eine so kultiviert wirkende Frau solche Bücher übersetzt.

Doch meine Theorie stimmt nicht. Gerade die Romane mit den kitschigen oder albernen Titeln sind jüngeren Datums. Alles, was seriös oder anspruchsvoll ist, hat sie vor … meine Augen überfliegen die Auflistung … vor ungefähr fünf Jahren übersetzt.

Merkwürdig. Was um alles in der Welt ist vor fünf Jahren passiert?

18

SOPHIE – HAMBURG

*Eifersucht ist eine Leidenschaft,
die mit Eifer sucht, was Leiden schafft*

»Da könnte was dran sein«, findet Sophie.

Das hat doch heute alles super geklappt, nicht wahr?« Nach dem Ende der Schicht – alle sind weg, die Küche blitzt vor Sauberkeit – sieht Marc mich fragend an, und ich versinke augenblicklich in seinen blaugrauen Augen.

Wer hat ihnen nur diese wundervolle Farbe verpasst?

»Ja, das hat es«, erwidere ich und schaue jetzt bewusst an Marc vorbei. »Scarlett und ihre Influencer-Freunde waren happy und haben mehrmals am Abend live über ihre Kanäle gepostet, mit sensationeller Resonanz. Und das Essen war ausgesprochen köstlich. Du und Ben seid ein wirklich gutes Team.« Am liebsten würde ich mir jetzt die Pumps abstreifen, bevor sie mich umbringen oder ich die Pumps. Kann's kaum erwarten, endlich nach Hause zu kommen und mich zu Liv und Pauli aufs Sofa zu kuscheln. Vielleicht gönne ich mir sogar ein heißes Schaumbad, denn diese Woche war irre anstrengend. Außerdem muss ich dringend hier weg, bevor ich weiter statt im Schaum im Anblick von Marcs schönen Augen bade und dabei ertrinke.

»Würdest du noch ein Glas Wein mit mir trinken gehen? Ich weiß, es ist schon spät, aber …«, fragt er.

Ich?! Ein Glas Wein?!

Mit Marc Bauer?!

Auf gar keinen Fall!

Ich bin todmüde, mein Rock ist so eng, dass ich kaum atmen kann, ich muss heim zu meinen Töchtern, und ich muss sichergehen, dass es Geli gut geht (dieser Jan scheint zwar auf den ersten Blick sympathisch, aber irgendetwas stört mich an ihm). Und: Ich muss morgen früh raus, um weitere zehn Seiten Schwachsinnstext zu übersetzen.

Muss, muss, muss.

Mein Leben ist eine ständige Aneinanderreihung von Muss.

Das muss echt bald ein Ende haben.

»Oh ja, gern. Wo denn?«

Marc sieht beinahe ebenso überrascht aus, wie ich es von meiner eigenen Antwort bin. Habe ich eben etwa tatsächlich Ja gesagt?

»Wie schön. Nun, es gibt ja so einige Bars in der Nähe, allerdings könnte es da am Samstagabend recht voll und laut sein.«

»Und wenn wir einfach hierbleiben?«

»Das wäre natürlich eine Option. Wahrscheinlich sogar die beste. Hier ist es ruhig, und wir sitzen getränketechnisch sozusagen an der Quelle. Es sei denn, Geli und Jan haben uns nichts mehr übrig gelassen. Außerdem bin ich ehrlich gesagt ein bisschen hungrig und würde mir oder uns gern noch eine Kleinigkeit zu essen machen.«

»Du weißt von Jan?«, frage ich irritiert. »Wieso das?«

»Rein zufällig ist Jan mein bester Freund.«

Wow. Das ist ja eine Überraschung.

»Echt jetzt? Die Welt ist ein … Dorf.« Verwirrt von dieser Neuigkeit öffne ich den Weinkühlschrank und krame darin herum. »Weiß oder Rosé?«

»Gern Weiß. Die Gläser stehen im Regal an der Kasse, oder?«

»Ja, immer noch«, gebe ich zur Antwort.

Männer! Latschen dreimal am Tag an etwas vorbei und fragen dann, wo es steht (ich sage nur zwei Worte: Butter und Kühlschrank).

Keine zwei Minuten später steht Marc am Herd. »Hast du Lust auf eine Tortilla?«, fragt er. »Wir haben Kartoffeln übrig, und Eier sind auch noch da. Wenn du ein paar Tomaten würfelst und vielleicht auch noch Paprika, haben wir im Handumdrehen etwas ...«

Oh nein, bitte nicht! Nicht schon wieder dieses furchtbar traumatische Kochthema. Wieso bin ich nicht bei meinem Plan geblieben und nach Hause gegangen?

»Ich bin nicht hungrig, iss du mal ruhig allein«, schwindle ich. »Mir genügen ein paar Salzstangen.«

Die Wahrheit ist: Ich sterbe vor Hunger und kann kaum an mich halten, als Marc wenig später den Teller mit appetitlich duftendem Essen nach nebenan trägt. Zum Glück hat er nicht darauf bestanden, dass ich ihm beim Schnippeln helfe.

Mir läuft das Wasser im Mund zusammen, aber das darf Marc auf gar keinen Fall wissen.

In ziemlich trauter Eintracht sitzen wir kurz darauf an einem der kuscheligsten Plätze des Restaurants. Ich habe eine Kerze angezündet und Musik angemacht, sonst wäre es doch ein bisschen arg gespenstisch im leeren *Liv's*.

Für meine instabile Seelenlage ist das Szenario allerdings einen Tick zu romantisch, wie ich zu meinem Leidwesen feststelle. »Ist schon ein bisschen merkwürdig, hier so ganz allein zu sein«, sage ich etwas verlegen, nachdem Marc die Flasche entkorkt und uns beiden eingeschenkt hat. »Aber jetzt erzähl mal, was ist Jan für ein Typ, und wieso ist er Single?«

Kaum ist mir die Frage entschlüpft, bereue ich sie auch schon. Vor allem den Teil mit *Single*. Das klingt, als sei diese Form des

Beziehungsstatus so etwas wie ein Makel. Dabei können doch die wenigsten etwas dafür, dass sie allein durchs Leben gondeln – bis auf notorisch Bindungsunwillige, Sexsüchtige oder … jemand wie ich, die bis vor Kurzem keinen Gedanken an die Möglichkeit einer neuen Liebe verschwendet hat. Oder anders gesagt: ihr wahrscheinlich auch keine Chance geben würde, wenn sie sich mir böte.

Marc räuspert sich und trinkt einen Schluck Wein. »Jan ist ein äußerst erfolgreicher und beliebter Internist. Ich kenne ihn und seine Frau schon sehr lange. Er hat eine entzückende Tochter namens Frieda und lebt seit ein paar Wochen nach der Trennung von Katja allein.«

Frieda?! Woher kenne ich nur diesen Namen?

»Jan ist lustig, klug, arbeitet viel, genießt sein Leben … und … nun ja …« Marc sieht aus, als sei er ein kleines bisschen verzweifelt.

Los, sag schon: Wo ist der Haken an diesem Wunderknaben?

»Immer raus mit der Wahrheit«, ermutige ich ihn. »Wenn ich Geli durch irgendwelche Infos vor schlechten Erfahrungen schützen kann, mache ich das. Ich liebe sie sehr und möchte, dass es ihr gut geht.«

»Nun, wenn das so ist, sage ich freiheraus, dass Jan seit der Trennung einen gewissen … Nachholbedarf in Sachen Dating hat und sich zudem eine Partnerin um die Mitte dreißig wünscht. Wohingegen ich mir am meisten wünsche, dass er und Katja wieder zusammenfinden. Sie waren ein tolles Paar, auch wenn es ab und zu ganz schön zwischen den beiden gekracht hat, erst recht nach Friedas Geburt. Doch meiner Meinung nach sind diese Differenzen nicht unlösbar.«

Jetzt fällt es mir wieder ein: Frieda ist die Tochter eines Bekannten, die Marc gefragt hat, was sie von Scarlett Neberg hält. Also doch keine *Bekannte* wie vermutet.

Huch, wieso bin ich jetzt erleichtert?

»Das bedeutet im Klartext, dass du Geli eher abrätst«, fasse ich zusammen. »Wobei ich natürlich gar nicht weiß, wie sie Jan findet. Ich habe die beiden vorhin ganz bewusst in Ruhe gelassen, aber mitbekommen, dass sie den Abend noch irgendwo in einer Bar ausklingen lassen wollten.«

Genau genommen hat Geli mir eine WhatsApp mit diesen Herzchenaugen geschickt und dazu Piktogramme, aus denen ich geschlossen habe, dass sie noch mit Jan um die Häuser ziehen wird.

»Sagen wir es mal so: Ich mag deine Schwester und würde ihr gern ersparen, als Spielball herhalten zu müssen, wenn sie eigentlich nach einer festen Beziehung sucht. Ich glaube einfach, dass Jan erst mal mit sich selbst ins Reine kommen und sich in Ruhe überlegen muss, was er eigentlich will. Solange er das nicht für sich geklärt hat, könnte es schwierig werden.«

Hach, hach, hach. Ich kann mich kaum auf das konzentrieren, was Marc sagt, denn ich würde ihn am liebsten nach *seinem* Beziehungsstatus fragen. Vielleicht sollte ich keinen Wein mehr trinken, der steigt mir offenbar genauso sehr zu Kopf wie der Anblick seiner schönen Hände, mit denen er am Weinglas herumspielt.

Und seiner muskulösen Unterarme, die ich vorhin bewundert habe, als er Kräuter gehackt hat.

Er hat wirklich tolle …

»Ich … ich würde dich gern etwas fragen, Sophie«, sagt Marc zögerlich, und mir wird augenblicklich heiß und kalt. »Was ist eigentlich mit dir? Bist du mit jema…«

In diesem Moment donnert etwas gegen die Fensterscheibe des *Liv's*, und ich zucke zusammen. Ist etwa ein armes Vögelchen dagegengekracht? Ich wollte doch unbedingt diese Warnhinweis-Aufkleber anbringen, habe aber meinen Vorsatz inmitten all des Wirrwarrs vergessen.

Doch es ist kein Vogel, sondern eine Faust, die einen Höllenlärm verursacht. Diese Faust hämmert derart heftig gegen die Scheibe, dass ich Angst habe, das Glas könnte jeden Moment zerbersten.

»Was zum Teufel …?«, fragt Marc, springt auf und geht zum Fenster. Ich sag's ja. Ein Mann der Tat! Ich liebe Männer, die nicht nur herumschwafeln, sondern handeln, wenn es darauf ankommt.

Dem »Teufel« folgt ein genervtes »Shit«.

Ich gehe zu ihm und stelle fest, dass die hämmernde Faust zu einer Frau gehört. Zu einer äußerst attraktiven und offenbar ziemlich wütenden Frau, wenn ich das im spiegelnden Zwielicht richtig erkenne.

»Bin gleich wieder da«, sagt Marc und stürmt nach draußen. Ich kann nicht anders, ich klebe mit einer Hartnäckigkeit an der Scheibe wie ein Gecko an einer warmen Wand, denn ich platze vor Neugier.

Was passiert denn jetzt?

Draußen erwartet Marc eine … Wow, das ist jetzt aber krass! … gesalzene Ohrfeige. Genauso melodramatisch wie in einer schlechten Telenovela oder in meiner Buchserie.

Nach der Ohrfeige ergießt sich ein Redeschwall auf Marc, und das ist der Moment, in dem ich den Rückzug antrete, obgleich ich liebend gern wüsste, wie es weitergeht.

Doch was auch immer die beiden da draußen für ein Problem haben, es geht mich nichts an. Ich werde den Hinterausgang benutzen, um den beiden Streithähnen nicht in die Quere zu kommen. Und dann nichts wie ab nach Hause, die Decke ganz tief über beide Ohren ziehen und mir den Mann aus dem Kopf schlagen.

Marc ist offenbar kein Single, sondern liiert.

Autsch, das tut weh.

Richtig weh.

Täusche ich mich, oder wollte er mich gerade fragen, ob ich jemanden habe, als seine wütende Freundin/Frau/Geliebte/Ex-Frau vor dem *Liv's* Amok gelaufen ist?

Und wenn ich recht habe: Wollte er das wissen, weil ich ihm womöglich auch nicht gleichgültig bin?

Bloß weg hier und nicht mehr über Marc nachdenken.

Seit ich ihm in Palma über den Weg gelaufen bin und Pablo mich ermahnt hat, mich wieder auf die *Sonnenseite des Lebens* zu begeben, rumort das Thema Liebe und Beziehungen in mir, obwohl ich das nach Simons Tod niemals für möglich gehalten hätte. Doch das muss ein Ende haben, und zwar sofort. Ich kann es mir auf gar keinen Fall leisten, mich in irgendetwas zu verwickeln, das mich Kraft kostet. Und etwas mit einem Mann zu tun zu haben, dem irgendwelche wütenden Frauen auflauern, kann nur Kraft kosten, so viel steht fest!

Außerdem bin ich einfach nicht so weit; ich denke immer noch viel an Simon, und es ist schwer genug, diese Gefühle auszuhalten, ohne dass dazu noch eine Verwirrung wegen Marc Bauer kommt. Ich bin schließlich auch nur ein Mensch. Meine wichtigste Aufgabe lautet, meine Familie sicher durch die Irrungen und Wirrungen des Lebens zu steuern. Erst wenn mir das gelungen ist, kann ich über mich nachdenken.

Im Bootshaus angekommen, will ich gerade »Bin wieder da« rufen, als mir einfällt, dass es schon halb ein Uhr morgens ist. Meine beiden Süßen schlafen bestimmt tief und fest, und Geli ist wahrscheinlich noch unterwegs.

Doch weit gefehlt: Alle drei sitzen bei Kerzenschein im Wohnzimmer. Auf dem Tisch stehen zwei Teller mit Toast Hawaii sowie eine bauchige Zweiliterflasche Sangria, die Geli von Mallorca mitgebracht hat. Ich persönlich kann mit diesem ultrasüßen Zeugs rein gar nichts anfangen, aber wer auf Götterspeise und

Getränke wie *Kalte Ente* oder *Kullerpfirsich* steht, dem mundet nun mal auch das spanische Nationalgetränk.

»Was ist denn hier los?«, frage ich entgeistert.

Trinkt Pauli etwa auch Sangria?

Tatsächlich.

»Wir trinken darauf, äh … dagegen an, dass Männer elende Mistkerle sind«, erklärt Geli und beißt in ihren Toast. Den isst sie immer, wenn sie Kummer hat, deshalb heißt er in unserer Familie auch »Trost Hawaii«.

Liv nickt zustimmend und schwenkt anklagend ihren Gipsarm. Die beiden Krücken lehnen an der Wand neben dem Fernseher. »Jawoll, dassinsie«, sagt sie ein bisschen lallig (Schmerzmittel *und* Alkohol?! Keine gute Kombi). »Stecksie alle in einen Sack und hau drauf. Du triffsimmer den Richtigen.«

»Ich würde den Typen am liebsten verkloppen«, erklärt Pauli und schiebt kampflustig ihre Unterlippe vor. »Was glaubt er eigentlich, wer er ist? Irgend so ein mega YouTube-Star?«

Immer noch am Verhungern, hangle ich nach einem Toast. Die Standpauke für Pauli wegen der Sangria muss warten, ich sehe ja, wie schlecht es ihr geht. Puh. Ich wusste gar nicht mehr, wie Liebeskummer sich anfühlt, aber jetzt erinnere ich mich wieder besser, als mir lieb ist.

Es ist eins der grauenvollsten Gefühle überhaupt.

Geli springt auf, holt ein Glas aus dem antiken Schrank und schenkt mir ungefragt ein.

»Könnt ihr mir bitte verraten, was genau passiert ist?«, frage ich, denn irgendwie fehlt mir gerade der Überblick. »Bei Pauli geht es, wenn ich mich nicht irre, um Niklas. Aber was ist mit dir, Liv? Und dieselbe Frage gilt für dich, Geli. War das Date mit Jan so ein Flop? Er scheint doch ganz sympathisch zu sein.«

»Ben gibt Scarlett Neberg privaten Kochunterricht im *Liv's*, ohne mich vorher zu fragen, ob mir das recht ist«, schnaubt Liv empört. »In einem Restaurant, für das wir nicht gerade wenig Miete zahlen. Der braucht mir nicht mehr so schnell vor die Füße zu kommen. Echt nicht.«

»Und Jan scheint noch nicht bereit für eine Bindung zu sein, sondern nur interessiert an schnellem Se...« Geli schlägt sich erschrocken auf den Mund.

»Schon gut, sprich es aus. Ich lebe schließlich weder im Kloster noch auf dem Mond«, sagt Pauli. »Niklas ist da nicht viel anders.«

»Niklas wollte Sex mit dir?«, frage ich, zitternd vor Empörung. Na warte, Bürschchen. Spätestens jetzt bist du fällig! *Pauli ist 15!!!!*

»Ganz genau«, zischt Pauli. »Und weil er den nicht kriegen konnte, hat er Schluss gemacht und geht jetzt mit Yvonne, dieser pinken Hohlschnecke.«

Himmel hilf!, denke ich und leere die Sangria in einem Zug. Wenn man nur schnell genug trinkt, ist sie gar nicht soooo übel.

»Und was ist mit dir?«, fragt Geli und mustert mich interessiert. »Du siehst auch so aus, als sei dir eine Laus über die Leber gelaufen.«

Ich würde am liebsten meiner Empörung über Marc und *diese Frau* lautstark Luft machen, doch das geht nicht. Keiner hier im Raum weiß, was ich für ihn empfinde. Ich weiß es im Grunde ja noch nicht mal selbst. Aber warum tut es dann so weh, zu wissen, dass er eine Frau/Freundin hat?

»Mit mir ist alles so weit okay, bin nur ein bisschen müde, war ein langer Tag«, schwindle ich, in Gedanken an Marc und die schöne Unbekannte. Haben die jetzt gerade Versöhnungssex? Oh mein Gott, ich darf gar nicht daran denken.

Ich darf *überhaupt nicht mehr* an Marc Bauer denken.

Sonst können wir das mit dem *Liv's* gleich wieder vergessen.

19

MARC – HAMBURG

Kühlschrankinhalt Wohnung Hamburg:

zwei Flaschen Wasser, Red Bull Energy Drink

Fünf Uhr morgens.

Seit einer Stunde schläft Conchita endlich, aber ich bin hellwach. Doch weit mehr als um den heftigen Streit mit ihr kreisen meine Gedanken um Sophie und darum, wie ich ihr erklären soll, was es mit Conchita auf sich hat. Mist, wieso habe ich kein Gästezimmer und muss mich jetzt auf der viel zu kurzen Couch im Wohnzimmer zusammenkrümmen wie ein Wattwurm?

Doch die unbequeme Liegeposition ist nur eins von vielen Problemen. Der Eingang einer WhatsApp lässt mich hochschrecken. Wer schreibt mir um diese Zeit? Etwa Sophie?

Mein Herzschlag setzt einen Moment aus, die Sprachnachricht ist allerdings von Alba, was nur eines bedeuten kann: Es gibt einen Notfall.

»Sorry, dass ich dich um diese Zeit störe«, sagt Alba, deren warme, ruhige Stimme durch die nächtliche Stille des Apartments tönt. »Ich plage mich schon seit einigen Tagen damit herum, dass ich …«

Um es kurz zu machen: Sie hat ein massives Problem mit einem unserer wichtigsten mallorquinischen Kunden, dem Besitzer einer Kette von edlen Restaurants an den Küsten-Hotspots der Insel. Carlos Mendez ist ein Macho, wie er im Buche steht, und fordert als solcher meine Anwesenheit auf der Insel, und zwar *immediatamente!* Er erwartet mich am Montagmorgen um zehn Uhr in seinem Palmesaner Büro zu einer Besprechung.

»Es tut mir leid«, sagt Alba bedauernd. »Ich habe wirklich alles versucht, um Carlos davon zu überzeugen, dass es auch ohne dich funktioniert: eine Konferenz via Skype, Ersatz durch einen anderen, externen Mitarbeiter. Aber er will dich, live und in Farbe. Und ich fürchte, das ist sein gutes Recht. Gib mir Bescheid, ob du kommen kannst, dann buche ich dir einen Flug für Sonntagabend, damit wir das Meeting gemeinsam vorbereiten können.«

Sonntagabend?! Das ist heute Abend.

Das *Liv's* hat Sonntags Ruhetag, aber ich muss spätestens Montagnachmittag wieder in der Küche am Start sein. Doch wie erkläre ich Sophie und Liv meine überstürzte Abreise? Und, vor allem, wie lange werde ich brauchen, um Carlos zufriedenzustellen?

Buch die Maschine um 16 Uhr, schreibe ich Alba. *Und schick mir bitte ein Memo über den aktuellen Stand der Dinge des Projekts.*

Keine Minute später befindet sich das Dossier in meinem E-Mail-Eingang, zehn weitere Minuten später erhalte ich die Buchungsnummer für den Flug nach Palma. *One way.*

Ich überfliege die Geschäftspapiere, und nun weiß ich, wieso Carlos Mendez auf meiner persönlichen Anwesenheit besteht. Es geht nicht nur um die Finanzierung zweier neuer Lokale in Portals Nous und Port de Pollenca, sondern auch darum, an den etablierten Standorten nach und nach passend zu den Restaurants kleine, feine Boutiquehotels zu eröffnen, ähnlich wie das zur Grupo Cappuccino gehörende Hotel Mamá.

Das ist … mir wird schlagartig flau im Magen … ein riesiges Projekt, das Alba unmöglich allein stemmen kann, egal wie kompetent sie ist. Im Grunde bräuchte ich dafür ein bis zwei weitere Mitarbeiter. Die allerdings erst engagiert und eingearbeitet werden müssen, vorausgesetzt, sie finden Gnade vor Carlos' Augen. Natürlich habe ich einen Stab von freien Mitarbeitern an der Hand, doch ich weiß nicht, ob meine Favoriten so kurzfristig zur Verfügung stehen.

»Was ist los? Ich habe Stimmen gehört«, fragt Conchita.

Mit ihren verheulten Augen und dem schneeweißen Nighty gleicht sie diesmal eher Hui Buh dem Schlossgespenst als einer Femme fatale.

»Das war Alba, ich muss heute dringend nach Palma. Geh wieder zurück ins Bett und schlaf. Du bist völlig übermüdet.«

»Du fliegst zurück nach Mallorca? Aber ich bin noch bis zum Ende der Woche in Hamburg.«

»Ich muss um spätestens halb drei am Flughafen sein. Du kannst selbstverständlich bis zu deinem Rückflug hier in der Wohnung bleiben und dir ganz in Ruhe die Stadt ansehen. Ich gebe dir gleich einen Schlüssel, den wirfst du in den Briefkasten, wenn du wieder abreist.«

»Wann kommst du denn wieder zurück?« Conchita betrachtet mich mit dem vorwurfsvollen Blick, den Ehefrauen bis zur Perfektion beherrschen.

Ob Sophie den auch draufhat, wenn ihr etwas gegen den Strich geht?

»Ich habe keine Ahnung«, antworte ich. »Aber ich bin ganz bestimmt mehrere Tage weg, denn es handelt sich bei dem Auftrag um ein größeres Projekt. Doch das sollte für dich keine Rolle spielen, schließlich sind wir kein Paar, und ich habe dir heute Nacht gesagt, dass wir auch nie eins sein werden.«

»Gib doch endlich zu, dass du in diese Frau verknallt bist«, sagt Conchita mit einem scharfen Unterton in der Stimme, der mir Angst macht. Sollte ich einen Bodyguard zum Schutz von Sophie Hartmann engagieren? Oder für mich? Für uns beide?

»Du hast mich sicher nicht ohne Grund angelogen und behauptet, du würdest für einen Linus Bartmann arbeiten.«

Oha, das hatte ich völlig vergessen.

»Ich bin nicht privat an Sophie interessiert, und das habe ich dir auch schon gestern gesagt«, höre ich mich lügen, dass sich die Balken biegen. »Wir sind lediglich Geschäftspartner für die Zeit, in der das *Liv's* in den Räumen des Cook-ups untergebracht ist. Und jetzt geh bitte wieder zurück ins Bett. Wir beide brauchen dringend Schlaf.« Vor allem ich, doch vorher muss ich eine Lösung für folgende Probleme finden:

a) eine Vertretung für mich im Restaurant
b) die Beauftragung weiterer Mitarbeiter für Marc Bauer Consulting
c) die Besänftigung von Liv, die sicher nicht begeistert sein wird, wenn ich nach nur wenigen Tagen aus dem Projekt aussteige, das ich selbst angezettelt habe
d) eine plausible Erklärung für Conchitas Auftritt, damit Sophie nicht denkt, ich sei mit ihr zusammen

Am besten beginne ich mit dem Beruflichen. Mal schauen, gibt's schon Buchungen infolge der PR-Offensive von Scarlett Neberg und ihren Freunden?

Conchita steht immer noch im Türrahmen, die Arme verschränkt, die schönen Lippen provokativ zum Schmollmund aufgeworfen, der lebendige Vorwurf. Doch ich kann jetzt leider keine Rücksicht auf ihre Gemütsverfassung nehmen, denn ich habe zu tun. Gespannt auf die Buchungsrate, logge ich mich in den Account des *Liv's* ein.

Wow. Was ist das?!

Quasi über Nacht haben sich rund achtzig Gäste angemeldet, alle mit dem Hinweis auf die Instagram-PR von Scarlett. Sätze wie: *Ich nehme auch gern einen Platz auf der Warteliste* oder: *Wann wird Frau Neberg das nächste Mal im Liv's essen?*, wollen genauso beantwortet werden wie: *Kann ich meinen Geburtstag dort feiern und Frau Neberg als Stargast engagieren?*. Die meisten dieser Anfragen sind ein Fall für Tina Capriccio, aber auch das muss ich denjenigen mitteilen, die sich via Kontaktformular gemeldet haben. Hoffentlich geht das heute nicht den ganzen Tag so weiter, denke ich, fieberhaft auf der Suche nach einer Lösung. Was habe ich da bloß angezettelt?

»Kann ich dir irgendwie helfen? Du siehst gestresst aus«, sagt Conchita, die ihren Platz in der Sicherheitszone verlassen hat und nun direkt hinter mir steht.

»Alles gut, ich kriege das allein hin«, sage ich abwesend, während ich überlege, ob ich Frieda damit beauftragen kann, Antworten zu schreiben. Hm, doch wohl besser nicht. Mit zwölf ist sie ein bisschen zu jung für so was. Im Falle von Pauli sähe die Sache allerdings anders aus. Sie freut sich bestimmt über ein paar Euro extra, oder etwa nicht?

»So viele Buchungen«, sagt Conchita und rückt noch ein bisschen näher heran. Wenn sie sich nicht am Riemen reißt, muss ich sie auffordern, die Wohnung zu verlassen.

In Gedanken bei Sophie, murmele ich: »Das ist wirklich sensationell.« Ab wann kann ich mich wohl bei ihr melden? Sie will doch an ihrem freien Sonntag garantiert ausschlafen. Und wäre es nicht besser, diese missliche Situation persönlich zu besprechen als am Telefon?

Doch egal wie, ich brauche erst eine Lösung, bevor ich mit dem Problem um die Ecke biege. Also scrolle ich durch meine Kontaktdaten auf der Suche nach Erleuchtung.

In diesem Moment bekomme ich eine Nachricht von Sophie.

Und verfluche mich dafür, WhatsApp auch auf meinem Rechner installiert zu haben, denn nun kann Conchita alles lesen:

Guten Morgen, Marc,

wir haben über achtzig Reservierungen aufgrund von Scarletts Empfehlung, das ist der helle Wahnsinn. Aber ich mache mir jetzt Sorgen wegen des hohen Andrangs. Das wirst du doch kaum mit Ben allein schaffen?

Lass uns so bald wie möglich persönlich darüber sprechen. Magst du zum Mittagessen kommen? Ben wird auch dabei sein.

Sophie

Sophie ist wach. Ich könnte sie also rein theoretisch anrufen und von meiner Misere erzählen. Doch erstens möchte ich nicht, dass Conchita mitbekommt, worüber wir reden, und zweitens habe ich immer noch keinen blassen Schimmer, wer mich auf unbestimmte Zeit im *Liv's* vertreten könnte.

In ihrer Nachricht steht kein Wort darüber, dass unser nächtliches Treffen ein abruptes Ende gefunden hat.

Bedeutet das, dass es ihr egal war, was passiert ist?

(Keine schöne Vorstellung.)

»Gehst du etwa dahin?« Conchitas harscher, übergriffiger Tonfall ist wirklich unerträglich. »Du kannst ihr doch am Telefon sagen, dass du nicht mehr länger Teil dieses Projekts bist. Das war von Anfang an eine bescheuerte Idee, schließlich bist du Unternehmensberater. Was hast du dir nur dabei gedacht?«

Tja, diese Frage ist berechtigt.

Dr. Romero hat mir das Kochen als Präventiv-Therapie gegen Depression und Burn-out empfohlen. Doch nun habe ich weit größere Probleme als eine kleine Panikattacke. Ich habe Verantwortung übernommen und momentan noch keine Ahnung, wie ich dieser gerecht werden soll. Eine auf Krawall gebürstete Conchita im Nacken macht die Sache kein bisschen besser, aber auch das habe ich mir ein Stück weit selbst eingebrockt. Man sollte eben keine Affäre mit einer Frau beginnen, wenn man keine Beziehung will. Diese Dinge gehen immer schief, das weiß jedes kleine Kind.

Ich starre auf die Datei meines Laptops, in der ich seit Jahren akribisch Adressen archiviere, und mein Blick fällt auf einen Namen, den ich schon lange aus meinem Gedächtnis gestrichen habe.

Dieser Mann könnte meine Rettung sein.

Es ist der Name eines Kochs, der früher einmal mein Idol war. Und mein Lehrmeister.

Das Dumme ist nur, dass Enrique Navarro nicht gut auf mich zu sprechen ist. Gar nicht gut.

20

SOPHIE – HAMBURG

Träume sind Schäume

»Fast alles, was schäumt, ist traumhaft schön: Schaumbäder, überschäumende Gefühle, Schaumwein …«, so Sophie.
»Der Schaumwein darf allerdings nicht so süß sein, sonst gibt's Kopfschmerzen«, so Liv.

Marc hat meine Nachricht abgerufen, er ist also auch schon wach (oder *noch?* Wahrscheinlich ist diese Frau bei ihm), doch er antwortet nicht. Die Vorstellung, dass sich die temperamentvolle, exotische Schönheit mit Marc in den Laken wälzt, pikst wie tausend kleine Nadelstiche, Brennnesseln und Feuerameisen zusammen. Sie ist nicht nur wunderschön, sondern hat sicherlich auch einen interessanten Job, über den sie sich mit Marc unterhalten kann und der ihm imponiert.

Hoffentlich findet er nie heraus, welche Art von Texten ich seit Simons Tod übersetze, denn das wäre mir furchtbar peinlich. Doch was tut man nicht alles, um seinen Töchtern ein gutes Leben zu ermöglichen und Träume zu erfüllen?

Die Frage *Was ist eigentlich mit meinen Träumen?* pirscht sich an mich heran, doch ich schiebe sie weit von mir, genau wie meinen fürchterlichen Anflug von Eifersucht, den ich gerade gar nicht gebrauchen kann. Erst müssen Liv und Pauli auf einem guten Weg sein, dann kann ich darüber nachdenken, was ich mir eigentlich wünsche und wie ich mich bei allem fühle, was momentan auf mich einstürzt.

Im Moment wünsche ich mir sowieso nur eins, nämlich dass das *Liv's* trotz der schwierigen Umstände ein Erfolg wird. Aber dafür brauche ich (leider) nach wie vor Marcs Hilfe.

Wie aufs Stichwort kommt seine Nachricht:

Guten Morgen, Sophie, würde es eventuell auch zum Frühstück passen? Ich habe ab 14 Uhr eine dringende Verabredung, finde aber auch, dass wir persönlich besprechen sollten, wie es mit dem Liv's weitergeht. Außerdem möchte ich mich für das unschöne Ende unseres Abends entschuldigen. Schreib mir Adresse und Uhrzeit, dann komme ich bei euch vorbei. Gruß, Marc

Unschönes Ende?! So kann man's natürlich auch nennen.

Schon klar, welche *dringende Verabredung* Marc hat, denke ich, und es pikst wieder gewaltig, obwohl er sich entschuldigt hat. Doch es nützt alles nichts, da muss ich jetzt durch, egal wie sauer und durcheinander ich bin. Simon hat immer gesagt: »Wenn dir etwas besonders zu Herzen geht, dich traurig macht oder wütend, versuch es zu rationalisieren. Du wirst sehen, dass der Umgang mit allem viel, viel leichter wird.« In Momenten wie diesen, wenn alles drunter und drüber geht, vermisse ich Simon ganz besonders. Er war stets mein Ruhepol, mein Fels in der Brandung, egal, wie hoch die Wellen schlugen.

Ich halte mich an Simons Rat und antworte Marc, dass er um neun Uhr bei uns sein soll. Wenn er das Thema »randalierende Furie« nicht von allein anspricht, werde ich es auch nicht tun. Ich bin fokussiert auf das Ziel *Liv's* und weiter nichts! Kurze Zeit später muss ich leider feststellen, dass ich die Dinge doch nicht so sachlich sehen kann, wie ich es mir wünsche.

»Schön habt ihr's hier«, sagt Marc, als ich die Tür öffne.

Verdammt! Wieso sieht er so frisch aus wie eine Sommerwiese, wohingegen ich einer abgelatschten Fußmatte ähnle? Ich habe mir wieder die halbe Nacht um die Ohren geschlagen und war überwiegend damit beschäftigt, meine Fantasien in Bezug auf ihn und diese Frau aus dem Kopf zu bekommen, und so was macht bekanntlich nicht gerade attraktiv.

»Wirklich idyllisch, aber auch ein bisschen gefährlich«, fährt Marc fort, der zum Glück nichts von meiner Eifersucht ahnt und offenbar seine ganz eigenen Probleme hat: »Dieser Schwan hätte mich fast nicht vorbeigelassen und wirkt furchterregend angriffslustig.« Er deutet beinahe anklagend auf das Tier, das unterhalb des Stegs, der zu unserem Bootshaus führt, im Kanal seine Kreise zieht. In diesem Moment ist der Schwan friedlich, aber er kann auch anders, wie ich aus eigener Erfahrung weiß.

»Oje, ich hätte dich warnen sollen«, erwidere ich äußerst amüsiert. Marc Bauer hat Angst vor einem Vogel?! Wie schön, dass der Mann immer wieder zeigt, dass er trotz seines toughen Berufs auch Schwächen hat. Das kann man nicht von jedem Kerl behaupten. »Die Schwäne haben gerade Junge und verteidigen sie natürlich. Aber komm erst mal rein, hier ist es sicher, und wir erwarten dich schon.«

Ich kann nicht leugnen, dass es mir schwerfällt, Marc heute zu begegnen, als hätte sich der gestrige Abend gar nicht ereignet. Aber: the show must go on, die »Show« heißt *Liv*'s und hat eindeutig Vorrang vor meinen persönlichen Empfindungen.

Da es heute wieder sonnig und warm ist, habe ich auf der Terrasse gedeckt. Liv sitzt bereits am Tisch, auch wenn es eine Weile gedauert hat, bis sie dort angekommen ist, denn sie muss das Gehen mit den Krücken üben, erst recht, weil der rechte Gipsarm bei dieser Aktion hinderlich ist. Gut, dass sie ziemlich sportlich ist und über einen ausgeprägten Gleichgewichtssinn verfügt, das hilft jetzt natürlich enorm.

»Hallo«, grüßt Marc lächelnd in die Runde. »Danke, dass ihr an einem Sonntagmorgen so zeitig aufgestanden seid.«

Ich platziere ihn neben Liv und Geli. Pauli und ich sitzen ihm direkt gegenüber. Geli reicht den Korb mit den knackigen Brötchen herum, die ich zuvor extra beim Bäcker geholt habe. Dazu gibt es eine Platte mit Käse und Aufschnitt, frischen Obstsalat und Müsli sowie Eier.

»Das mit den Buchungen ist krass der Hammer, dafür bin ich gern früher am Start«, sagt Liv. »Mittlerweile sind zweiundzwanzig neue Reservierungen hereingekommen. Ich konnte Ben das noch gar nicht sagen, weil er schläft. Aber wir sollten ihn auf alle Fälle mit ins Boot holen, sobald er wach ist.«

»Das ist ein gutes Stichwort« sagt Marc, und seine Miene ist auf einmal ernst. »Wir brauchen nämlich tatsächlich dringend Verstärkung für das Restaurant, und zwar allein schon deshalb, weil ich heute Nachmittag wieder zurück nach Palma muss und nicht weiß, wie lange ich auf der Insel bleibe.«

Bitte was?!

Mir bleibt beinahe die Luft weg, und Liv sieht aus, als hätte ihr jemand einen Eimer Jauche über den Kopf gekippt.

»Das ist ja ein mega Zeitpunkt«, sagt Pauli und köpft mit einem Schlag ihr weich gekochtes Ei. »Dann können wir gleich die Schotten dichtmachen. Aus die Maus. Das war's dann wohl.«

»Zurück nach … Palma?« Geli sieht mindestens so bestürzt aus, wie ich mich gerade fühle. »Aber warum? Was ist passiert? Und wieso diese plötzliche Eile?«

Ich kann mir schon denken, was passiert ist.

Die ohrfeigende Frau hat Marc garantiert unter Druck gesetzt und zwingt ihn jetzt, wieder zu ihr zurück auf die Insel zu kommen. Das elende Piksen verwandelt sich schlagartig in Wut.

In rasende Wut, um genau zu sein. Hab ich's nicht geahnt, als Marc angeboten hatte, uns unter die Arme zu greifen? Und habe ich mir nicht gerade wegen dieser möglichen Wankelmütigkeit Sorgen gemacht? Um nicht zu sagen, ich hätte sein edles Angebot am liebsten abgelehnt, weil ich genau das habe kommen sehen. Ich Idiotin! Hätte ich doch nur auf mein Bauchgefühl gehört.

»Einer meiner Kunden besteht darauf, dass ich seinen Auftrag persönlich ausführe und mich nicht von Kollegen vertreten lasse. Er hat für morgen früh ein Meeting anberaumt, bei dem ich unbedingt dabei sein muss«, erklärt Marc. »Meine Assistentin hat alles versucht, um eine Lösung zu finden, doch es geht leider nicht anders. Ich muss zurück nach Mallorca und dort so lange bleiben, bis ich die Dinge zur Zufriedenheit von Carlos geregelt habe.«

»Und was wird dann aus dem Restaurant?« Liv ist kalkweiß im Gesicht, in ihren Augen schimmern Tränen. »Wir können uns finanziell keinen Ersatz leisten.«

Am liebsten würde ich Marc in den Kanal schmeißen und ihn dem aggressiven Schwanenvater zum Fraß vorwerfen. Von wegen Kunde und Auftrag, ich glaube ihm kein Wort! Es kann doch kein Zufall sein, dass er ausgerechnet dann wieder zurück zu seinem Job muss, wenn diese Frau hier auftaucht und ihm die Hölle heißmacht. Dass er mir das antut, kann und werde ich verkraften. Aber Liv?! Meine Tochter vertraut ihm.

Was für ein Ar…

»Ich habe heute Morgen bereits drei Köche kontaktiert, die mir einen Gefallen schuldig sind, also günstig zu haben wären«, sagt Marc. »Glaubt mir, ich tue alles in meiner Macht Stehende, damit das Restaurant weiterlaufen kann. Es ist allerdings noch recht früh, deshalb rechne ich erst im Laufe des späten Vormittags mit Rückmeldungen. Darüber hinaus gibt es allerdings noch jemanden, der perfekt geeignet wäre, und das ist mein

Mentor, ein sensationeller Koch aus Fornalutx auf Mallorca mit internationalem Ruf. Ich kenne Enrique quasi von Kindesbeinen an und vermute, dass er sich, ohne Geld dafür zu verlangen, auf dieses Projekt stürzen würde, denn es ist ganz nach seinem Geschmack.«

»Enrique … Navarro?«, fragt Liv mit glänzenden Augen. »Der Mann ist eine *Legende.*«

Okay, das klingt schon ein kleines bisschen besser. Immerhin sorgt Marc sich um die Zukunft des Restaurants, auch wenn er wieder zurück nach Mallorca fliegt, um mit dieser Frau herumzuturteln.

»Und wieso fragst du diesen Enrique nicht?«, will Geli wissen und kaut an ihrer Brötchenhälfte mit Honig herum.

»Weil wir uns vor vielen Jahren gestritten und danach nicht wieder versöhnt haben. Aber ich würde ihn kontaktieren, wenn alle anderen Versuche fehlschlagen. Garantieren kann ich allerdings für nichts. Der Mann ist ein stolzer Spanier und nicht besonders versöhnlich.«

»Würde es etwas nützen, wenn ich mich bei ihm melde?«, frage ich, darum bemüht, Liv zu beruhigen.

Für den Genesungsprozess ist es enorm wichtig, dass sie daran glaubt, dass es mit dem Restaurant weitergeht. Vor ihr liegen zahllose Trainingseinheiten, die zu bewältigen nicht ganz leicht sein wird. Nicht auszudenken, was passiert, wenn sie kein Ziel vor Augen hat, für das es sich zu kämpfen lohnt.

»Das wäre natürlich eine Möglichkeit«, sagt Marc nach einer kleinen Weile. »Allerdings kennt er dich nicht und schätzt den persönlichen Kontakt mehr als Telefonate oder Mails. Wenn ich mich mit ihm in Verbindung setze, muss ich ihn daheim besuchen. Anders wird das nichts.«

»Mama müsste also nach Mallorca?«, fragt Liv schluchzend. »Ich würde das ja gern selbst machen, aber ich kann nicht, verdammt noch mal. Oh Mann, ich würde ihn wirklich gern kennenlernen, dann könnte ich mir auch sein Kochbuch signieren lassen.«

»Was kostet es denn überhaupt, wenn wir einen Koch enga... äh, beauftragen?«, stellt Pauli die einzig richtige Frage. »Außerdem brauchen wir zwei, wenn so viele Gäste bei uns essen wollen, oder etwa nicht? Das geht doch alles gar nicht. Wir haben nur zwölf Tische.«

Ich bin geneigt, meiner Tochter recht zu geben, doch es brodelt auch Kampfgeist in mir. Marc hat gezeigt, dass das *Liv's* durchaus Potenzial hat, ein beliebtes Restaurant zu werden. Wo steht denn bitte geschrieben, dass wir IHN brauchen, um weiter auf Erfolgskurs zu bleiben?

»Enrique würde, wie gesagt, meines Erachtens kein Geld dafür nehmen, wenn er das Gefühl hat, dass es sich lohnt, ein bisschen Zeit und Liebe zu investieren. Er hat immer schon viele Projekte unterstützt, vorausgesetzt, sie haben etwas damit zu tun, dass jemand sich für qualitativ gutes Essen starkmacht und diese Philosophie auch in die Welt trägt. Wenn man der überregionalen Fachpresse und den mallorquinischen Zeitungen Glauben schenkt, macht er das immer noch, obwohl er schon über siebzig ist und sich zur Ruhe setzen könnte.«

Liv nickt bestätigend, in ihren Augen glänzt Hoffnungsschimmer.

»Was den zweiten Koch betrifft, müssten wir uns natürlich etwas einfallen lassen. Vielleicht finden wir jemanden, der ein Praktikum machen will und froh darüber ist, im *Liv's* unter Anleitung eines renommierten Kochs Erfahrung sammeln zu können.«

Während Marc das sagt, mache ich etwas, das ich sonst nie tun würde, wenn ich gemeinsam mit anderen am Tisch sitze: Ich gebe die Stichworte *Enrique, Koch* und *Fornalutx* in die Suchmaske meines Handys ein, denn im Gegensatz zu Liv kenne ich den Mann nicht. Sofort fallen mir Schlagzeilen wie *Mallorcas Küchengott, Bewahrer der traditionellen Esskultur* und *Ein Herz fürs Kochen, Kochlehrer für Schulkids auf Mallorca und viele andere* ins Auge. Man sieht Enrique selbst, wenn überhaupt, nur sehr klein abgebildet im Hintergrund. Offenbar legt er keinen Wert darauf, sich in den Vordergrund zu stellen oder zu spielen (oder er hat irgendeinen optischen Makel, der ihm peinlich ist. Abstehende Ohren vielleicht? Oder ein fliehendes Kinn).

Ob Pablo den Mann kennt? Vielleicht kann er ja Enrique in meinem Namen aufsuchen und ihn um Hilfe bitten, falls das mit den Hamburger Köchen nicht klappt. Der Leiter von Gelis Malkurs hat mir zum Abschied seine Handynummer gegeben, für den Fall, dass ich das Bedürfnis nach ein bisschen Trost und Rat verspüre. Und das ist jetzt beides der Fall.

Mit den Worten »Bin gleich wieder da« gehe ich in mein Büro.

Zum Glück erwische ich Pablo, der sich über meinen Anruf freut. »Ich könnte mir vorstellen, dass Enrique euch helfen würde«, sagt er, nachdem ich ihn ins Bild gesetzt habe. »Aber das wird er nur tun, wenn du ihn persönlich davon überzeugst, dass deine Tochter mit ihrer Art des Kochens eine Philosophie verfolgt, die sich mit seiner deckt. Der Mann wird überrannt von Anfragen aller Art und kann es sich aussuchen, womit er seine Zeit verbringt. Doch du, cara, hast das Zeug dazu, ihn zu becircen. Also komm nach Mallorca und versuch dein Glück. Ich helfe dir dabei, wenn ich kann.«

Gedankenverloren bleibe ich einen Moment am Schreibtisch sitzen. Kann ich denn überhaupt hier weg? Hm, mal sehen, welche Hindernisse müsste ich aus dem Weg räumen?

Da wäre als Erstes die Betreuung von Liv. Morgen kommt ein sympathischer Physiotherapeut, der von da an täglich mit ihr trainieren wird. Ansonsten können sich Geli und Pauli um sie kümmern. Ganz bestimmt bietet auch Herr Hoppe seine Unterstützung an, denn er ist immer froh über eine sinnvolle Aufgabe und mag meine Töchter sehr.

Das nächste Problem ist mein Übersetzungsauftrag. Ich müsste beim Verlag nachfragen, ob andere aus dem Team für ein paar Tage übernehmen könnten.

Doch selbst wenn das alles klappt, was wird aus dem *Liv's?*

Wir haben wahnsinnig viele Reservierungen, aber keinen Koch.

Mir kommt ein Gedanke, mal wieder verknüpft mit dem Ausspruch meiner verstorbenen Großmutter: »Willst du was gelten, mach dich selten.« Könnte man nicht einfach zu einem Trick greifen und sämtliche Reservierungen um eine Woche oder mehr verschieben? Die Gäste müssen ja nicht wissen, dass das Restaurant geschlossen hat. Sie werden lediglich per Mail darüber informiert, dass es zurzeit ausgebucht ist, was in gewisser Weise stimmt.

Je länger ich darüber nachdenke, desto mehr überzeugt mich mein Plan. Wovon ich allerdings ebenfalls überzeugt bin, ist, dass wir uns allmählich von Marcs Unterstützung lösen müssen, so schade das auch ist. Aber wir haben vorher auch immer alles als Familie hingekriegt. Wieso sollte es diesmal anders sein?

»Darf ich reinkommen, oder störe ich?«, fragt Marc, der auf einmal im Türrahmen meines Büros steht. »Ich wollte nur sagen, dass es mir leidtut, dass Conchita gestern in unser … Gespräch geplatzt ist. Sie und ich, wir sind kein …«

»Schon gut«, sage ich, erschöpft von der kurzen Nacht und den ganzen Aufregungen. »Ich hoffe einfach, dass wir das alles kurzfristig schaffen, auch ohne deine Unterstützung.«

21

MARC – PALMA DE MALLORCA

Kühlschrankinhalt Wohnung Palma:

Lebensmittel: Fehlanzeige
Drinks: Lillet Wild Berry, eine Flasche Cava, drei Flaschen vino blanco
Sonstiges: Kühlpads, Medikamente, Schlafmaske

Alles okay mit dir? Du wirkst so abwesend.« Alba mustert mich mit ihrem berühmten Alba-Blick, den ich tatsächlich vermisst habe. Es ist beinahe surreal, nach den vielen Tagen in Hamburg und der intensiven Zeit im *Liv's* wieder in meinem Büro in Palma zu sein.

»Alles gut, ich bin nur ein wenig müde. Wollen wir ein bisschen spazieren gehen, damit ich wieder wach werde?«

Alba sagt: »Gern. Außerdem habe ich Hunger. Hast du Lust, zum Anima-Beach-Club zu laufen, dann können wir einen Salat mit Blick aufs Meer genießen und dort weiter brainstormen.«

Gesagt, getan. Wir spazieren an der Kathedrale vorbei zum Passeig Maritimo, der belebten Uferstraße Richtung Portixol. Die eine Hälfte der Promenade ist reserviert für Fußgänger, die andere für Räder, Kickboards, E-Scooter und alle, die auf Inlinern oder Rollerblades unterwegs sind. Links donnert der Verkehr an uns vorbei, rechts glitzert das türkisblaue Mittelmeer in der Sommersonne. Auf dem Wasser recken Boote ihre Segel stolz in den Wind, im Hintergrund der malerischen Inselkulisse liegen die üblichen Kreuzfahrtschiffe, von denen eines aussieht wie ein Hochhaus.

»Hast du dich in Hamburg ein bisschen erholt?«, fragt Alba und hakt sich bei mir unter. Für jeden, der uns sieht, erweckt unsere Vertrautheit sicher den Anschein, wir seien ein Paar. »Wir hatten ja bisher kaum Gelegenheit, über etwas anderes zu sprechen als über das neue Projekt von Carlos.«

»Erholt ist sicher das falsche Wort«, erwidere ich und lasse meinen Blick übers Wasser schweifen. Diesen Anblick habe ich vermisst, egal wie schön die Elbe ist. Heute ist es mit vierundzwanzig Grad angenehm warm, die Luft duftet trotz des Verkehrs nach Meer, Sommer, Orangen und Feigen. »Der Tapetenwechsel war hilfreich, aber ich gebe zu, dass ich mich erst so richtig wohlgefühlt habe, als ich im *Liv's* den Kochlöffel geschwungen habe.«

»Du bist eben nicht fürs Stillsitzen gemacht und brauchst immer was um die Ohren«, erwidert Alba lachend und schaut einer Möwe hinterher, die auf die offene See hinausfliegt. »Was wird denn jetzt eigentlich aus dem Restaurant? Als du gestern Abend davon erzählt hast, hatte ich den Eindruck, dass dir das alles sehr am Herzen liegt, oder liege ich da falsch?«

»Ich habe ehrlich gesagt momentan keine Ahnung, wie es da weitergeht«, erwidere ich. »Sophie hat deutlich gemacht, dass sie künftig nur mit jemandem zusammenarbeiten möchte, der kontinuierlich da ist. Ich weiß nicht, wie sie das Personalproblem gelöst hat, denn keiner der drei Köche, die ich angefragt hatte, stand zur Verfügung. Zurzeit steht auf der Website, dass Reservierungen frühestens in zwei Wochen möglich sind, da das Restaurant aufgrund des großen Andrangs komplett ausgebucht ist. Und ja, du hast recht, ich hatte für die Zeit, in der ich dort gearbeitet habe, das Gefühl, als sei das *Liv's* mein Baby. Ich hoffe wirklich, dass Sophie und ihre Tochter Erfolg haben, denn sie haben es sich beide verdient.«

Meine Augen wandern in Richtung Fahrbahn, der Verkehr ist gerade ins Stocken geraten. In unmittelbarer Nähe steht ein Taxi, aus dessen geöffnetem Fenster brüllend laut der Song »Viva la vida« von Coldplay dröhnt. Ich liebe die Band und vor allem dieses Lied.

Doch halt, was ist das? Die Frau auf dem Rücksitz des Taxis sieht aus … ich halte kurz den Atem an … wie Sophie.

Aber das kann doch nicht sein, oder?

Ich schaue noch einmal genauer hin, und nun ist es sonnenklar: Ich habe keine Halluzinationen. Sophie Hartmann ist tatsächlich hier. Und dafür gibt es meiner Ansicht nach nur folgende Erklärungsmöglichkeiten:

a) Sie will mich besuchen,
b) sie macht Urlaub auf Mallorca, oder
c) sie versucht Enrique Navarro davon zu überzeugen, beim *Liv's* auszuhelfen.

Bevor ich zu Sophie herüberrufen oder irgendein anderes Signal geben kann, fährt das Taxi wieder los.

Ob sie mich gesehen hat? Falls ja, dann leider wieder in Begleitung einer wunderschönen Frau. Mist! Wieso habe ich es zugelassen, dass Alba sich bei mir unterhakt?

»Juhu, wir sind da, ich sterbe gleich vor Hunger«, ruft diese, als die weißen Statuen des Beach-Clubs in Sichtweite kommen. Sie sehen aus wie Aliens, die auf Mallorca Urlaub machen, und werden nach Einbruch der Dunkelheit von innen farbig beleuchtet. »Hoffentlich erwischen wir einen Tisch auf der Terrasse.«

Tatsächlich müssen wir erst eine Weile an der Bar warten, bis zwei Plätze frei werden; dieser Club ist bei Palmesanern und Urlaubern gleichermaßen beliebt.

Während wir beide eisgekühlte Softdrinks genießen und ein wenig Small Talk betreiben, bin ich mit meinen Gedanken meilenweit von Alba entfernt, denn ich kann momentan nur an eine Frau denken: Sophie. Soll ich sie anrufen und fragen, ob wir abends zusammen essen gehen? Ihr Hilfe anbieten, für den Fall, dass meine Theorie stimmt und sie Enriques wegen auf der Insel ist? Oder sollte ich sie besser in Ruhe lassen?

»Lass uns mal überlegen, welche Events uns für das Opening der beiden neuen Läden von Carlos einfallen«, sagt Alba, nachdem sie die Speisekarte studiert hat. »Wollen wir eine Band? Einen Dämmertörn mit einer Segeljacht als Appetizer für das Abendessen? Eine Modenschau? Goodie-Bags?«

Ich kann nicht anders, als herzhaft zu gähnen. Zum einen war die vorherige Nacht ultrakurz, zum anderen langweilen mich Aufträge dieser Art mittlerweile. Denn leider ist es so, dass originelle Einfälle meist gar nicht so gut ankommen wie das alte, abgelatschte. Verwöhnte Society-Ladys, Playboys und Influencer hält man tatsächlich am besten mit den Ch-Luxusklassikern

~ Champagner
~ Chanel
~ Chauffeur

bei Laune. Ein Chalet darf's natürlich auch gern sein.

Mallorca ist das Sylt der Balearen, entsprechend hoch hängt die Messlatte und verwöhnt ist die Klientel, auf deren Geld es Carlos Mendez abgesehen hat.

Natürlich gibt es zahllose, wunderschöne Fleckchen auf der Insel, wo es völlig anders zugeht. Zum Beispiel in Biniaraix, wo meine Großeltern gelebt haben, oder in Orten wie Campos und Artá. Ich liebe den Nordwesten, die Gegend um Sóller. Genau wie das Dörfchen Fornalutx, wo Enrique sein kleines Restaurant hat, das er nur noch öffnet, wenn ihm danach ist. An der felsigen Küste, im Tramuntana-Gebirge, der Schlucht Sa Calobra oder im Landesinneren kommt die Seele zur Ruhe.

Ganz im Gegensatz zu Palma, das mir gerade besonders trubelig, wuselig und viel zu laut erscheint.

»Oder sollten wir nach dem Vorbild des *Liv's* irgendeinen Megastar engagieren, den die Leute anhimmeln?«, sinniert Alba weiter. »Was ist mit Penélope Cruz und Javier Bardem? Antonio Banderas ist seit dem Film *Leid und Herrlichkeit* auch wieder total hip und hat wichtige Preise kassiert.«

»Ich weiß nicht so recht«, erwidere ich wenig überzeugt. »Wenn die PR über Social Media funktionieren soll, brauchst du junges Publikum und entsprechend junge Stars. Wir hatten im *Liv's* schließlich auch nicht Iris Berben zu Gast.«

»Hast du eben wir gesagt?«, fragt Alba sichtlich amüsiert. »Wow, dich scheint es ja echt erwischt zu haben. Also, ich meine das Restaurantfieber.«

Ja, das hat es. Auf allen Ebenen.

Es hat mich voll erwischt, das ist mir spätestens klar geworden, als ich mit Sophie abends bei Kerzenschein im *Liv's* gesessen hatte. Conchita hätte sich keinen unpassenderen Moment für ihre Eifersuchts-Attacke aussuchen können. Es hat doch zwischen uns beiden geknistert – oder habe ich mir das nur eingebildet?

Ich darf gar nicht daran denken, dass Sophie hier auf der Insel ist, um den Traum ihrer Tochter zu retten, vermutlich nur wenige Kilometer Luftlinie von mir entfernt.

Mich würde interessieren, wo sie wohnt und wie lange sie bleibt.

»Hallo, ich hab dich was gefragt«, sagt Alba mit leicht gereiztem Unterton. »Was geht in deinem Kopf vor? Und kann es sein, dass das Thema nichts mit dem Auftrag von Carlos zu tun hat? Wenn dich das Ganze nervt, berate ich mich auch gern allein mit der PR-Agentur.«

In diesem Moment habe ich das dringende Bedürfnis, Alba anzuvertrauen, was mich gerade weitaus mehr umtreibt als lukrative Aufträge und hippe Restaurants. Also rücke ich mit der Wahrheit heraus, denn die ist bei Alba bestens aufgehoben, wie ich aus langjähriger Erfahrung weiß.

Sie hört mir zu, ohne mich zu unterbrechen, und nickt ab und zu. Besonders an der Stelle, als ich davon erzähle, wie wohl ich mich beim Hartmann'schen Familienfrühstück auf der Terrasse gefühlt habe.

»Tief im Inneren sehnst du dich nach Geborgenheit und einer Familie, das ist ganz offensichtlich«, sagt sie schließlich seufzend und streichelt liebevoll meinen Arm. »Der plötzliche Tod deines Vaters und deiner Großeltern haben dich schwer getroffen, genau wie die Trennung von Christina. Ehrlich gesagt gebe ich Dr. Romero recht. Du solltest dich endlich mit Vergangenheit und Trauer auseinandersetzen, anstatt Kummer und Einsamkeit unter Bergen von Arbeit zu begraben. Was spricht denn dagegen, dir professionelle Hilfe zu holen? In den USA gehört es quasi zum guten Ton, zum Therapeuten zu gehen.«

Allein das Wort Therapie macht mich schon irre. Ich denke dann sofort an meine Mutter, die nach dem Tod meines Vaters in eine Art depressive Schockstarre verfallen ist, sich zum Glück aber allmählich wieder erholt und neulich sogar ein Date hatte.

»Sich seinen Gefühlen und Ängsten zu stellen ist heutzutage eher ein Zeichen von Stärke als von Schwäche«, philosophiert Alba weiter. »Also los, gib dir einen Ruck, damit es dir bald wieder besser geht.«

Dirks Vermutung kommt mir in den Sinn, Christina habe sich womöglich deshalb in ihren Yogalehrer verknallt, weil ich trotz allen Symbioseglibbers, wie Jan es so hübsch formuliert hat, immer irgendwie auf dem Sprung war. Vielleicht ist es an der Zeit, einen wirklichen Absprung zu wagen und das Thema Christina endgültig für mich abzuschließen. Denn wie heißt es so schön? *Wenn sich eine Tür öffnet, schließt sich eine andere.* Ach nein, das war andersrum.

Doch egal, wie dieser spirituelle Leitsatz korrekt lautet: Alba hat recht. Es muss sich etwas ändern. Und zwar rápido.

22

SOPHIE – PALMA DE MALLORCA

Der Zweck heiligt die Mittel

»Ich dachte immer, das heißt *Der Zwerg reinigt die Kittel?*«, fragt Sophie verwundert.
»Tut es nicht«, widerspricht Pauli.
»Vielleicht brauchst du ein Hörgerät, Mama?«

Ich liebe Esteban, und ich kann mir nicht vorstellen, auch nur einen Tag meines Lebens ohne ihn zu sein …

Puh, bin ich froh, dass meine Kollegin für mich einspringen konnte, denke ich, während ich auf dem Rücksitz des Taxis die Übersetzung überfliege, für die ich zuständig gewesen wäre. Der melodramatische Text ist genauso wenig auszuhalten wie der Gedanke an Marc und daran, dass sich unsere Wege immer wieder kreuzen, ob ich nun will oder nicht.

Wie kann es sein, dass das Taxi ausgerechnet in der Sekunde neben ihm hält, in der er den Passeig Maritimo entlangspaziert? Arm in Arm mit einer rassigen Schönheit, die allerdings nicht Conchita ist, wenn ich mich nicht irre.

Was auch immer ihn zurück nach Palma geführt hat, die Arbeit war es mit Sicherheit nicht (vielleicht ist er ja gar kein Unternehmensberater, sondern professioneller Womanizer und sein »Unternehmen« in Wahrheit ein Escortservice?).

Weg mit den Gedanken an Marc, es ist viel wichtiger, dass du einen guten Eindruck bei Enrique hinterlässt, feuere ich mich selbst an. Doch dazu müsste ich es erst einmal schaffen, ihn zu Gesicht zu bekommen. Er hat weder auf meine Nachricht auf dem Anrufbeantworter oder mein Fax reagiert noch auf meine SMS, genau wie Marc es prophezeit hatte.

Der Taxifahrer lässt mich am Passeig de Born aussteigen, wo Pablo mich erwartet, der in Palma Besorgungen zu erledigen hatte. Ich darf kostenfrei in seiner Finca wohnen, als Wiedergutmachung für den tierischen Schrecken, den Eselin Antena mir eingejagt hat. Beim Packen habe ich ganz genau darauf geachtet, dass nichts in meinen Koffer wandert, das auch nur ansatzweise rot ist, fliederfarben, rosé oder orange. Aber wer weiß, ob Antena inzwischen nicht ihre Farbpalette erweitert hat und welcher Ton sie aktuell zum wilden Stier mutieren lässt.

»Hola, Sophie, gut siehst du aus«, sagt Pablo und schließt mich in seine Arme. »Ein bisschen abgespannt, aber mit kämpferischem Glitzern in den Augen. Gefällt mir.«

Ich lege meinen Trolley in den Kofferraum und steige dann in Pablos Pick-up. Gleich geht's nach Fornalutx, wo ich einen handgeschriebenen Brief in den Postkasten des Restaurants *Casa del Sol* werfen werde, falls ich Enrique nicht persönlich antreffe.

Nachdem wir Palma hinter uns gelassen haben und in Richtung Sóller fahren, gelingt es mir allmählich, den Gedanken an Marc dorthin zu verbannen, wo der Pfeffer wächst (Madagaskar, Indonesien, Malaysia, egal, Hauptsache, weit weg), denn die Insel zieht mich, wie immer, vollkommen in ihren Bann. Ich versinke verliebt im Anblick des strahlend blauen Himmels, der majestätischen Palmen, der Mandelbäume und weißen und pinkfarbenen Oleanderbüsche, die die Fahrbahn säumen. Ja sogar dem schrägen Charme der riesigen, teils quietschbunten

Werbeplakate, die zum Inselbild gehören wie Windmühlen, bin ich erlegen, dem türkisblauen Meer, den grünen Steineichenwäldern, Kakteen, Bergdörfern und Klöstern im maurischen Stil.

»Freust du dich, wieder hier zu sein?«, fragt Pablo, als könne er meine Gedanken lesen. Er steuert den Pick-up in gemütlicher Reisegeschwindigkeit vorbei an der Abzweigung nach Bunyola, einem typischen Bergdorf mit ockerfarbenen Häuschen aus Naturstein und einem lauschigen Kirchplatz.

»Absolut, denn ich liebe Mallorca«, antworte ich, in Gedanken an Zeiten, die schon eine Ewigkeit zurückliegen. Geli und ich haben seit frühester Kindheit die Ferien auf der Insel verbracht, weil unsere Eltern das Klima liebten und sich magisch von Dörfern wie Deiá oder kleinen Küstenperlen wie Cala Figuera angezogen fühlten, als der Ort noch ein uriges Fischerdorf war. Auch später war ich mit Simon und den Kindern hier, sobald es Zeit und Finanzen erlaubten, weshalb beide auf einer bilingualen Schule waren und nahezu perfekt Spanisch sprechen, denn es gab vor ewigen Zeiten mal einen Plan, nach Spanien zu ziehen.

»Wenn ich es mir leisten könnte, würde ich mir hier eine Finca kaufen und das Leben genießen.«

»Diesen Traum haben viele«, erwidert Pablo schmunzelnd. »Doch die meisten vergessen, dass es hier nicht immer nur sonnig und warm ist. Im September und im Januar fegen heftige Stürme über die Insel, die teilweise sogar Küstenabschnitte zerstören. Die Folgen des Klimawandels sind auch hier deutlich zu spüren. Damit muss man dann genauso leben können wie mit der extremen Wasserknappheit und Dürre in den Sommermonaten, aber das weißt du ja sicher selbst.«

Das ist wahr, doch ich stelle mir selbst das toll vor. Schließlich mag ich auch stürmische Tage an der Nordsee.

Nun sind es nur noch wenige Kilometer bis Fornalutx, einem der schönsten Dörfer Mallorcas. Die Straße wird immer enger und kurviger, meine Nervosität steigt.

Für Liv steht so viel auf dem Spiel.

Meine Hände umklammern den Brief. Ich bete inständig, dass er meiner Tochter Glück bringt.

»Woher kennst du Enrique eigentlich?«, frage ich, um mich von meiner Nervosität abzulenken.

»Aus einer kleinen Bar, die er in Deiá betrieben hat, bevor er die *Casa del Sol* eröffnete.« Pablo verlangsamt das Fahrttempo und stoppt schließlich den Wagen. »So, hier müssen wir parken und den Rest laufen. Ich bin gespannt, ob Enrique da ist.« Wir steigen aus dem Auto und gehen die schmale, kurvige Straße entlang, die von Orangen- und Mandarinenbäumen gesäumt wird. Am Wegesrand ragen haushohe Kakteen in den blauen Himmel.

Und dann sehe ich sie, in einer Senke liegend: eine kleine, eher unscheinbare Finca aus Naturstein, mit den typischen dunkelgrünen Fensterläden, die im Schein der Sonne aussehen wie Flügel. Schräg dahinter steht ein weiteres Haus, der Finca ähnlich. Die Luft flirrt, eine Fliege surrt um meine Nase, es riecht nach Erde und Staub. Auf der Steinmauer, die das Restaurant umgibt, döst eine dürre, sandfarbene Katze. Würde sie nicht schnurren, würde sie komplett mit dem Untergrund verschmelzen. Die Maueröffnung ist mit einem Eisengatter verschlossen, daran baumelt, schräg an einer Kette hängend, ein verblasstes Emailleschild mit dem Wort *cerrado*.

»Geschlossen«, murmele ich enttäuscht, obgleich ich natürlich darauf eingestellt war, dass dieses Unterfangen nicht sofort von Erfolg gekrönt sein würde. Ich spähe über die (nicht gerade niedrige) Mauer und sehe, dass der Briefkasten direkt neben der Eingangstür befestigt ist.

Mist! Wie soll ich denn jetzt das Kuvert einwerfen?

Auf diese Frage gibt es nur eine Antwort: Ich muss über die *tanques,* wie die Mallorquiner das steinerne Erbe der Talayot-Kultur nennen, klettern.

»Machst du mir die Räuberleiter?«, frage ich Pablo.

Gut, dass ich eine Jeans und bequeme Turnschuhe trage anstatt eines Sommerkleids und Riemchensandaletten.

»Stets zu Diensten«, erwidert Pablo grinsend, dreht sich mit dem Rücken zum Steinungetüm und verschränkt die Hände auf der Höhe seines runden Bauchs zu einer Kletterhilfe.

Ich streife die Sneakers ab, denn ich möchte ihm keinesfalls meine dreckigen Schuhsohlen zumuten, und benutze seine Hände als Tritt. Von da aus fehlen mir allerdings immer noch ein paar Zentimeter. »Ist es okay, wenn ich mich auf deine Schultern stelle?«, frage ich. Meine Beine zittern ein bisschen. Es ist schon eine ganze Weile her, dass Geli und ich diese Technik angewandt haben, um im Sommer Kirschen aus Nachbars Garten zu mopsen.

»Na los, ab mit dir«, sagt Pablo, und nun gibt es kein Zurück mehr.

Endlich oben, wird mir blöderweise schwindelig. Um die Mittagszeit ist es natürlich heiß, und ich habe viel zu wenig getrunken. Doch so kurz vor dem Ziel gebe ich auf gar keinen Fall auf, komme, was wolle!

Also springe ich und bereue sofort, dass ich meine Schuhe ausgezogen habe. Unterhalb der Mauer wuchern stachlige Disteln, und ich lande auf spitzen Steinchen, die sich unsanft in meine ohnehin schon empfindlichen Fußsohlen bohren. *Aua!*

Plötzlich ertönt das Gebell eines Hundes. Oh nein!

Es ist nicht so, dass ich keine Hunde mag oder womöglich Angst vor ihnen hätte. Doch das wütende Kläffen klingt äußerst bedrohlich.

Hektisch schaue ich mich um, und dann sehe ich ihn: einen großen, pechschwarzen Hund mit zotteligem Fell. Er hängt an einer Kette und springt wütend auf und ab. Mein Herz pocht, mir stehen sämtliche Nackenhaare zu Berge.

Okay, ich habe wohl doch Angst vor Hunden.

Er kann dir nichts tun, spreche ich mir – mal wieder – Mut zu und sprinte dann, wie von der Tarantel gestochen, zum Briefkasten. Kaum ist der Umschlag im Schlitz verschwunden, spüre ich, dass meine Füße irre schmerzen, und sehe, dass sie bluten. Diese Wunden müssen unbedingt desinfiziert und verbunden werden, denke ich und trete den Rückzug an. Bloß weg hier!

Dann springt mir plötzlich etwas mit voller Wucht in den Rücken. Ich gerate ins Straucheln, falle aber zum Glück nicht hin. Das Gebell ist ohrenbetäubend, gepaart mit einem Hecheln, das zu sagen scheint: »Gleich hab ich dich, dann fress ich dich.«

Oh nein! … Der Hund hat sich von der Kette losgerissen. Jeden Moment schlägt er seine scharfen Zähne tief in meine Haut. Panisch starre ich auf die Mauer, meinen einzigen Fluchtweg.

Doch ich habe bei meinem Einbruch einen Gedankenfehler gemacht. Und zwar einen gewaltigen.

Wie soll ich da denn bitte schön rüberkommen?

Himmel hilf, wo habe ich mich da bloß reingeritten?

»Bigote, aus. Machst du wohl Sitz«, ertönt, quasi aus dem Nichts, eine weibliche Stimme.

Wie in Zeitlupe drehe ich mich um und blicke in die dunkelbraunen Augen einer älteren Dame, schätzungsweise um die siebzig.

Der Höllenhund verwandelt sich binnen Sekunden in ein lammfrommes Schoßhündchen, das sich freudig schwanzwedelnd an sein Frauchen schmiegt und so aussieht, als warte es auf ein Leckerli als Belohnung für seinen Dienst als aufmerksamer Wächter.

»Was machen Sie hier?«, fragt die Frau – nicht ganz unberechtigt. »Dies ist ein privates Grundstück, und Sie haben hier nichts verloren. Entweder liefern Sie mir eine gute Erklärung für diesen Hausfriedensbruch, oder ich hole die Polizei. Also? Ich höre!«

Die Polizei?

Oje, das fehlte noch. Ich sehe mich schon in einem finsteren, dreckigen Loch verrotten, bis es Pablo gelungen ist, einen Anwalt für mich aufzutreiben. Was hier gar nicht so einfach sein dürfte, denn der Spanier an sich sagt ja gern mal »Morgen«, und dann passiert erst mal eine ganze Weile lang gar nichts.

»Es … es tut mir leid, dass ich hier widerrechtlich eingedrungen bin«, stammle ich, den Blick immer noch fest auf den Hund gerichtet. »Aber ich versuche seit Tagen vergeblich, Enrique Navarro zu erreichen. Ich wollte einen Brief an ihn in den Kasten werfen, doch leider ist das Gatter verschlossen, also habe ich …«

Um die Mundwinkel der rundlichen Frau, die aussieht wie eine Bäuerin, zuckt es.

»Es geht in diesem Brief um etwas sehr, sehr Wichtiges«, stottere ich und überlege fieberhaft, mit welchem Argument ich meinen Einbruch rechtfertigen kann. »Sozusagen um Leben und Tod.«

Okay, das ist zwar ein bisschen übertrieben, aber ich hoffe, die Dramatik meiner Aussage zeigt Wirkung.

»Und wieso haben Sie nicht einfach den Briefkasten genommen, der unten an der Toreinfahrt befestigt ist?«, fragt die Frau mit spöttischem Lächeln.

Ich könnte mich ohrfeigen.

»Der Postbote klettert doch auch nicht täglich über die Mauer, um seine Sendungen bei uns abzuliefern. Obwohl es Manuel bestimmt guttäte, dann würde er wenigstens ein bisschen abnehmen und hätte eine bessere Kondition.«

Ihre amüsante Antwort lässt hoffen, dass noch nicht alles verloren ist.

»Kennen Sie Enrique gut?«, frage ich. Normalerweise ist es taktisch klug, bei Differenzen sein Gegenüber konspirativ mit einzubeziehen. Ich hoffe, das gilt auch für Einbruchsdelikte.

»Wenn Sie wissen wollen, ob ich seine schmutzige Wäsche wasche, ihm das Händchen halte, wenn der *Embat* ihm wieder Kopfschmerzen bereitet, und ich ihn frühmorgens aus dem Bett werfe, wenn er zum Einkaufen auf den Markt gehen soll, dann würde ich sagen, ja, ich kenne ihn. Warum fragen Sie?«

Ich erkläre, wer ich bin und weshalb ich so dreist in das Reich von Enrique Navarro eingedrungen bin.

Der Gesichtsausdruck der Frau wird ein bisschen weicher und freundlicher. »Sie sind mit Pablo hier? Warum haben Sie das nicht gleich gesagt? Na los, kommen Sie schon mit rein, erzählen Sie, was genau Sie von Enrique wollen, und trinken Sie einen cortado mit mir. Pablo und ich haben uns viel zu lange nicht mehr gesehen. Ich bin übrigens Maria.« Mit diesen Worten geht Maria zum Gatter und öffnet es. Und zwar ohne einen Schlüssel zu benutzen.

Das heißt, das Tor war die ganze Zeit offen?!

»Wir sollten dringend etwas mit Ihren Füßen machen«, fährt Maria fort und winkt Pablo zu sich. »Sie bluten mir hier ja noch alles voll.«

Pablo begrüßt sie mit Küsschen auf die linke und auf die rechte Wange, wie in Spanien üblich.

Wir folgen Maria Navarro zum Eingang der *Casa del Sol*. Ich bin froh, dass es im Inneren angenehm kühl ist, denn ich bin von dieser nervenaufreibenden Aktion völlig überhitzt und aufgewühlt.

»Kommen Sie mit ins Badezimmer«, sagt sie, und ich trotte ihr folgsam hinterher. Keine fünf Minuten später hat sie meine Wunden desinfiziert (noch mal aua!), meine Füße verbunden und gibt mir Flip-Flops, die zwar drei Nummern zu groß für meine kleinen Füße sind, doch äußerst praktisch. Mit dem Verband komme ich nämlich auf gar keinen Fall in meine Sneakers.

Ich bedanke mich mehrfach für die Hilfe, allerdings beschäftigt mich immer noch eine Sache: »Wie konnte sich Ihr Hund eigentlich von der Kette losreißen?«, frage ich, während Maria wieder alles in der Hausapotheke verstaut.

»Tja, das wissen wir auch nicht so genau«, erwidert sie schmunzelnd. Ihr gebräuntes, ein wenig ledriges Gesicht ist das einer Frau, die sich viel im Freien aufhält, die breiten Hände mit den kurzen Nägeln sind das Zeugnis körperlicher Arbeit. »Sagen wir es mal so: Bigote ist ein äußerst eigensinniger Hund, ein wahrer Houdini. Wir akzeptieren ihn so, wie er ist, und amüsieren uns köstlich über seine kleinen Tricks. Mit dem Anleinen an die Kette tun wir ihm im Grunde nur einen Gefallen, denn er liebt Herausforderungen dieser Art.«

Nachdem ich im wahrsten Sinne des Wortes verarztet wurde, bekomme ich ein großes Glas agua sin gas und einen köstlichen café con leche serviert. Maria ist wirklich ein Schatz und hat – neben Marc – die schönsten Augen, die ich je gesehen habe. Wunderschön, voller Klugheit und Gefühl.

»Enrique ist übrigens gerade auf dem Festland«, erklärt sie und stellt einen Teller frisch gebackener Ensaimadas auf den rustikalen Holztisch.

Von-der-Mauer-Springen macht hungrig, und so nehme ich mir ein Stück des luftig-leichten Gebäcks. »Wann kommt er wieder?«, frage ich kauend, aber maßlos enttäuscht.

Nicht auszudenken, wenn er länger weg ist!

Auch Pablo sieht besorgt aus und streichelt Bigotes Kopf, während er seinen cortado trinkt. Bigote heißt übrigens Schnauzbart, und tatsächlich hat der schwarze Hund so einen, und zwar in hellgrau, was ziemlich süß aussieht, wenn man sich nicht gerade vor ihm fürchtet (also vor dem Hund, nicht vor dem Bart).

»Das weiß ich nicht«, erwidert Maria. »Das Geheimnis einer guten, langjährigen Ehe liegt unter anderem darin, nicht zu viele Fragen zu stellen und dem Partner seine Freiheit zu lassen. Wenn man das tut und bildlich gesprochen die Käfigtüre offen lässt, kommt das Vögelchen immer gern und freiwillig zurück.«

Nun denn. Dann kann ich nur hoffen, dass das Vögelchen namens Enrique ganz schnell Heimweh bekommt. Mein Rückflug geht Sonntagabend, bis dahin muss ich eine Lösung für das *Liv's* gefunden haben – sonst ist's tatsächlich, wie Pauli so sarkastisch sagte, »aus die Maus«.

23

MARC – PALMA DE MALLORCA

Kühlschrankinhalt Wohnung Palma:

Kühlschrank kaputt. Monteur kommt morgen.
Also frühestens in zwei Wochen …

Soll ich oder soll ich nicht?

Ich tippe zum gefühlt millionsten Mal an diesem Mittwochmorgen eine Nachricht an Sophie, korrigiere sie dann wieder oder lösche sie ganz. Ein Teil von mir hofft immer noch, dass sie sich von allein meldet. Wahrscheinlich hat sie mich gestern vom Taxi aus gesehen, oder etwa nicht? Oder könnte es sein, dass nur ich *sie* gesehen habe und nicht umgekehrt? Wie oft hat Christina mir früher gesagt, dass ich sie angeblich gerade besonders intensiv und liebevoll angeschaut habe, obgleich ich in Wahrheit mit meinen Gedanken ganz woanders war (nicht schön, wenn ich jetzt so darüber nachdenke).

Doch, das wird es sein! Sophie war dermaßen konzentriert auf ihr Vorhaben, dass sie zwar aus dem Fenster geschaut, mich aber gar nicht wahrgenommen hat. Zumal ich auch eine Sonnenbrille getragen habe, und mit der hat sie mich ja noch nie zuvor gesehen.

Meine Laune steigt schlagartig. Wenn sie mich nicht gesehen hat, kann sie sich auch nicht bei mir melden, nicht wahr?

Okay: no risk, no fun! Wer nicht wagt, der nicht gewinnt!

Ich tippe: *Hola, Sophie, bienvenida a Mallorca, ich habe dich gestern im Taxi gesehen. Hoffe, du hattest einen schönen Abend und konntest ein bisschen die Insel genießen. Was hältst du von einem gemeinsamen Essen oder einer kleinen Spritztour über Land? Es gibt hier tolle, urige Restaurants. Marc*

Obwohl ich jede Menge zu tun habe, starre ich in den kommenden Stunden immer wieder aufs Handy.

Doch es kommt keine Antwort von Sophie.

Ich erledige mechanisch meine Arbeit, aber die Zahlen auf den Excel-Tabellen verschwimmen vor meinen Augen und vermischen sich mit dem, was Dirk und Alba in den letzten Tagen gesagt haben. Vergangenheitsbewältigung scheint das Gebot der Stunde zu sein. Hm … das passt mir gar nicht.

Eine Stunde stupiden Tippens und Berechnens später habe ich die Faxen dicke. Ich muss raus aus meinem Büro und an einen Ort, wo ich das Gedankenkarussell zum Stillstand bringen kann. Stellt sich nur die Frage: wohin? Am Meer ist es mir um diese Jahreszeit zu trubelig, das Gleiche gilt für die schnell erreichbaren Cafés.

Doch dann habe ich eine Eingebung: Ich wollte immer schon mal zu den *Banys Arabs,* den Ruinen der arabischen Bäder, im Herzen der Altstadt. Bis zur nächsten Besprechung bleiben mir noch drei Stunden Zeit, das sollte genügen, um in die Welt der maurischen Architektur aus dem zehnten Jahrhundert einzutauchen.

Fünfzehn Minuten Fußweg später zahle ich Eintritt und scheine der Einzige zu sein, mit dem der alte Herr an der Kasse heute bislang gesprochen hat. Ich muss mehrmals »Hola« und »Buenos días« sagen, bis ich ihn aus seinem Dämmerschlaf geholt habe. Als ich den Garten des Herrenhauses *Can Fontirroig* betrete, erreichen Töne mein Ohr, die entfernt an Klangschalen erinnern.

Oh nein, wie schrecklich. Ich hasse Klangschalen!

Als Christina mir zum ersten Mal von der entspannenden, meditativen Wirkung dieser … ja, was sind das eigentlich?

a) Musikinstrumente?
b) Folterwerkzeuge?
c) Esoterische Salatschüsseln?

erzählt hat, habe ich mich schon innerlich verspannt. Als sie dann auch noch CDs mit diesem Zeug als Hintergrundmusik für ihre *Yoga-Asanas* nach Hause geschleppt hat, war bei mir endgültig der Ofen aus. Und das habe ich ihr damals auch unmissverständlich zu verstehen gegeben.

Dirks Worte im Ohr, kommen mir zum erneuten Male seit den Gesprächen mit ihm Zweifel daran, dass ich wirklich nur ein wehrloses Opfer von Christinas plötzlichem Sinneswandel war. Vielleicht kam dieser Prozess gar nicht *einfach so* über sie, sondern schleichend. Womöglich wäre es besser gewesen, sie zu fragen, wieso ihr die Yogastunden so viel bedeuten, anstatt auf Durchzug zu schalten, wenn sie in meinem Beisein darüber sinniert hat, ob sie zum Bikram wechseln soll. Hätte ich sie dazu ermutigt, wäre sie womöglich gar nicht an ihrem Lehrer Tobias hängen geblieben.

Plötzlich ist dieses Gespräch für mich so präsent, als stünde Christina direkt vor mir. Sie zählte mir die Vor- und Nachteile dieses möglichen Kurswechsels mit einer Akribie auf, wie andere Leute sie aufwenden, wenn sie die Entscheidung treffen müssen, eine sündhaft teure Wohnung zu mieten oder zu kaufen. Wahrscheinlich ging es damals in Wahrheit gar nicht darum, dass man sich beim Bikram-Yoga durch extremes Schwitzen bei vierzig Grad Celsius noch besser dehnen und den Körper entgiften kann, sondern darum, dass Tobias Christina damals beim Kundalini-Yoga weit mehr zum Schwitzen brachte, als ihr lieb war. Schließlich stand der Hochzeitstermin zu diesem Zeitpunkt schon fest, auch die Flüge auf die Malediven waren gebucht.

Ich nähere mich der Richtung, aus der die Musik kommt, und finde sie mit einem Mal gar nicht mehr soooo übel. Sie hat durchaus etwas Sanftes, Beruhigendes, beinahe Sphärisches.

Woher kommt sie? Läuft hier eine CD?

Die CD ist in Wahrheit ein junger schlaksiger Mann, Typ Vollnerd. Er sieht aus, als schwänze er gerade ein philosophisches Seminar zum Thema *Bewusstseinsformen der kulturellen Evolution,* um hier, in diesem verwunschenen Garten, mit zwei Filzstöckchen auf etwas herumzuklöppeln, das aussieht wie ein überdimensionierter Wok-Topf. Oder eine Paella-Pfanne, schließlich sind wir in Spanien.

Der Nerd sitzt auf einem Klappstuhl und ist dermaßen versunken in seinem eigenen Universum, dass er mich gar nicht wahrnimmt. Vor der Klangschale, die er zwischen die Schenkel seiner dünnen Beine gepresst hat, liegt eine Baskenmütze auf dem Boden, in der nur wenige Münzen sind.

Ich krame einen Schein aus meinem Portemonnaie und versuche, mich gegen die Welle unterschiedlichster Emotionen zu wehren, die mit einem Mal ungehindert meine Seele fluten.

Und plötzlich weiß ich, was ich zu tun habe, bevor ich wieder mit Sophie in Kontakt trete: Ich muss die Geschichte mit Christina endlich abschließen, indem ich sie treffe und über alles mit ihr rede.

Zu dumm, dass ich zurzeit auf Mallorca bin, wer weiß, wann Christina Zeit für eine Aussprache hat. Aber ich sollte etwas unternehmen, und zwar jetzt, denn ich habe schon viel zu lange gewartet.

Mein Herz pocht, als ich die Nummer der Frau wähle, die mich vor vier Jahren in die Wüste geschickt hat.

Und dann höre ich ihre Stimme. Ihr »Hallo« klingt beinahe so vertraut, als hätten wir erst gestern zuletzt miteinander gesprochen. Ich hole tief Luft – dann beginne ich zu reden.

24

SOPHIE – DEIÁ

Vorsicht ist die Mutter der Porzellankiste

»… und nicht immer bringen Scherben Glück«,
murmelt Sophie gedankenverloren.

Marc hat mich also gesehen und will sich mit mir treffen. Ich lese seine Nachricht nun zum x-ten Mal und weiß einfach nicht, was ich tun soll.

»Wo bist du mit deinen Gedanken, cara?«, fragt Pablo, der mir gegenüber am Tisch sitzt. Wir haben gerade einen *Tumbet* zu Mittag gegessen. Das ist ein typisch mallorquinischer Gemüseauflauf aus Kartoffeln, Auberginen, Zucchini und grüner Paprika mit Tomatensoße. Pablo kann fantastisch kochen.

»Ich überlege, was ich mache, falls Enrique nicht bald zurück auf die Insel kommt«, schwindle ich.

Wäre Pablo Geli, würde ich so lange gemeinsam mit ihm Pro und Kontra eines Treffens mit Marc durchkauen, bis ich weiß, was ich zu tun oder zu lassen habe. Doch Geli ist bei der Arbeit, und ich kenne Pablo nicht lange und gut genug, um ihm die emotionalen Schwankungen anzuvertrauen, die der Gedanke an Marc in mir auslöst.

Wieso gerade er? Was hat dieser Mann an sich, das mich plötzlich so durcheinanderbringt, dass ich nachts kaum schlafen kann, weil ich der sich widersprechenden Gefühle nicht mehr Herr, äh, Herrin bin? Ist das ein Fall von *Liebe auf den ersten Blick*, wie er in Kitschromanen vorkommt?

Ein unerklärliches Gefühl, das jeglicher rationalen Grundlage entbehrt und einen so unerwartet trifft wie ein Blitz?

Oder bin ich einfach nur durcheinander, weil ich nach Simons Tod bisher nicht mehr mit einem attraktiven, intelligenten und charismatischen Mann zu tun gehabt habe, der über fünfundzwanzig ist?

Als Simon und ich einander begegnet sind, waren wir zuerst Freunde und erst zwei Jahre später ein Liebespaar. Unsere Beziehung hatte immer eine eher bodenständige Grundlage und war nie wie ein Gefühlssturm, der über einen hereinbricht und machtlos macht.

»Gib mir mal deine Hand«, sagt Pablo.

Mit einer Mischung aus Abwehr und Neugier reiche ich ihm beide Hände, die Innenflächen nach außen gedreht. Pablo hat nicht gesagt, welche er braucht, also kriegt er gleich alle zwei. Andächtig studiert er die ehemals zarten Linien auf meiner Haut, die bald Burggräben ähneln, wenn ich sie nicht besser pflege.

»Die Sache mit Enrique ist offenbar nicht das Einzige, das dir zurzeit Kummer bereitet«, sagt Pablo nach einer Weile konzentrierter Betrachtung. »Ich sehe einen Mann, der dein Herz zum Tanzen und deinen Kopf zum Schmerzen bringt. Du wirst dich entscheiden müssen, wenn du wieder zur Ruhe kommen und Kraft für deinen Beruf sammeln möchtest. Und ich sage ganz bewusst deinen Beruf, denn ich sehe auch in diesem Bereich einen Umbruch auf dich zukommen.«

»Woher weißt du das alles?«, frage ich völlig fassungslos. »Hast du hellseherische Fähigkeiten? Das Zweite Gesicht? Bist du das mallorquinische Pendant zum Orakel von Delphi?«

»Vielleicht bin ich einfach nur ein guter Zuhörer und Beobachter«, erwidert Pablo schmunzelnd. »Nein, im Ernst, Sophie. Es ist gar nicht schwer zu erkennen, was dich bedrückt. Du möchtest das Beste für deine Tochter, und das geht momentan offenbar nur, indem du deine eigenen beruflichen Ambitionen zurückstellst. Der Mann, der euch zu Anfang geholfen hat, ist plötzlich aus deinem Leben verschwunden, genau wie dein Ehemann vor fünf Jahren. Du hast mir erzählt, wie furchtbar das sowohl für dich als auch für deine Familie war. Natürlich hast du Angst, dass du wieder leiden musst, wenn du auf deine Gefühle hörst, das ist verständlich und normal. Doch man darf sich das Leben nicht von der Angst diktieren lassen, sonst verpasst man nämlich das Schönste.«

»Wieso lebst du eigentlich allein?«, frage ich.

Pablo ist wirklich warmherzig und ein ganz besonderer Mensch, wenn auch ein bisschen speziell, das stelle ich in diesem Moment erneut fest. Dieses Faible fürs Handlesen ist sicherlich nicht jedermanns Sache. Aber trotzdem …

»Weil ich genau den Fehler gemacht habe, vor dem ich dich gern bewahren würde«, sagt er und wirkt mit einem Mal melancholisch und abwesend. »Es gab da vor Jahren eine Frau, eine hochbegabte Künstlerin. Sie fertigt Skulpturen an und zeichnet wie keine Zweite. Doch sie ist nie wirklich mit Mallorca warm geworden und wollte deshalb nicht bleiben.«

»Wieso bist du ihr nicht gefolgt? Wo lebt sie?«

»In Schweden«, erwidert Pablo. »Sie liebt die Weite und Einsamkeit der dortigen Landschaft, sie mag raues Klima, Kälte und die skandinavische, reduzierte Lebensart. Signe ist ein äußerst ernsthafter Mensch. Wahre Kunst, so sagt sie, kann nur entstehen, wenn man sich allen äußeren Einflüssen entzieht und sein Inneres mit dem Inneren der Welt verbindet. Ich hingegen feiere gern, tanze auch mal bei einer Fiesta auf dem Tisch, brauche die

Sonne und die Helligkeit Spaniens, um glücklich zu sein. Doch manchmal gibt es Momente, in denen ich es bereue, dass ich es noch nicht einmal versucht habe …« Pablos Augen schimmern feucht. Nun nehme ich zur Abwechslung mal seine Hand in meine.

»Hast du sie denn nie in ihrer Heimat besucht?«, frage ich.

Pablo schüttelt den Kopf und schweigt.

In diesem Moment platzt mit einem Pling eine Nachricht in die Stille des frühen Nachmittags. Ich nehme mein Handy in der Hoffnung, zu lesen, dass Enrique auf dem Weg nach Mallorca ist.

Doch die Nachricht ist nicht von Maria.

Liebe Sophie, ich würde dir gern einiges erklären, und das kann ich besser persönlich als am Telefon. Keine Ahnung, wie lange du auf der Insel bist und ob du viele Termine hast, aber vielleicht kannst du es ja einrichten. Liebe Grüße, Marc

»Ist die Nachricht von ihm?«, fragt Pablo.

Ich platze gleich, wenn ich mein Dilemma nicht augenblicklich mit jemandem ausdiskutieren kann. Also berichte ich Pablo alles, was es über Marc und mich zu erzählen oder auch nicht zu erzählen gibt. Wirres, krudes Zeug, das normalerweise nur Frauen verstehen, deren Gefühlshaushalt genauso durcheinander ist wie meiner.

»Was stört dich denn am meisten?«, fragt Pablo. »Dass er aus dem *Liv's* ausgestiegen ist, was ja offensichtlich triftige berufliche Gründe hatte? Oder dass du ihn zweimal mit schönen Frauen gesehen hast, die, wohlgemerkt, nicht zwangsläufig seine Freundinnen oder Geliebten sein müssen. Frag ihn einfach, dann weißt du Bescheid. Momentan stellst du nur Mutmaßungen an, die dich nicht weiterbringen.«

Ich zeige Pablo die letzten beiden Nachrichten von Marc, die er sich aufmerksam durchliest.

»Na siehst du, da haben wir es doch«, sagt er beinahe triumphierend. »Er ist bereit, dir all deine Fragen zu beantworten. Los, gib dir einen Schubs. Oder soll ich das tun?«

Betreten schaue ich auf meine bandagierten Füße, die in pinken Flip-Flops stecken, auf die kleine Feen gemalt und Strasssteinchen geklebt sind. Ich habe in der Eile des Packens keine anderen gefunden und einfach die von Pauli eingesteckt, als diese in ihrer pink-magischen Girlie-Phase war.

Aber die kann ich doch unmöglich zu einem Rendezvous mit Marc anziehen? Beziehungsweise zu einem Treffen, korrigiere ich mich innerlich.

»Wenn du es nicht tust, schreibe ich ihm«, kommt es drohend von Pablo, der mein Telefon in der Hand hält, während ich noch überlege, wo ich auf die Schnelle neue Schuhe herbekomme, in die meine verbundenen Füße passen und in denen ich nicht aussehe, als sei ich zwölf oder hätte keinen Geschmack.

»Finger weg von meinem Handy, du machst nichts dergleichen«, protestiere ich, nehme es ihm weg und tippe: *Lieber Marc, tatsächlich habe ich Zeit für ein Treffen am Abend. Ich wohne bei einem Freund in Deiá. Was schlägst du vor? Liebe Grüße, Sophie*

Binnen gefühlt einer Sekunde kommt die Antwort: Marc holt mich um 19 Uhr ab, ich muss ihm nur noch die Adresse schreiben.

»Na siehst du, geht doch«, sagt Pablo schmunzelnd. »Ich bin gespannt, wohin er dich entführt. Ein schicker Sundowner sollte es schon sein, finde ich. Der Mann muss sich meiner Meinung nach richtig ins Zeug legen, um das ganze Wirrwarr wiedergutzumachen.«

Das Wort »schick« löst sofort Panik in mir aus. Ich habe nur praktische Sachen eingepackt. Nichts Stylishes und auch nichts, das sich nur annähernd dafür eignet, irgendwo schön essen zu gehen. Ich trage nun mal mit Vorliebe Rottöne, und die musste ich meiden, um Antena nicht aggressiv zu machen. Im Grunde darf ich auch die Flip-Flops nicht anziehen, wenn sie in der Nähe ist, denn wer weiß, was dann geschieht. Allmählich habe ich Respekt vor der Tierwelt Mallorcas: erst die schizophrene Eselin, dann der Entfesslungskünstler-Hund Bigote. Was kommt als Nächstes? Eine schmusebedürftige Giftschlange? Eine Wanderratte, die mit mir Rucksacktouren in der Serra Tramuntana unternehmen will? Eine orientierungslose Fledermaus?

Doch zurück zum Klamottenproblem. Als könne er meine Gedanken lesen (die zur Kleidung, nicht die zur mallorquinischen Tierwelt), fragt Pablo: »Wollen wir nach Palma, shoppen und zum Friseur? Ich glaube nämlich nicht, dass man dich mit diesen Schuhen irgendwo hineinlässt. Und deine Haare könnten, mit Verlaub, einen guten Schnitt und eine Glanzspülung vertragen. Sie sehen aus wie ein verwüstetes Osternest.«

25

MARC – DEIÁ

Inhalt Kühltasche im Kofferraum:

Tapas variadas, eine Flasche Cava,
Wasser con und sin gas.
Flan, Erdbeeren. Eine Prise Romantik.

Auf geht's zur Verabredung mit Sophie.

Ich freue mich auf das Wiedersehen, aber noch mehr würde es mich freuen, wenn ich bereits das Treffen mit Christina hinter mich gebracht hätte. Es war schön, nach so langer Zeit mal wieder mit ihr zu sprechen, aber das Telefonat fühlte sich an wie eine Reise in die Vergangenheit, die man gar nicht gebucht hat. Wir haben das Gespräch kurz gehalten und verabredet, dass wir uns treffen, wenn ich das nächste Mal in Hamburg bin. Wie es wohl sein wird, sie wiederzusehen?

Fragen über Fragen, zu denen auch diese gehört: Was ist das bloß für ein Freund, bei dem Sophie wohnt, grüble ich, während ich die kurvige Küstenstraße von Valldemossa in Richtung des Bergdörfchens Deiá entlangkurve, das seit den 1920er-Jahren ein wahres Mekka für Dichter und Maler ist. Idyllisch eingebettet in Oliven- und Zypressenhaine, schmiegen sich Natursteinhäuschen mit grünen und weißen Fensterläden, die Vorgärten bepflanzt mit Oleander, an den Hang des Bergs Teix. Pablos Finca liegt ein wenig oberhalb, kurz vor dem Ortseingang. Bevor ich klingle, lese ich *Malen auf Mallorca* auf dem handgetöpferten Namensschild. Das klingt wie Klangschalen, Heilsteine und Origami.

Keine Minute später kommt Sophie aus dem Haus, neben ihr trabt, als sei es das Normalste der Welt, ein Esel. »Hallo, Marc«, ruft sie schon von Weitem. »Ich hoffe, du hast nichts Rotes an?«

Verwirrt von dieser Frage rufe ich »Nein« als Antwort zurück. Wow, Sophie ist atemberaubend schön: Sie hat irgendetwas mit ihren Haaren gemacht, die liegen heute in glänzenden Wellen auf ihren Schultern und schimmern im Schein der schräg stehenden Sonne rötlich. Sie trägt ein türkisfarbenes Sommerkleid und sieht aus wie eine wunderschöne Meerjungfrau. Bis auf … halt, was ist das?

»Hast du dich verletzt?«, frage ich mit Blick auf die bandagierten Füße in türkisfarbenen Flip-Flops, als sie das Gatter öffnet. »Das sieht ja übel aus.«

»Ohne Mullbinden sind meine Füße natürlich viel, viel hübscher«, erwidert sie trocken. Der Esel stößt ein »Iah« aus; das klingt, als wolle er ihr recht geben. Dann senkt er den Kopf und schmiegt seinen Kopf an Sophies Wange. Wäre ich eine Frau, würde ich jetzt wegen dieses niedlichen Anblicks »Süüüüüüß« kreischen und begeistert in die Hände klatschen.

Bin ich aber nicht. Also begnüge ich mich mit einem besorgten: »Was ist denn passiert?«

»Ein kleiner Unfall beim Klettern über die Mauer von Enrique Navarros Grundstück«, erklärt sie und schließt das Gatter vor der Nase des Esels. Der findet das allerdings gar nicht lustig, wahrscheinlich können auch Tiere sich ausgegrenzt fühlen.

»Verstehe«, erwidere ich, zugleich amüsiert und beeindruckt. Sophie steckt voller Überraschungen. Wer hätte gedacht, dass sie eine Eselsflüsterin mit einem Hang zu kriminellen Aktivitäten ist? »Das nenne ich mal einen engagierten Einsatz. Ich hoffe, er war erfolgreich«, ergänze ich. Ich öffne die Beifahrertür meines Autos, und Sophie setzt sich, begleitet von einem Protest … hm, wie nennt man eigentlich die Laute von Eseln?

a) Iahen (klingt irgendwie merkwürdig!)?
b) Gebrüll?
c) Blöken?

Ich bin weder Doktor Doolittle noch Brehms Tierleben auf zwei Beinen. Wie auch immer: Der Esel ist ganz offensichtlich *not amused* darüber, dass Sophie mit mir verabredet ist.

»Leider nein, denn Enrique besucht gerade Freunde auf dem Festland, und Maria – seine Frau, die du ja vermutlich auch kennst – weiß nicht, wann er wieder zurückkommt. Ich hoffe sehr, dass das bis Sonntagmorgen passiert, denn dann muss ich definitiv wieder zurück nach Hamburg.«

Ja, ich weiß, Enrique legt sich, bis auf wenige Ausnahmen, ungern fest. Er war schon immer ein Freigeist und hat in Maria zum Glück eine Frau gefunden, die kein Problem damit hat.

Früher fuhr er gelegentlich als Schiffskoch zur See, doch auch diese Auszeiten hat Maria mit Fassung getragen.

»Wohin geht's?«, fragt Sophie, nachdem sie sich angeschnallt und das Fenster einen Spalt breit geöffnet hat.

»Lass dich überraschen«, sage ich, gespannt, ob sie meine Idee ebenso toll findet wie ich.

Wir fahren die Küstenstraße in Richtung Son Marroig, der schlossartigen Finca des Erzherzogs Ludwig Salvators. Tief unter uns liegt das Mittelmeer, das heute tiefblau schimmert und weiße Schaumkrönchen trägt. Hinter der nächsten Kurve ist ein kleiner Felsvorsprung mit gigantischem Blick aufs Wasser, Felsen und Palmen. An diesem Küstenabschnitt ist die Insel atemberaubend schön und durch die zerklüfteten Felsen wild und ursprünglich. Eine Landzunge ragt ins Meer, Häuser schmiegen sich an den Abhang unter uns, überwuchert von exotischen, bunten Blumen und Hecken.

»Picknick, was für eine großartige Idee«, ruft Sophie begeistert aus, als ich halte, den Kofferraum öffne und eine Kühltasche herausnehme. »Ich liebe Picknicks. Oder heißt das Picknicke? Wie auch immer, leider ist das Wetter in Hamburg häufig zu schlecht dafür.«

»Wie wär's mit: Ich esse gern im Freien«, schlage ich vor und freue mich über ihre Begeisterung. Kaum hatte ich ihre Zusage, habe ich eingekauft und in der Küche herumgewerkelt. Hoffentlich mag sie Tapas.

Sophie packt sofort mit an, drapiert die Decke, Kissen, das Tischtuch, Servietten und Geschirr, genau wie die drei Windlichter in verschiedenen Größen.

»Du bist nicht zum Arbeiten hier«, sage ich. »Lass mich das machen.«

»Ach was, das macht Spaß«, hält Sophie dagegen, und ich glaube ihr aufs Wort, schließlich sah man auch im *Liv's*, wie gern und mit wie viel Geschick sie dekoriert. Sie wäre bestimmt eine tolle Innenarchitektin.

Dann macht sie ein Foto für ihre beiden Töchter.

»Wie geht's Liv mit der neuen Situation?«, frage ich und öffne eine Flasche eisgekühlten Cava. »Hält sie dieses ganze Hin und Her nervlich noch durch?«

»Du bist wirklich aus beruflichen Gründen zurück nach Palma geflogen«, stellt Sophie mit leicht zusammengekniffenen Augen fest, statt zu antworten. »Und nicht wegen dieser … dieser …«

»Conchita? Natürlich nicht. Es tut mir ehrlich leid, dass sie unseren Abend gestört hat. Sie war eifersüchtig und wollte mich in Hamburg überraschen, obwohl ich ihr gesagt hatte, dass sie nicht kommen soll.« Ich versuche an Sophies Miene abzulesen, was sie gerade denkt, doch es gelingt mir nicht. Sie trägt ein absolutes Pokerface, also rede ich weiter. »Obwohl ich mir den Abend anders vorgestellt hatte, bin ich froh, dass das mit ihr jetzt geklärt ist. Wir hatten eine Weile so etwas wie eine Affäre, aber ich habe ihr von Anfang an klar gesagt, dass ich nicht verliebt in sie bin und keine Beziehung möchte.«

Keine Beziehung möchte?!

Echt jetzt, Marc?

Das klingt, als sei ich bindungsunwillig. Oder bindungsunfähig, was am Ende auf das Gleiche hinausläuft.

»Und falls du dich fragst, mit wem du mich in Palma gesehen hast: Das war Alba, meine Assistentin, rechte Hand bei Marc Bauer Consulting und eine wirklich gute Freundin.«

Sophie macht »Mhm«, was mich dazu bringt, etwas über Alba zu verraten, das eigentlich niemanden etwas angeht.

»Alba ist verheiratet. Mit einer Frau«, schiebe ich hinterher, damit Sophie nicht schon wieder auf falsche Gedanken kommt. Vorausgesetzt, mein privater Status interessiert sie überhaupt, wovon ich noch gar nicht besonders überzeugt bin. »Wir kennen uns von der Schweizer Hotelfachhochschule, und sie arbeitet seit vielen Jahren für mich. Ohne sie wäre ich manchmal komplett aufgeschmissen.«

»Ein Mann, der ehrlich zugibt, dass er eine Frau für seinen beruflichen Erfolg braucht – das gibt's nicht alle Tage«, erwidert Sophie zögerlich und hebt schließlich das Glas. »Wollen wir darauf trinken? Auf Frauenpower und darauf, dass es auch im *Liv's* bald wieder bergauf geht. Ob nun mit oder ohne Enriques Hilfe.«

Die Gläser klirren zart, als wir anstoßen.

»Hast du einen Plan für den Fall, dass Enrique erst wieder zurückkommt, nachdem du weg bist?«, frage ich und öffne die

Schüsseln mit den tapas variadas, die ich zum Teil selbst zubereitet, zum Teil wegen Zeitmangels fertig gekauft habe. Schließlich musste ich noch arbeiten. Carlos Mendez ist und bleibt ein anspruchsvoller Kunde.

»Leider nicht«, erwidert Sophie, den Blick versonnen aufs Meer gerichtet. »Ich weigere mich auch, mir das vorzustellen, denn das darf einfach nicht passieren, zumal es Ben gelungen ist, einen Jungkoch mit der Aussicht darauf zu ködern, dass er bei Enrique hospitieren kann. Magst du mir erzählen, was zwischen euch beiden vorgefallen ist? Oder ist das zu persönlich?«

Mein Pulsschlag beschleunigt sich. Puh, was sage ich denn jetzt?

Am besten die Wahrheit. Egal, wie schwer es mir auch fällt.

Während wir Datteln im Speckmantel, Pa amb oli, Pimientos de Padrón und würzige Chorizo schlemmen, erzähle ich von Oma Ilse, meiner Kindheit auf Mallorca und der großen Liebe zur Zubereitung von Speisen, die meine Großmutter schon sehr früh in mir geweckt hat. »Sie konnte kochen wie keine zweite und hat alles in einem Buch notiert, das ich von ihr geerbt habe«, gerate ich ins Schwärmen bei der Erinnerung an längst vergangene Zeiten. »Von ihr weiß ich, dass man eine Zitrone vor dem Auspressen über eine glatte Oberfläche rollen sollte, damit sie mehr Saft gibt. Dass man einen Kochlöffel aus Holz quer über den Topf legt, wenn man verhindern will, dass das Nudelwasser überkocht. Ich habe von ihr gelernt, wie man Eier sauber aufschlägt, Orangen filetiert, die Gartemperatur beim Anbraten von Fleisch bestimmt und wie man Messer schärft. Liebe geht durch den Magen, hat sie immer gesagt, und natürlich: Essen hält Leib und Seele zusammen.«

Sophie wiegt den Kopf hin und her. Sie hat ein bisschen Olivenöl am Kinn, das Pa amb oli lässt grüßen. Das sieht sehr charmant aus und auch ein bisschen sexy.

»Bei meinen Eltern spielte Genuss allerdings keine besondere Rolle«, fahre ich fort. »Mein Vater war im internationalen Finanzbusiness tätig und daher viel unterwegs, meine Mutter hatte keine Lust, in der Küche zu stehen, und war stattdessen ständig damit beschäftigt, neue Diäten auszuprobieren, obwohl sie gertenschlank war. Daher habe ich schon früh gelernt, mich selbst zu versorgen, wenn ich das essen wollte, worauf ich Appetit hatte, und nicht nur die Haute Cuisine, die uns in teuren Restaurants serviert wurde. Ich bin nach wie vor der Meinung, dass gerade die einfachsten Gerichte häufig am besten schmecken.«

»Oh ja«, sagt Sophie und lächelt. »Es geht doch nichts über deftigen Grünkohl im Winter, eine selbst gekochte Hühnersuppe, wenn man krank ist, frischen Spargel und neue Kartoffeln mit zerlassener Butter oder einfach nur Pfannkuchen mit Apfelmus.«

»Genau deshalb wollte ich Koch werden. Meine Großeltern haben mich zu Enrique mitgenommen, und er hatte aus irgendeinem Grund sofort einen Narren an mir gefressen. Bei ihm durfte ich schon als kleiner Junge in die Töpfe gucken und darin herumrühren, wir waren gemeinsam zum Einkaufen in Palma, haben geangelt und Fisch geräuchert. Er hat mich in meinem Wunsch, Koch zu werden, unterstützt und mich ermutigt, meinen Weg zu gehen, obwohl mein Vater andere Pläne für mich hatte.«

»Hast du also dann eine Ausbildung als Koch gemacht?« Sophie sieht mich mit großen Augen an.

Ich erwidere: »Ja, das habe ich, und zwar in der *Casa del Sol*. Drei Jahre lang durfte ich alles von Enrique lernen, was man in diesem Beruf wissen muss, aber vor allem, dass es Liebe, Hingabe, Muße und Geduld braucht, Speisen so zuzubereiten, dass sie nicht nur schmecken, sondern auch gesund sind und alle Nährstoffe enthalten bleiben. Er wollte, dass ich in seinen Betrieb einsteige, um einen Nachfolger für das zu haben, das Maria und er sich aufgebaut haben. Und dann musste ich ihm eines Tages gestehen, dass ich mich anders entschieden hatte und stattdessen in die Schweiz gehen würde, um Hotelmanagement zu studieren. Das hat Enrique mir bis heute nicht verziehen.«

»Verstehe«, sagt Sophie stirnrunzelnd. »Hast du die Entscheidung jemals bereut?«

Diese Frage trifft mich, denn ich habe sie mir wieder und wieder gestellt und keine Antwort darauf gefunden.

Oder nicht gewagt, mir die Antwort einzugestehen.

Als ich meinen Blick über die Köstlichkeiten in den tönernen Schalen auf der Picknickdecke schweifen lasse, den Duft von Knoblauch, Kräutern und der Riojasoße einatme, in der ich die Chorizo mariniert habe, und Sophie anschaue, deren Kinn immer noch ölig glänzt, kenne ich endlich die Antwort: »Ja, das habe ich. Allerdings ist mir das erst vor Kurzem klar geworden. Genauer gesagt, als ich festgestellt habe, wie viel Freude mir das Kochen im *Liv's* gemacht hat. Deshalb denke ich ernsthaft darüber nach, etwas zu ändern, denn das Leben ist viel zu kurz, um Dinge zu tun, die man nicht wirklich liebt.«

»Das kann ich nachvollziehen«, erwidert Sophie seufzend. »Bei mir ist es ähnlich. Doch bevor ich etwas unternehme, muss ich Liv dabei helfen, ihren Weg zu gehen …«

26

SOPHIE – PALMA DE MALLORCA

Wo die Liebe hinfällt

»… da liegt sie hoffentlich gut«, sinniert Sophie.

Haben Sie Enrique erreicht?«, frage ich Maria.

Sie hat versprochen, ihrem Mann zu sagen, warum ich auf Mallorca bin. Ich sitze neben ihr auf der Bank vor dem Restaurant und genieße das angenehme Kitzeln der Sonnenstrahlen auf der Haut.

Bigote schlummert zu Marias Füßen, die sandfarbene Katze streicht maunzend um meine nackten Knöchel. Von irgendwoher ertönt das typische Glockengeläut der Schafe, vom angrenzenden Grundstück das aufgeregte Gackern von Hühnern. Ab und zu kräht ein Hahn.

»Sí, das habe ich«, erwidert Maria, doch ich kann ihren Blick nicht recht deuten. »Er hat dein Anliegen zur Kenntnis genommen, aber nichts weiter dazu gesagt.« Mir rutscht das Herz augenblicklich in die Hose. Die Zeit ist flink wie ein Wiesel. Man kann sie weder einfangen noch aufhalten.

»Gibt es irgendetwas, das ich tun kann?«

»Geduld haben, Schätzchen, Geduld haben«, lautet die Antwort, die ich gerade überhaupt nicht brauchen kann. Ich bin etwa so geduldig wie ein Rennpferd kurz vor dem Start.

»Hast du denn einen Plan B, für den Fall, dass Enrique nicht rechtzeitig kommt oder euch nicht helfen kann oder will?«

Maria schlürft genüsslich ein großes Glas eisgekühlter Milch aus Mandelmus und Agavendicksaft mit einem Hauch frischer Vanille, dessen Mark sie zuvor aus der Schote geschabt hat. Ich selbst inhaliere einen doppelten Espresso. Die letzte Nacht war eindeutig zu kurz. »Wenn es so kommen sollte, müssen wir leider aufgeben. Uns geht allmählich das Geld aus. Wir haben zwar gerade unglaublich viele Reservierungen, aber niemanden, der kochen kann. Mit Marcs Hilfe hätten wir es schaffen können, aber der ist ja nun mal leider verhindert. Unser Konzept war von Anfang an darauf aufgebaut, das *Liv's* mit vereinten Kräften als Familie zu stemmen, weil wir uns alles andere finanziell nicht leisten können, doch das ist leider aufgrund des Unfalls meiner Tochter nicht möglich.«

»Marc ist ein fantastischer Koch, der euer Restaurant ganz sicher zum Erfolg geführt hätte«, stimmt Maria mir zu und streichelt die Katze, die ihr auf den Schoß gesprungen ist. »Ich finde es immer noch schade, dass er plötzlich nicht mehr in die *Casa del Sol* einsteigen wollte. Ewas Besseres als die Übernahme eines etablierten, gut laufenden Restaurants auf einer beliebten Ferieninsel mit der kompetenten Unterstützung eines Vollblutkochs hätte ihm gar nicht passieren können.«

Ich sehe es Maria nach, dass sie gerade ganz in ihrer eigenen Welt und persönlichen Vergangenheit versunken ist, anstatt auf meine Situation einzugehen. Jeder hat sein Päckchen zu tragen, auch die Navarros.

»Gibt es denn niemanden, an den ihr sonst übergeben würdet?«, frage ich.

Maria schüttelt bedauernd den Kopf. »Enrique ist da sehr eigen. Wir wohnen einfach zu dicht am Restaurant, um es in fremde Hände zu geben. Mehrere Versuche dieser Art sind gescheitert, weil Enrique es nicht lassen konnte, in der Küche nach dem Rechten zu schauen und sich einzumischen, was irgendwann die Köche in den Wahnsinn getrieben hat. Und mich auch. Ständig musste ich mir das Gemeckere anhören, entweder von der einen oder von der anderen Seite. Ich war kurz davor, einen Mord zu begehen.«

Oje, das übliche Problem bei der Übergabe von echten Machern an ihre Nachfolger.

»Außerdem besteht Enrique darauf, dass seine Kochtradition fortgeführt wird. Natürlich ist er Neuem gegenüber aufgeschlossen, aber er will, dass in der *Casa* ausschließlich mallorquinische und spanische Gerichte auf den Teller kommen. Kein Sushi, kein Fusion Food und auch nichts, das von weit her importiert werden muss. Die Insel bietet genug, um schmackhaftes, saisonales Essen zuzubereiten, aber das sehen die meisten Köche hier anders. Sie denken, dass sie es den verwöhnten Touristen recht machen müssen, die immer alles und sofort haben wollen. Vom Pulled-Pork-Burger über Flying Noodles bis hin zur Poké Bowl.«

»Das Regionale ist genau das Konzept meiner Tochter. Sie ist mit einigen Ökobauern und Gärtnern befreundet und hat immer schon Wert auf Nachhaltigkeit gelegt, noch bevor dieser Begriff in aller Munde war. Sie liebt die Natur und hat großen Respekt vor ihr.«

»Hast du ein Foto von Liv?«, fragt Maria und stellt das leere Glas neben sich auf den Steinfußboden.

Ich krame in meinem Portemonnaie herum, finde auf die Schnelle aber nur ein Bild von beiden Mädchen gemeinsam mit Simon und mir. Wir stehen alle Arm in Arm auf unserer Terrasse am Kanal und lachen mit der Sonne um die Wette.

»Man sieht, wie wichtig die Familie für euch ist«, sagt Maria und studiert das Foto aufmerksam. »Ihr wirkt, als würdet ihr einander sehr mögen. Pauline hat große Ähnlichkeit mit dir, und Liv scheint eher nach …«

»Ja, sie ähnelt ihrem Vater Simon. Von ihm hat sie das Talent zum Kochen geerbt, obwohl er Architekt war.«

»War?«, fragt Maria mit gerunzelter Stirn.

»Simon ist vor fünf Jahren verstorben«, erkläre ich. »Er erlitt bei der Vorbereitung des Essens zu meinem vierzigsten Geburtstag eine Hirnblutung und war auf der Stelle tot.«

Sofort schießen mir Tränen in die Augen.

Die Katze nimmt erschrocken maunzend Reißaus. »Lo siento, cara. Das tut mir sehr, sehr leid. Es ist immer schrecklich, jemanden zu verlieren, den man liebt. Erst recht, wenn einem wenig gemeinsame Zeit vergönnt war. Aber wie schön, dass aus dieser Verbindung zwei wunderhübsche und offenbar kluge Mädchen entsprungen sind. Das ist ein großes Geschenk und sicher ein Trost für dich.«

»Das ist es, in der Tat«, schniefe ich. »Vielleicht kannst du jetzt besser verstehen, wieso ich alles dafür tun würde, damit meine Töchter und meine Schwester glücklich sind.«

»Ich gehe mal eben rein und hole dir ein Taschentuch«, sagt Maria. »Und vielleicht auch einen kleinen Licor de Taronja von eigenen Orangen.«

Alkohol um die Mittagszeit?! Eigentlich keine gute Idee, schon gar nicht bei Wärme und Schlafmangel. Andererseits sollte man die Feste feiern, wie sie fallen, und ich habe heute sowieso nichts weiter vor …

Es dauert eine ganze Weile, bis Maria wiederkommt (musste sie die Flasche suchen oder den Likör erst mal herstellen?). In den Händen hält sie ein Holztablett mit zwei geschliffenen Gläsern, den Likör, zwei Gläsern für das Wasser, das in einer bauchigen Karaffe mit Zitronenscheiben schimmert, sowie Schalen mit gesalzenen Mandeln und schwarzen Oliven.

»Eine kleine Grundlage für den Orangenlikör«, sagt sie augenzwinkernd. »Der ist hier übrigens nicht so leicht zu bekommen wie zum Beispiel ein Hjerbas. Enrique hütet das Geheimnis der Zutaten wie seinen Augapfel und beliefert nur wenige, ausgewählte Händler damit. Also: Salud! Auf dich, deine Mädchen und deine Schwester. Mögen sich all eure Träume und Wünsche erfüllen.«

Ich erwidere »Salud«, erhebe das Glas und koste vom Taronja. Er ist leicht bitter, aber äußerst köstlich, aromatisch und *echt*. Hier wurden weder Farbstoffe verwendet noch künstliche Aromen. Wie der wohl gemischt mit einem trockenen Cava schmeckt? Das wäre ein wundervoller Aperitif für das *Liv's*.

»Wie ist eigentlich dein Verhältnis zu Marc?«, fragt Maria, nachdem sie ausgetrunken hat und sich mit der Zunge über die Lippen gefahren ist, als spürte sie dem letzten Geschmacksmolekül nach. »Oder bin ich zu neugierig? Ich habe ihn leider ewig nicht mehr gesehen oder gesprochen und nur über gemeinsame Bekannte auf der Insel gehört, dass er als erfolgreicher Unternehmensberater über den halben Erdball jettet. Ich finde, dieser rasante Lebensstil passt gar nicht zu ihm. Er war als Kind sehr ernsthaft, an allem interessiert und eher ruhig. Manchmal kam es einem so vor, als lebte er in einer anderen Welt, doch dann war er plötzlich wieder voll da und sprudelte nur so vor Ideen. Enrique und er haben sich gegenseitig beim Kochen inspiriert und waren ein Herz und eine Seele. Wie Vater und Sohn.«

Ich gebe zu, dass Marias Worte mich rühren.

Seit gestern Abend hat sich mein teils negativer Eindruck von Marc korrigiert, um nicht zu sagen: Ich finde ihn ziemlich toll. Das Zusammensein mit ihm war so entspannt, so selbstverständlich, beinahe vertraut.

Und auch ich glaube, dass er einen falschen Weg eingeschlagen hat, sowohl beruflich als auch … nun ja, privat. Leider weiß ich immer noch nicht, wie er wirklich über Beziehungen denkt. Ob er sich nur nicht an diese Conchita binden wollte, weil die nicht wirklich sein Typ war, oder ob er generell lieber einsamer Wolf spielt, um sich alle Optionen offenzuhalten.

Ich erzähle, was ich über Marc weiß, doch das ist im Grunde nicht so furchtbar viel. »Er hat mir allerdings gestern beim Picknick gesagt, dass er es bereut, nicht als Koch zu arbeiten, und dass ihm das Zerwürfnis mit deinem Mann leidtut.«

Marias volle Lippen, umkränzt von zarten Kräuselfalten, erblühen förmlich zu einem breiten Lächeln. »Ah, dann ist ja vielleicht doch noch nicht alles verloren«, sagt sie und schenkt uns beiden einen zweiten Shot Likör nach. Leider platzt mitten in den hochspannenden Satz das Klingeln des Telefons. »Bitte entschuldige, das könnte Enrique sein«, sagt Maria und geht in den Patio der Finca. Ich höre sie reden, verstehe allerdings kein Wort. Maria spricht jetzt mallorqúi, und damit bin ich leider überfordert.

In Gedanken an den gestrigen Abend mit Marc streichle ich die sandfarbene Katze, von Maria schlicht *gato* genannt (spanisch: Katze), und träume mich zurück zum gestrigen Picknick.

Nun weiß ich auch, wieso gerade Marc mein Herz erobert hat. Es ist diese ungewöhnliche Mischung aus Sensibilität, Energie, Nachdenklichkeit und Tatkraft, die mich fasziniert. Ich mag Menschen, die viele Facetten haben und ausstrahlen, dass sie in ihrem Leben schon einiges mitgemacht haben und deshalb vieles nicht als selbstverständlich betrachten. Menschen, die reflektiert sind, Menschen, die nachdenken. Ein wirklich kostbares Gut in einer Zeit, in der alles schnell gehen muss und die wenigsten sich ernsthaft mit sich und der Welt auseinandersetzen wollen.

Am liebsten würde ich ihn fragen, ob wir uns heute wiedersehen, traue mich aber nicht so recht. *Willst du was gelten, mach dich selten.*

»Ich habe wundervolle Neuigkeiten«, sagt Maria, als sie wieder ins Freie kommt und gegen die Sonne blinzelt. Ihre Wangen sind leicht gerötet, die Augen voller kleiner Blitze. »Enrique kommt morgen mit der ersten Fähre und möchte dich kennenlernen. Na, was sagst du dazu?«

Ich sage nichts, sondern stoße einen Juchzer aus. Dann falle ich Maria um den Hals, was der soeben erwachte Bigote mit heiserem Bellen quittiert.

27

MARC – PORTO CRISTO

Kühlschrankinhalt Bar Náutico:

Crushed Ice, jede Menge Alkohol, Milch, Schlagsahne, tapas variadas, Olivenpaste, gesalzene Butter, Kühlpads

Frauen gehen nach einem Streit aufeinander zu. Männer von Bord …

Ich parke das Auto unweit des *Club Náutico* in der Marina von Porto Cristo, wo ich zum Segeln verabredet bin.

Es ist jetzt über 20 Jahre her, dass ich Enrique Navarro zuletzt gesehen habe. Irre, wie schnell die Zeit verflogen ist. Die Navarros besitzen neben ihrer Finca und dem Restaurant in Fornalutx noch ein Häuschen in Strandnähe, wohin sie sich zurückziehen, wenn sie Meerluft schnuppern, Schwimmen oder Segeln wollen.

Aus diesem Grund hat Enrique mich an die Ostküste der Insel bestellt, immerhin über sechzig Kilometer von Palma entfernt. Er hat mir über Maria telefonisch ausrichten lassen, dass er mich um Punkt sechzehn Uhr erwartet. Keine Sekunde später.

Schon von Weitem sehe ich einen weißhaarigen, braun gebrannten Mann mit Hut auf dem Kopf, Pfeife im Mund und Kaffee vor sich auf dem Tisch. Enrique erinnert ein wenig an Robert de Niro und hat auch ungefähr seine Statur. Früher waren seine

Haare rabenschwarz und glänzten in der mallorquinischen Sonne wie das Gefieder dieser imposanten Vögel.

Puh! Das wird nicht leicht! Jeder Meter, den ich mich meinem ehemaligen Mentor nähere, brennt wie Feuer unter meinen Schuhsohlen.

Wie wird er mich begrüßen?

Wie soll ich ihn begrüßen?

Am liebsten würde ich wieder auf dem Absatz kehrtmachen und zurück ins Büro fahren. Dort sitze ich am Hebel. Dort bestimme ich, wen ich wo treffe. Na ja, zumindest meistens. Alba ist auch ziemlich durchsetzungsstark.

»Hola, Marc, groß bist du geworden«, sagt Enrique und pustet mir eine Ladung Pfeifenrauch ins Gesicht.

Alles klar, der Mann will zeigen, wer hier den … äh, das Sagen hat. Nun gut, kann er haben.

»Und du hast weiße Haare«, erwidere ich und setze mich auf den Stuhl gegenüber. Abstand halten und zugleich den Gegner fest im Visier, so habe ich es von meinem Vater gelernt. Enrique grinst und deutet auf seinen (leeren) cortado. »Auch einen, bevor wir starten?«

Ich beschließe, mich nicht provozieren zu lassen. Doch das ist gar nicht so einfach, denn mein Brustkorb zieht sich zusammen und meine Kehle gleich mit.

Ich nicke, und Enrique ruft nach dem Kellner.

»Was macht der Job?«, fragt er.

»Wie bekommt dir das süße Nichtstun?«

Es ist zwar unhöflich, eine Frage mit einer Gegenfrage zu beantworten, aber ich kann gerade nicht anders.

»Erzähl mir von diesem Hamburger Restaurant, für das du gearbeitet hast, und dieser … wie heißt sie noch gleich?«

»Liv«, erwidere ich und komme ohne weitere Umschweife auf den Punkt. »Sie ist ein tolles Mädchen, ehrgeizig und ambitioniert. Liv hat ähnliche Vorstellungen vom Kochen wie du. Sie verwendet ausschließlich regionale, saisonale Zutaten und ist Anhängerin der From-leaf-to-root-Bewegung.«

Enrique zieht seine buschigen Augenbrauen in die Höhe. Die sind erstaunlicherweise noch ziemlich dunkel, genau wie der Bartschatten, der seinem Äußeren etwas Verwegenes verleiht. »Wovon sprichst du?«, fragt er.

»Davon, dass es zum Glück mittlerweile wieder in ist, Lebensmittel in ihrer Gesamtheit zu verwenden, also aus den Blättern von Möhren Pesto zu machen, aus frittierten Maishaaren einen Snack und vom Rind nicht nur das Filet zu braten, sondern auch …«

»Entiendo«, sagt Enrique und wiegt seinen Kopf hin und her. Wie ich von früher weiß, ist das zum einen ein Zeichen für Zustimmung und zum anderen dafür, dass sein Kopf auf Hochtouren arbeitet. »Wann kann ich das Mädchen kennenlernen?«

»Dazu müsstest du nach Hamburg fliegen«, sage ich. »Aber das machst du bestimmt gern, schließlich liebst du die Stadt und hast früher jede freie Minute genutzt, um dort sein zu können.« Unter anderem haben Maria und Enrique ihre Hochzeitsreise damals nach Hamburg gemacht.

Ich erkläre Enrique in wenigen Worten, wie es zu Livs Unfall am Abend der Eröffnung des Cook-ups gekommen ist.

»Dios mio, das ist ja eine Katastrophe«, ruft er so laut aus, dass sich einige der Clubgäste nach ihm umdrehen. »Furchtbar!«

»Das ist es, in der Tat. Zumal das Restaurant dank eines kleinen Werbecoups viele Buchungen vorliegen hat, aber keinen Koch, weil es kein Budget für sein Gehalt gibt. Ben allein schafft das nicht, und ich werde hier auf Mallorca gebraucht. Carlos Mendez plant sein Restaurantimperium um Hotels zu erweitern, ich soll ihm dabei helfen.«

»Carlos, der alte Sack«, grummelt Enrique und greift nach dem cortado, den der Kellner uns gerade serviert hat. »Der kriegt auch den Hals nicht voll. Wenn das so weitergeht, gehört die Insel bald nur noch Spekulanten, Immobilienhaien und Möchtegern-Promis. Der will doch nicht etwa auch noch bauen?«

Ich erwidere: »Keine Ahnung. Könntest du dir denn grundsätzlich vorstellen, Liv kennenzulernen und ihr ein wenig unter die Arme zu greifen?«

Enrique klopft seine Pfeife aus und nestelt an der Tabakpackung herum. Es folgt ein langes Schweigen, das schwer auszuhalten ist, obgleich wir Männer gut und gern gemeinsam schweigen können. Doch ich sitze hier nicht mit meinem Kumpel Jan, sondern einer Art Vaterfigur. Dem Mann, den ich mit meiner Entscheidung, nicht in sein Restaurant einzusteigen, mindestens so sehr enttäuscht habe, wie es mit meinem *echten* Vater der Fall gewesen wäre, hätte ich nach meiner Ausbildung tatsächlich den Beruf des Kochs ergriffen. Zwischen zwei (fremden) Stühlen sitzt es sich nun mal nicht gut, deshalb ist es wichtig, sich beizeiten einen eigenen zu besorgen.

»Hast du denn schon etwas gegessen, dass diese Liv zubereitet hat?«, fragt Enrique, und ich wiederhole geduldig, dass ich Sophies Tochter erst am Tag nach ihrem Sturz im Krankenhaus kennengelernt habe und dementsprechend keinen Eindruck von ihrem Talent gewinnen konnte. »Aber ich mochte ihre Menüvorschläge und die Art, wie sie mit großer Zielstrebigkeit an die Dinge herangeht«, versuche ich ein bisschen Werbung zu machen. »Sie ist mit viel Liebe, Hingabe und Sachverstand bei der Sache, also gehe ich davon aus, dass sie kochen kann. Ausgebildet wurde sie in einem Restaurant in Ottensen, das sich schon weit vor allen anderen auf regionale Küche spezialisiert hat.«

Enrique brummelt etwas Unverständliches, mein Herzschlag beruhigt sich allmählich wieder, genau wie mein Puls.

Doch dann springt Enrique plötzlich auf, ruft dem Kellner zu, dass er die Getränke auf seine Rechnung setzen soll, und stürmt in Richtung Bootssteg.

Alles klar, time for sailing!

Ich sprinte Enrique hinterher, der mittlerweile an Bord der *Maria* ist und die Segeljacht startklar macht.

»Soll ich ohne dich los?«, fragt Enrique und macht Anstalten, die Gangway einzuholen.

Ich atme einmal tief durch, springe und lande … Schande! … mitten im Hafenbecken. *Mistkerl,* denke ich prustend, aber gleichzeitig froh darüber, dass ich mir nicht den Kopf gestoßen habe.

Enrique steht an der Reling und grinst sich eins. Das also war seine Rache.

Meine Kleidung saugt sich voll, das T-Shirt umwabert meine Brust. Ein unangenehmes Gefühl. Ich überlege fieberhaft, wie ich am Schlauesten auf diese Attacke reagiere. Soll ich

a) Enrique – zumindest im Geiste – den ausgestreckten Mittelfinger zeigen und zurück nach Palma fahren?
b) so etwas sagen wie »Dann sind wir ja quitt« und zu ihm an Bord gehen? Oder …
c) … hm, mir fällt kein Plan C ein, denn die Entscheidung lautet ganz klar: gehen oder bleiben.

Ich entscheide mich dafür, »Jetzt sind wir quitt« zu rufen, woraufhin Enrique die Bordwandleiter herablässt. Er empfängt mich mit breitem Grinsen, einem Badehandtuch und dem Hinweis, dass in der Kajüte trockene Sachen auf mich warten.

Allerdings nicht in meiner Größe. Nachdem ich mich angezogen habe (Hose und Shirt, beides viel zu kurz. Ich fühle mich wie ein kleiner Junge, der aus seinen Sachen herausgewachsen ist), drückt Enrique mir ein Glas Gin Tonic in die Hand. Das Sonnenlicht bricht sich in den Eiswürfeln, Möwen ziehen laut kreischend ihre Kreise über dem Jachthafen, und mein ehemaliger Mentor prostet mir zu. »Auf unser Wiedersehen und auf das Restaurant. Wir haben noch zwei Stunden auf dem Meer, dann müssen wir zurück nach Fornalutx. Dort warten Maria und Sophie mit dem Abendessen auf uns. Dann können wir besprechen, wie es mit dem *Liv's* weitergeht.« Wir stoßen an, der Gin rinnt erfrischend eiskalt meine ausgedörrte Kehle hinab. Mir ist warm, und das nicht nur wegen der Sonne. Enrique hat Ja gesagt, das ist großartig! Weniger großartig ist allerdings, dass ich nachher in den viel zu kleinen Klamotten Sophie unter die Augen treten muss. Kleider machen schließlich Leute.

28

SOPHIE – FORNALUTX

Viele Köche verderben den Brei

»Und nicht jeder kann dem anderen
das Wasser reichen«, findet Liv.

Marc kommt auch?«, frage ich überrascht. Bisher war ich davon ausgegangen, dass ich beim Abendessen in Ruhe die Chance haben würde, mit Enrique über das *Liv's* zu sprechen. Ihm das Konzept zu erklären, ihn dafür zu begeistern, schließlich bin ich deshalb hier »eingebrochen« und habe insgesamt viel Tamtam veranstaltet. Den halben Nachmittag war ich damit beschäftigt, im Handy einen Fotoordner zusammenzustellen, der zeigt, dass das Restaurant ein Familienbetrieb ist, wie Enrique Navarro ihn sich für seine *Casa del Sol* gewünscht hat.

»Enrique und er waren segeln, jetzt sind sie auf dem Weg hierher. In gut einer Stunde müssten sie da sein.« Maria lächelt und lotst mich in die geräumige Küche des Restaurants, die bei Weitem nicht so steril und professionell aussieht wie die im *Liv's*, sondern irre gemütlich. »Wenn wir gemeinsam anpacken, schaffen wir es einigermaßen pünktlich. Willst du lieber den Trampó-Salat zubereiten oder Tomaten, Knoblauch und schwarze Oliven für das Pa amb oli klein schneiden? Den Sauerteig des Pan moreno habe ich gestern schon aufgesetzt, ich finde es wichtig, dass er genug Zeit hat zu gehen.«

Helfen? In der Küche? Ich?!

Panik wallt in mir auf. Was mache ich denn jetzt? Ich kann mich doch unmöglich weigern, Maria bei den Vorbereitungen zur Hand zu gehen.

»Du guckst so erstaunt«, sagt Maria.

Auweia, kann sie Gedanken lesen?

»Ja, ich weiß, die Oliven gehören nicht zum Grundrezept, aber ich finde, man sollte es ruhig ab und zu ein wenig variieren, zum Beispiel mit Kapern, Thunfisch, Sobrassada oder einer Scheibe Serranoschinken. Das Wichtigste ist, dass man wirklich gutes Olivenöl nimmt und die hiesigen Ramallet-Tomaten.«

Betreten murmele ich: »Ja, das finde ich auch. Die sehen zwar ein bisschen unscheinbar aus, aber schmecken super und sind gesund. Liv hat sie immer kiloweise auf dem Markt gekauft, wenn wir hier Urlaub gemacht haben.«

Hm, mal schauen: Welche der Küchentätigkeiten bringt mich weniger in die Bredouille? Das Waschen und Putzen von Salat (das sollte eigentlich zu schaffen sein, schließlich wasche ich auch Wäsche) oder die Zubereitung des spanischen Pendants zur italienischen Bruschetta?

Ich entscheide mich für Letzteres. Die meisten Menschen wachsen schließlich mit ihren Aufgaben. Ich gehöre hoffentlich auch dazu. Also sage ich mit der Entschlossenheit einer Flamenco-Tänzerin, die es auf die Bühne zieht, obgleich sie vor Lampenfieber kaum ihre Kastagnetten halten kann: »Sag mir, wo du die Tomaten und Oliven aufbewahrst, dann lege ich los.«

Maria zeigt mir die große Vorratskammer der *Casa*. Hier drin ist es angenehm kühl, doch nicht zu kalt für Tomaten, die ziemlich empfindlich sind und das nicht gern mögen (darin ähneln sich die Tomaten und ich ein bisschen). Sie liegen am liebsten offen in einer Schale und bleiben dabei gern unter sich. Im Umgang mit anderen Nachbarn vom Stamm Gemüse oder Obst verhalten sie sich eher kapriziös. Wer einmal versucht hat, alles zu mixen, weil es hübsch aussieht, weiß, dass die Tomate an sich dann ganz schön giftig werden kann und einen gasartigen Stoff namens Ethylen verströmt, der die Nachbarn nach einer Weile ziemlich alt aussehen (und auch so schmecken) lässt.

Ich nehme die große, braune Tonschale sowie ein Gefäß mit in Salzlake eingelegten schwarzen Oliven und trage beides zum riesigen »Arbeitstisch«, den ich mir für meine Hamburger Küche im Bootshaus wünschen würde. Immer vorausgesetzt, dass ich jemals wieder einen Kochlöffel in die Hand nehmen kann, ohne an Simon erinnert zu werden.

»Hier«, sagt Maria, reicht mir ein blitzendes, scharfes Messer und legt dann ein Schneidebrett vor mir auf die Arbeitsfläche. Ich nehme die erste Ramallet, auf der Insel liebevoll *Rama* genannt, in die Hand. Behutsam und vorsichtig, als sei sie ein rohes Ei, das jederzeit platzen könnte. Bemüht darum, mir meine Panik nicht anmerken zu lassen, versuche ich durch gezieltes Ein- und Ausatmen das Herzrasen unter Kontrolle zu bekommen, das mir augenblicklich die Sinne schwinden lässt und ein wirklich mieses Beklemmungsgefühl auslöst. *Tu es für Liv,* bete ich mir innerlich wie ein Mantra vor. *Tu es für deine Tochter!*

Ich befühle die Tomate, ihr aromatischer Duft kitzelt meine Nase, die Schale ist angenehm kühl und glatt. Ich setze das Messer an und starte einen ersten, zaghaften Schnitt. Die scharfe Klinge bohrt sich ins Fleisch, und schon spritzt ein bisschen Saft umher.

»Das ist ein ganz besonderer Moment, nicht wahr?«, fragt Maria, die dicht neben mir steht und allein schon durch ihre bloße Anwesenheit tröstliche Wärme verströmen würde, wäre ich nur nicht so in Panik.

Erschrocken über Marias Bemerkung lege ich das Messer beiseite. Dabei zittert meine Hand unübersehbar, ein leichter Schweißfilm bildet sich auf meiner Stirn und Oberlippe. »Ja, denn ich habe schon ewig kein Pa amb oli mehr selbst gemacht«, sage ich in der Hoffnung, dass sie mir nichts anmerkt. »Ich weiß gar nicht, warum. Vielleicht sollten wir es im *Liv's* als Vorspeise auf die Karte setzen. Wir sollten generell Tapas servieren, die liebt jeder.«

Maria formt meine Hand zu einem Kreis, legt das Messer hinein und führt meinen Arm, als sei ich eine Marionette. Meine *ferngesteuerte* Hand zerteilt die Tomate in einen Zentimeter dicke Scheiben, dabei steht Maria hinter mir, und ich muss unweigerlich an die Szene im Film *Ghost – Nachricht von Sam* denken. Hysterisches Kichern beginnt als leises Glucksen in meiner Kehle, und ich höre im Geiste den Song, der diese hochemotionale Szene zwischen der wunderbaren Demi Moore und Patrick Swayze untermalt: *Unchained melody* von den Righteous Brothers. *»Oh, my love, my darling. I've hungered for your touch. A long, lonely time …«*

Marias Hände verschränken sich mit meinen.

Wir schneiden gemeinsam Tomaten, zerteilen Oliven, würfeln rote Paprika und pressen Knoblauch. Sie übt einen sanften, aber bestimmten Druck aus, doch genau der gibt mir Sicherheit.

Mein Atem beginnt nach und nach, sich zu normalisieren, mein Pulsschlag verlangsamt sich. Es tut gut, endlich wieder frisches Gemüse in der Hand zu haben, damit zu hantieren, es zu würzen.

Keine Ahnung, wie viel Zeit vergangen ist, doch irgendwann sind wir fertig. Maria holt das frisch gebackene Pan moreno aus dem Ofen und legt es zum Auskühlen auf ein Holzbrett. »Magst du es später in Scheiben schneiden und nach dem Rösten mit Olivenöl bepinseln?«

Die Wort *Öl* und *Pinsel* lassen augenblicklich sämtliche Alarmglocken schrillen. Der emotionale Schwebezustand, der mir eben noch vorgegaukelt hat, ich sei weitgehend über alles hinweg und auf wundersame Weise von meinem Trauma geheilt, sackt augenblicklich in sich zusammen wie ein Soufflé, das Zugluft bekommen hat.

Simon ist schließlich gestorben, während ich die Auflaufform mit Olivenöl ausgepinselt habe.

»Ich … ich kann nicht«, sage ich unter Schluchzen. Mein Körper zittert und bebt, als gehörte er gar nicht zu mir, als entzöge er sich endgültig meiner Kontrolle.

Oje, was denkt Maria jetzt bloß von mir?

»Doch, du kannst«, sagt sie mit leiser, aber strenger Stimme und stellt eine Flasche selbst gepresstes Olivenöl auf den Tisch. »Du hast dich gerade so tapfer überwunden. Nun fehlt noch ein letzter, kleiner Schritt, und den wirst du jetzt gehen. Du hast dich lange genug hinter deiner Trauer versteckt. Es wird Zeit, dem Schicksal zu zeigen, wer hier das Sagen hat.«

Zitternd wie Espenlaub nehme ich den Pinsel in die Hand, doch dann fällt er hinunter und kullert auf den Terrakottaboden. Ich versuche mich zu bücken, um ihn aufzuheben, doch etwas hemmt mich. Eine Art psychologischer Hexenschuss. Der Schmerz ist nicht körperlich, sondern sitzt tief in meiner Seele, wo ich ihn seit nunmehr fünf Jahren tief und fest vergraben habe.

»Hola, da sind wir«, ertönt in diesem furchtbaren Moment eine sonore Stimme.

Ich blicke Richtung Tür und sehe einen attraktiven, älteren Mann, der entfernt an den Schauspieler Robert de Niro erinnert. Neben ihm steht – huch, was ist denn mit dem passiert? – Marc. In viel zu kurzer, viel zu weiter Hose und einem viel zu kurzen Shirt.

»Sie sind also Sophie. Freut mich, Sie kennenzulernen. Wollen wir uns lieber auf Deutsch unterhalten oder auf Spanisch?« Ehe ich michs versehe, schüttelt Enrique Navarro meine Hand. Sein Händedruck ist fest und energisch, seine Augen funkeln und blitzen abenteuerlustig.

Marc steht ein wenig verloren daneben, wie ein Schuljunge, dem man gerade das Pausenbrot geklaut hat.

»Mir ist beides recht«, erwidere ich, überrascht davon, wie gut Señor Navarro Deutsch spricht, wenngleich die Wörter aus seinem Mund sehr hart und zackig klingen.

Wir einigen uns letztlich auf Spanisch.

»So, dann hätten wir das ja geklärt«, sagt Maria, deren Miene nicht erkennen lässt, wie sie sich angesichts Marcs Anwesenheit fühlt. »Dann können wir jetzt essen, nicht wahr?«

29

MARC – FORNALUTX

Kühlschrankinhalt Casa del Sol:

randvoll gefüllt mit mallorquinischen Köstlichkeiten.
Vorratshaltung für gefühlt ein Jahr

Meine Augen suchen die von Maria.

Maria, die Frau, die ich genauso sehr geliebt habe wie meine Großmutter und die ich seit vielen Jahren nicht mehr gesehen habe. Maria, die in meiner Kindheit für mich da war, wenn meine Eltern es nicht waren. Die mich in den Hühnerstall mitgenommen und gemeinsam mit mir frische Eier in einen geflochtenen Korb gelegt hat, noch warm und verklebt von Erde, Hühnerkot und fluffigen Federn. Maria, die mir selbst gemachte kühle Limonade aus Zitronen gebracht hat, wenn ich in der Küche der *Casa* nicht dazu kam zu trinken oder es schlicht vergessen hatte, weil ich fieberhaft damit beschäftigt war, Erbsen für die Paella zu puhlen. Oder Safranfäden gemörsert habe, damit der Reis die Farbe bekam, welche die Paella zu so etwas Einzigartigem und Besonderem macht.

»Hast du Hunger?«, fragt Maria, als sei es erst gestern gewesen, dass wir Feigen vom Baum gepflückt und dazu Manchego-Käse gegessen haben, während Enrique mit einem Bekannten über die Belieferung dessen Ladens mit dem aromatischen

Orangenlikör verhandelte, den ich so gern mal wieder trinken würde.

Maria ist alt geworden, genau wie Enrique, wirkt aber trotzdem irgendwie zeitlos.

Maria, die ich so sehr vermisst habe.

Sophie scheint irritiert zu sein, was ich ihr nicht verdenken kann, denn ich sehe garantiert aus, als hätte ich das Thema Wäschewaschen nicht im Griff.

Ich antworte: »Was zum Essen wäre wunderbar.« Was soll ich Maria auch anderes sagen? *Du hast mir gefehlt? Es tut mir leid, dass ich mich damals so entschieden habe, wie ich mich entschieden habe?*

Maria kneift die Augen ein bisschen zusammen und dirigiert uns in Richtung Esstisch. Sophie nickt mir zu, ihre Lippen formen beinahe lautlos ein »Hallo«.

»Enrique, hol den vino tinto und schenk die Gläser ordentlich voll«, ordnet Maria energisch an. »Sophie und Marc sehen aus, als könnten sie einen Schluck gebrauchen.«

Enrique öffnet eine Tür, und aus dem dahinterliegenden Raum strömt kühle, leicht modrig riechende Luft: ein paar Stufen unterhalb des Restaurants liegt der Weinkeller, Enriques großer Stolz.

»Wie war's beim Segeln?«, fragt Sophie, die sich ins Bild der Landhausküche einfügt, als gehörte sie schon immer hierher. »Bist du … äh … kann es sein, dass dabei irgendetwas mit deinen Klamotten passiert ist?«

»Hat Enrique dich ins Wasser geworfen, und du musst jetzt sein Zeug tragen?«, will Maria wissen. Ein schelmisches Lächeln umspielt ihren immer noch schönen Mund. Ich nicke, statt zu antworten, schließlich ist die Situation mehr als offensichtlich.

»Na dann seid ihr ja quitt«, kommt es gut gelaunt zurück. Sophies Blick springt zwischen Maria und mir hin und her.

Ich wüsste zu gern, was sie gerade denkt.

Doch bevor ich einen Kommentar abgeben kann, klingelt ihr Handy. »Tut mir leid, aber ich möchte da kurz dran, es ist meine Tochter Pauli«, sagt Sophie und stellt sich ein wenig abseits von uns vor eine Vitrine, in der Maria eine Sammlung besonders schöner, antiker Gläser und Karaffen aufbewahrt. Während sie telefoniert, röstet Maria Scheiben von Pan moreno. Sie ist eine wirklich begnadete Bäckerin. Ich liebe ihre Brote, die Ensaimadas und den saftigen Mandelkuchen. Niemand sonst bereitet diese Kalorienbombe so köstlich zu wie sie.

Obwohl das nicht die feine Art ist, lausche ich den Worten Sophies. Sie sagt: »Ach, das freut mich aber, ja, mach das. Toll, dass Herr Hoppe mit dir dahin geht.« Es folgt ein weiterer Wortwechsel, dann erkundigt sie sich nach Liv und Geli und beendet schließlich das Telefonat mit dem Hinweis, dass sie gerade bei den Navarros zu Gast ist.

»Alles in Ordnung bei euch?«, frage ich ehrlich interessiert. Maria ist immer noch mit den Vorbereitungen fürs Abendessen beschäftigt, Enrique nach wie vor im Weinkeller verschwunden.

»So weit wohl alles okay«, erwidert Sophie und setzt sich wieder mir gegenüber an den großen Esstisch, an dem locker acht Personen Platz finden. Die Navarros hatten immer gern Gäste, allerdings habe ich keine Ahnung, ob das immer noch so ist. »Liv ist happy mit ihrem Physiotherapeuten, Geli immer noch mit Onlinedating beschäftigt, und Pauli geht gleich zusammen mit meinem Mieter, Herrn Hoppe, zu ihrem ersten Poetry-Slam in die Auster Bar.«

»Wie alt ist Herr Hoppe?«, frage ich amüsiert.

»Spielt das eine Rolle?«, mischt Maria sich ins Gespräch. »Meinst du, man ist irgendwann zu alt für kulturelle Veranstaltungen oder Besuche in Bars?«

Irre ich mich, oder ist sie gerade auf Krawall gebürstet?

»Das wollte ich damit auf gar keinen Fall sagen«, entgegne ich schnell. Maria hat trotz aller Herzlichkeit und Wärme zuweilen etwas Kampflustiges an sich. Sie nimmt kein Blatt vor den Mund, wenn ihr etwas missfällt, spart aber auch nicht mit Komplimenten und Zuwendungen, wenn sie es für richtig hält.

»Anselm Hoppe ist pensionierter Lehrer, über achtzig und schwer verliebt in meine beiden Töchter. Als Pauli neulich Probleme mit der Interpretation eines Goethe-Gedichts hatte, schlug er vor, gemeinsam mit ihr zu einem Poetry-Slam zu gehen. Ich finde es schön, zu wissen, dass er sich um sie kümmert, während ich hier auf Mallorca bin. Ich lasse meine Familie nur ungern allein, erst recht in so unsicheren Zeiten wie diesen«, erklärt Sophie.

»Das ist sehr löblich«, sagt Enrique, der mit drei Flaschen Rotwein im Arm aus dem Weinkeller kommt. »Familie ist das Wichtigste. Aber deshalb sind Sie ja auch hier, nicht wahr?«

Sophie strahlt ihn an. Ihre Wangen sind gerötet, die braunen Augen glänzen, weshalb sie noch größer wirken als sonst. »Das ist völlig richtig. Sie ahnen gar nicht, wie froh ich bin, endlich mit Ihnen über das *Liv's* sprechen zu können. Darf ich Ihnen Fotos von meiner Familie und dem Ladenlokal zeigen, das wir für zwei Monate gemietet haben?«

Das macht sie sehr clever, denke ich. Enrique kann schönen Frauen nur sehr schwer widerstehen. Wenn sie zudem noch klug sind und Charme haben, ist er meist geliefert. Er weiß das, ich weiß das, Maria weiß das.

Enrique stellt die Flaschen auf den Tisch, ich schnappe mir eine davon und öffne sie. Ein Veran Negre, gekeltert aus den Rebsorten Cabernet Sauvignon, Syrah und Manto Negro. Kein ganz günstiger vino tinto, aber dafür einer der köstlichsten Rotweine aus den Kellern des Weinortes Binissalem. Sophie muss Enrique gefallen, sonst hätte er eine günstigere Sorte gewählt.

Während ich den edlen Tropfen in vier Gläser fülle, zeigt Sophie dem äußerst interessiert wirkenden Enrique zunächst Fotos von Liv und Pauli, dann von der Eröffnungsfeier des *Liv's* und schließlich Bilder von Ben, mir, Dirk und Scarlett. »Dieser Schauspielerin haben wir es zu verdanken, dass es für das Restaurant immens viele Reservierungen gibt«, erklärt Sophie. »Sie ist zurzeit einer der gefragtesten Stars in Deutschland und hat wahnsinnig viele Follower auf Instagram.« Ich muss innerlich grinsen, denn Enrique versteht von Social Media und Insta-Storys ungefähr so viel wie ich von Pferdezucht.

»Instagram?«, widerholt Enrique und spricht das englische Wort tatsächlich ein bisschen falsch aus. Es klingt in meinen Ohren wie ein grimmiges Instegrrrrremmmm.

»Das ist das Medium, das wir nutzen sollten, wenn wir die *Casa* wieder neu eröffnen«, sagt Maria und setzt sich zu uns.

Die Casa neu eröffnen?

In meinem Kopf rattert es. Ich frage mich:

a) Haben die Navarros das Restaurant verkauft?
b) Erlaubt Maria sich einen Scherz?
c) Braucht Enrique wieder eine Aufgabe?

Mir wird heiß und kalt. Die bloße Vorstellung, irgendein Wildfremder mache sich an dem Herd zu schaffen, an dem ich früher so viel Zeit verbracht und gemeinsam mit Enrique Köstlichkeiten aller Art gezaubert habe, macht mich fix und fertig. Doch ich darf mir jetzt nichts anmerken lassen, denn heute Abend geht es allein darum, Enrique dafür zu gewinnen, den Hartmanns zu helfen.

»Wenn Sie wollen, kann ich Ihnen gern ein bisschen was zum Thema Social-Media-PR erklären oder zeigen«, bietet Sophie liebenswürdig an. »Ich verstehe von dieser ganzen Sache zwar nur ein bisschen, aber ich kann jederzeit meine Töchter fragen, wenn ich nicht weiterweiß, egal wie peinlich die beiden mich dann finden.«

»Das wäre wirklich nett«, erwidert Maria.

Enrique wiegt seinen Kopf hin und her. »Für wie lange bräuchten Sie mich in Hamburg?«, fragt er schließlich, und mein Herz vollführt einen Salto.

»Nun …« Sophie zögert ein bisschen, was ich gut verstehen kann. Schließlich geht es hier um weit mehr als nur einen Gefallen. »Drei bis vier Wochen. Es dauert nun mal leider eine Weile, bis meine Tochter so weit ist, dass sie zumindest ein bisschen mithelfen kann. Aber Pauli und meine Schwester Geli springen ein, Ben sowieso und vielleicht auch ein Koch, der gern unter Ihrer Anleitung arbeiten und dabei ein bisschen was lernen würde. Im Übrigen bewundert Liv Sie seit Jahren und hat ein Kochbuch, das sie gern von Ihnen signiert hätte.«

»Und was ist mit Ihnen. Helfen Sie auch mit?« Enrique mustert Sophie, die nun nervös auf dem Stuhl hin und her rutscht.

»Sophie hat viel zu tun, sie übersetzt nämlich Bücher, unter anderem aus dem Spanischen«, sagt Maria energisch. »Sie übernimmt abends den Service, aber mehr kommt nicht infrage. Dieses Übersetzen kostet viel Zeit und Konzentration, da kann sie nicht auch noch in der Küche stehen und Kartoffeln schälen.«

Maria ist ja bestens über alles im Bilde, soso.

»Deshalb sprechen Sie so gut Katalanisch«, sagt Enrique anerkennend. »Und wo würde ich wohnen, wenn ich nach Hamburg komme?«

»Wenn Sie mögen, gern bei uns«, erwidert Sophie. »Wir leben in einem Bootshaus am Kanal, einer Art Villa Kunterbunt. Es ist zwar ein bisschen eng, aber ich habe ein Gästezimmer mit separatem Bad, und es ist ziemlich gemütlich in unserer bunt gemischten WG. Ben wohnt im ersten Stock, genau wie meine Schwester und der alte Herr Hoppe.«

»Du kannst auch sehr gern mein Apartment haben, wenn du magst. Aber ich kann bestätigen, dass es bei Sophie äußerst charmant und lebendig zugeht«, melde ich mich zu Wort, um Enrique die Situation so schmackhaft wie möglich zu machen. »Die Terrasse der Hartmanns liegt direkt am Wasser, man hat einen fantastischen Ausblick und …«

»Ich dachte mir schon, dass die Terrasse eines Boothauses am Wasser liegt«, erwidert Enrique spöttisch. Offenbar hat er mir trotz der von ihm provozierten Landung im Hafenbecken immer noch nicht ganz verziehen. »Na, das klingt doch alles ganz wunderbar. Natürlich werde ich erst mal eine Nacht über diese ganze Sache schlafen und mich mit Maria beraten, aber das versteht sich von selbst, nicht wahr?«

»Aber natürlich«, sagt Sophie, die Wangen leicht gerötet. »Sie haben schließlich anderes zu tun, als einer Frau zu helfen, die Sie erst eine Stunde kennen und die Sie noch nicht mal bezahlen kann. Doch natürlich übernehme ich die Flugkosten, die Verpflegung und …«

»Halt, stopp, das ist nicht nötig«, meldet Maria sich nun wieder zu Wort. »Wir unterstützen Sie gern, wenn wir können. Auch wir haben als junges Paar Situationen erlebt, in denen uns in schweren Zeiten unter die Arme gegriffen wurde. Außerdem hat Enrique bis zur Wiedereröffnung der *Casa* sowieso nichts zu tun. So eine Aufgabe verhindert, dass er auf dumme Gedanken kommt oder seine Siesta ins Unendliche ausdehnt, nicht wahr, mi amor?« Maria versetzt ihrem Mann einen Knuff in die Seite und gibt ihm dann einen Kuss auf die Wange.

Enrique streichelt daraufhin ihre Hand und nickt ihr zu.

Ich gestehe, ich bin ein wenig neidisch. Sie sind jetzt fast fünfzig Jahre verheiratet. Natürlich war ihre Ehe turbulent. Es gab kleinere und größere Krisen, Eifersüchteleien und unterschiedliche Vorstellungen von gewissen Dingen. Aber alles in allem wissen die beiden, was sie aneinander haben, und schätzen dieses Geschenk, das das Leben ihnen gemacht hat.

»Und nun sollten wir essen, findet ihr nicht?«, sagt Enrique.

Wie zur Bestätigung knurrt mein Magen.

»Hast du Lust, heute Nacht hier zu schlafen?«, fragt Maria und prostet mir zu. »Wir haben uns jede Menge zu erzählen, oder etwa nicht?«

Sophie lächelt, und mir wird warm ums Herz.

Ja, es ist schön, wieder hier zu sein.

30

SOPHIE – DEIÁ

Der Glaube kann Berge versetzen

»… es sei denn, die Berge sind zu hoch«, befürchtet Sophie.

Na, wie war's gestern?«

Pablo schaut mich gespannt an, während ich, noch ein wenig schlaftrunken, einen café con leche zum Frühstück trinke.

Wir sitzen auf der Terrasse vor seiner Finca mit Blick auf die Mandelbäume und Antena, die in der Sonne Siesta hält.

Wenn ich mir eins wünschen dürfte, wäre es, endlich mal die Mandelblüte auf der Insel erleben zu dürfen. Ein großer Traum von mir, der bisher leider noch nicht in Erfüllung gegangen ist, denn: Irgendwas ist ja immer.

»Die Navarros sind unheimlich sympathisch«, sage ich. »Enrique ist ein echter Charakterkopf genau wie Maria. Er gibt mir im Laufe des Vormittags Bescheid, wie er sich entschieden hat. Wenn alles klappt, fliegen wir morgen vielleicht sogar gemeinsam zurück nach Hamburg und könnten bereits Montagabend das *Liv's* wieder eröffnen.«

»Oha, der macht's ja spannend«, murmelt Pablo, der bis zu meinem Auftauchen in der Tageszeitung *Ultima Hora* gelesen hat. »Also, guapa, womit willst du dir heute die Zeit vertreiben? Du kannst doch unmöglich den ganzen Tag hier herumlungern und auf Enriques Anruf warten wie ein liebeskranker Teenager auf die WhatsApp-Nachricht seines Schwarms. Apropos, wie war es eigentlich mit Marc? Hat er dich gestern hierhergebracht, oder wie bist du von Fornalutx nach Deiá gekommen?«

»Hat er nicht, denn er ist über Nacht bei den Navarros geblieben. Er besitzt übrigens in den Bergen oberhalb von Biniaraix eine Finca. Die möchte er mir heute zeigen, und ich bin natürlich neugierig, wie du dir sicher vorstellen kannst.«

»Du bist natürlich nur neugierig auf die Finca und nicht im Mindesten scharf darauf, Zeit mit Marc zu verbringen, solange du noch hier auf Mallorca bist, schon klar«, erwidert Pablo grinsend. »Mach das, Sophie. Pack die Gelegenheit beim Schopf und den Mann am besten gleich noch dazu. Als du gestern weg warst, habe ich in den Schubladen meines immer schlechter werdenden Gedächtnisses herumgekramt. Dann fiel mir ein, dass ich Marc aus der Zeit kenne, als er seine Ausbildung als Koch bei Enrique gemacht hat. War ein echt hübscher Kerl. Und ein netter, kluger dazu.«

Ist er beides immer noch, füge ich im Geiste hinzu und seufze. Ich kann nicht leugnen, dass Marc mir von Mal zu Mal, von Tag zu Tag besser gefällt. Er ist wie ein Buch mit sieben Siegeln, von denen sich nach und nach eines löst und darunter immer mehr Schönes zutage kommt. Ich habe in der Tat große Lust, noch ein bisschen weiter in diesem Buch zu blättern, es besser kennenzulernen und seine Tiefen auszuloten.

Zwei Stunden später mache ich mich auf den Weg von Deiá zu den Navarros, nervös wie eine Schülerin vor Bekanntgabe eines Prüfungsergebnisses. Hat das *Liv's* den Eignungstest bestanden?

»Ich habe mich entschieden«, sagt Enrique, der mir persönlich die Tür öffnet. »Und bin gern bereit, euch zu unterstützen. Maria hat mich auf deinen Flug gebucht, ab morgen Nachmittag hast du mich also für eine kleine Weile am Hals, denn ich möchte gern bei euch wohnen, um mehr Zeit mit Liv und Ben verbringen zu können.«

Ich falle vor Freude erst Enrique, dann Maria um den Hals, bedanke mich und würde am liebsten die ganze Welt umarmen.

Marc steht ein wenig im Hintergrund; er lächelt zufrieden.

Dann stoßen wir alle mit selbst gemachter Zitronenlimonade auf das vor uns liegende Abenteuer an, wenige Zeit später verabschiede ich mich von den Navarros und steige zu Marc ins Auto. Ich kann es kaum erwarten, Liv endlich die guten Neuigkeiten zu verkünden.

»Juhu, wir haben es geschafft«, sage ich, nachdem ich ihre Handynummer gewählt habe, und höre am anderen Ende der Leitung lautstarken Jubel.

Während ich erst mit meiner überglücklichen Tochter, dann mit meiner Schwester und Pauli telefoniere und wir uns kurz über die wichtigsten Details abstimmen, nimmt Marc Kurs auf Biniaraix. Das kleine Dorf besteht aus malerischen Häuschen, einem Marktplatz mit Restaurant und Bar und einer Kirche mit einem Glockenturm aus weißen Fliesen. Am Ortsende biegen wir nach links ab, dann geht es auch schon hoch hinauf in die Berge, vorbei an Orangen- und Dattelbäumen.

»Ich hoffe, unübersichtliche Kurven und Kehren machen dir keine Angst«, sagt Marc, als die Straße nach einer Weile immer enger und steiler wird. Der Weg ist nicht gesichert, nur einige eher unstabil wirkende Einzäunungen vermitteln zumindest optisch das Gefühl, nicht sofort ins Tal hinabzupurzeln, falls etwas Unvorhergesehenes geschieht (in Wahrheit sind diese Zäune nur dafür gedacht, Schafe im Zaum zu halten, Autos eher nicht. Besser, ich verdränge diesen Gedanken ganz schnell wieder).

Ich halte mich sicherheitshalber am Sicherheitsgurt fest. »Du bist diese Strecke doch sicher schon mehrfach gefahren, nicht wahr?«

Eins ist sicher: Man hat auf diesem Weg ein Problem, sobald einem etwas entgegenkommt, sei es ein Auto, ein Schaf oder … »Meinst du, die sind ausgebüxt?«, frage ich mit Blick auf zwei graue Esel – einer davon mit knallrotem »Geschirr« (oder heißt das nur bei Pferden so?) –, die wie aus dem Nichts vor der Windschutzscheibe aufgetaucht sind, uns ihre Fellpopos entgegenstrecken und die Ruhe weghaben.

»Ich finde, die beiden wirken eher so, als planten sie eine kleine Bergwanderung, fehlt nur noch die Wanderkarte«, erwidert Marc schmunzelnd und stoppt die Fahrt. »Wir müssen wohl darauf hoffen, dass sie irgendwann in einer Toreinfahrt Rast machen oder artig zur Seite gehen und uns vorbeilassen. Obwohl: Bist du nicht so was wie eine Eselsflüsterin? Ich habe dich doch bei Pablo in Deiá in trauter Eintracht mit einem solchen Tier gesehen.«

»Ich … also …« Mist! Ich habe jetzt wirklich keine Lust, mich vor Marc zum Affen zu machen. Selbst wenn die beiden lammfromm sind, gehört der Esel an sich zu den eher störrischen Tieren.

Also antworte ich vage so etwas wie »Mhhm«.

»Alles klar, Botschaft verstanden«, sagt Marc, steigt aus und nähert sich dem Eselspaar. Beide strecken ihm neugierig das hübsche Köpfchen entgegen, und Marc krault das Tier »ohne Geschirr« liebevoll am Kopf, total rührend. Dann nimmt er den zweiten Esel an den Zügeln und dirigiert ihn sanft an den Wegesrand, was dieser, ohne zu murren, mit sich machen lässt. Esel Nummer zwei folgt seinem Beispiel, beide bleiben brav stehen. Marc kommt wieder zurück ins Auto, startet den Motor, und die Fahrt geht weiter.

»Kanntest du die?«, frage ich, als hätten wir die Tiere zufällig beim Spaziergang getroffen.

»Na klar«, erwidert er, die Augen fest auf den Weg gerichtet, um tiefen Schlaglöchern auszuweichen. »Das waren Juana und Juan. Sie gehören einem Olivenbauern, dessen Grundstück zwei Kehren entfernt von hier liegt.«

»Und wie lange bist du schon Besitzer der Finca?«, frage ich, amüsiert über die Namen des Eselpaares.

»Seit dem Tod meiner Großeltern vor ungefähr fünfzehn Jahren«, erwidert er. »Doch ich mache dort Urlaub, seit ich zehn Jahre alt war. Ilse und Walter gehörten zu den ersten deutschen Residenten auf Mallorca und liebten die Abgeschiedenheit im Tramuntana-Gebirge weit mehr als die Strände und das Mittelmeer. Irgendwann konnte mein Großvater aber nicht mehr Auto fahren, und so kam ich in den Genuss des kleinen Schmuckstücks. Ich vermiete es zeitweilig an Freunde oder über eine Agentur an Feriengäste, zurzeit steht die Finca allerdings leer, denn es sind nicht viele Urlauber bereit, insgesamt fast eine halbe Stunde Serpentinen rauf und runter zu fahren. Und ich schaffe es leider nur selten, hier heraufzukommen und wandern zu gehen.«

In der Tat dauert es eine ganze Weile, bis nach einer besonders engen Kehre vor meinen Augen das Schild *coto privado* auftaucht, Marc nach rechts abbiegt und das Auto schließlich im Schatten eines Olivenbaums parkt.

»Das ist ja atemberaubend schön«, rufe ich aus, überwältigt von dem Anblick, der sich mir hinter dem Tor zur Finca bietet: Vom »Parkplatz« aus geht man ein paar Stufen nach unten zum Natursteinhaus. Rechts von mir liegt eine Wiese mit Zitronenbäumen, links eine ehemalige Zisterne, die, wie so häufig auf der Insel, zum Pool umgebaut wurde. Das Wasser darin schimmert aufgrund der Fliesen türkisblau, Libellen fliegen darüber hinweg und spielen miteinander Fangen; die herabgefallenen Blätter des Olivenbaums segeln wie kleine, silberne Schiffchen auf den gekräuselten Wellen, welche die Umwälzpumpe verursacht. Am Rand stehen Liegen übereinandergestapelt. Vom Pool aus hat man einen Blick auf das Tal von Sóller mit den jahrhundertealten Terrassen und Olivenbäumen und das steil aufragende Gebirge.

Am Berghang sieht man – in gebührendem Abstand zueinander – kleine Feuer lodern, deren Rauchschwaden, je nach Windrichtung, in unsere Richtung ziehen und verheißungsvoll meine Nase kitzeln. Ich schnuppere und schließe kurz die Augen, was Marc sicher seltsam findet. »Dieser Duft erinnert mich an meine Kindheit und an die vielen Stunden, die Geli und ich gemeinsam im Freien am Lagerfeuer verbracht haben«, erkläre ich. »Meine Mutter hat in einem Kessel auf der offenen Feuerstelle in unserem großen, verwilderten Garten gekocht, mein Vater auf der Gitarre etwas von Bob Dylan oder Jimi Hendrix geklimpert. Oder, gemeinsam mit meiner Mutter, *California Dreaming* von The Mamas and the Papas geträllert, Gelis Lieblingssong.«

Marc sagt: »Ach deshalb ist deine Schwester so ein verrücktes Hippie-Girl.« Er nimmt meine Hand und zieht mich – Gänsehaut pur! – in Richtung der zweiten, weitaus größeren Terrasse, die an die Finca angrenzt.

Ich traue meinen Augen kaum, denn ich erblicke einen offenen Kamin und eine perfekt ausgestattete Küche samt Kühlschrank und Spülbecken, inklusive großem Grill.

Eine Sommerküche im Freien mit Blick ins Tal. Hier zu kochen und bei Sonnenuntergang auf die Bergkuppen, den Himmel, die Bäume und das dahinterliegende Meer zu schauen, muss gigantisch sein.

»So stelle ich mir das Paradies vor«, murmele ich und weiß in dem Moment nicht so recht, in wen ich mehr verliebt bin: in Marc oder in dieses traumschöne Anwesen.

OMG – habe ich das eben wirklich gedacht?

Mein Herz trommelt wie wild gegen meine Brust, als mich die Erkenntnis mit voller Wucht trifft: Ich habe mich in Marc verliebt, von der Sekunde an, als wir uns in Palma das erste Mal getroffen haben. Das ist die Art von Magie, die keiner erklären kann, die aber jeden komplett umhaut, bei dem dieses Gefühl so unerwartet einschlägt wie ein Blitz.

31

MARC – BINIARAIX

Kühlschrank Finca:

ein Glas schwarze Oliven, eingelegte Peperoni, ein Liter Milch, drei Sorten Käse, eine Packung Eier, selbst gemachte Orangen- und Feigenmarmelade, eine Packung Butter, zwei Flaschen Weißwein, eine Flasche Cava, Cerveza Tramuntana

Ich kann nicht anders – ich nehme Sophies Hand. Wenn es nach mir ginge, würde ich sie rasend gern küssen, doch ich denke,

a) dass ich es lieber langsam angehen lassen sollte. Das mit uns beiden ist zu kostbar, um es zu überstürzen, nur weil ich mich geradezu magisch zu ihr hingezogen fühle.
b) dass es schön wäre, Sophie würde sich auf mich stürzen. Auch Mann möchte sich begehrt fühlen.
c) dass gut Ding Weile braucht. Ganz besonders in Spanien.

»Ja, genauso muss es im Paradies sein. Oder in einem kleinen, feinen Landhotel«, sagt Sophie, die nichts von meinem emotionalen Dilemma ahnt und verträumt seufzt. »Diese Outdoor-Küche ist riesig. Wie viele Personen können denn in der Finca wohnen?« Ihre Hand ruht immer noch in meiner, wir stehen dicht beieinander, den Blick auf die Wälder der Serra Tramuntana und die kleinen Haufenwolken am blitzblauen Himmel gerichtet, der sich gerade ein wenig eintrübt. Wind kommt auf, von weit her ertönt ein leichtes Grollen. Die Blätter der Bäume rascheln, die Luft wird schwül.

»Wenn du magst, gibt's gleich eine kleine Schlossbesichtigung«, schlage ich vor, rühre mich jedoch nicht vom Fleck, um den Zauber der Zweisamkeit nicht zu zerstören.

»Sehr gern, aber lass uns bitte noch einen Moment hier stehen und diesen Ausblick genießen, ja?«, sagt Sophie.

Irre ich mich, oder drückt sie meine Hand ein kleines bisschen?

»Der Sternenhimmel muss hier nachts der Wahnsinn sein«, fährt sie schwärmerisch fort. »Ich kann verstehen, dass deine Großeltern sich in dieses Fleckchen Erde verliebt haben. Es ist so schön ruhig! Bis auf das Läuten der Schafsglöckchen und das Rascheln des Windes hört man so gut wie nichts. Wie weit wohnen denn die nächsten Nachbarn entfernt?«

»Ungefähr zehn Minuten zu Fuß«, erwidere ich und überlege, wann ich die beiden Familien zuletzt gesehen habe. So weit oben wohnen neben alteingesessenen Olivenbauern überwiegend wohlhabende Palmesaner oder Mallorquiner aus Port de Sóller, die hier ihren Zweitwohnsitz haben und sich in den heißen Sommermonaten gern ins kühle Gebirge flüchten. »Aber wir sehen einander nur selten. Meistens nutzen eher die Kids der Besitzer die Häuser, um hier ungestört Partys zu feiern.«

»Diese Terrasse mit der tollen Küche würde sich auch super für Feste eignen«, sagt Sophie. »Wenn die Finca innen so schön ist wie der Außenbereich, wäre sie die perfekte Location für eine Hochzeitsgesellschaft oder andere große Familienfeiern. Den fehlenden Platz im Haus könnte man durch Hängematten ergänzen, die man in den Olivenbäumen befestigt. Oder durch kleine, hübsche Zelte, in denen man die Nacht verbringen kann, damit man nach der Fiesta nicht wieder zurück ins Tal fahren muss.«

Während Sophie weiter fiktive Pläne schmiedet, denke ich, dass das gar keine schlechte Idee ist. Oder vielmehr: eine ziemlich gute! Wieso bin ich darauf noch nicht selbst gekommen? Seit drei Jahren spiele ich mit dem Gedanken, die Finca zu verkaufen. Ich selbst nutze sie zu selten, und die Vermietung läuft leider eher schleppend. Viele Mallorcaurlauber wollen nun mal ans Meer, erst recht, wenn sie Kinder haben. Doch bisher habe ich mich nicht dazu durchringen können, das Haus zu verkaufen, denn das hieße, das Vermächtnis meiner Großeltern in fremde Hände zu geben.

»Vorschlag: Du ziehst nach Mallorca und übernimmst, gemeinsam mit Liv, diese Finca. Liv kocht, und du kümmerst dich anstelle der jetzigen Agentur um die Vermietung und um die Gäste. Natürlich hättest du dann weniger Zeit für deine Übersetzungen, dafür aber einen Arbeitsplatz inmitten unberührter Natur.«

»Umgeben von Schafen«, erwidert Sophie lachend. Auf der Terrassenstufe unter uns haben sich gerade ein paar Tiere versammelt und schauen – als stünden wir auf einer Theaterbühne – zu uns nach oben. Auf der Steinmauer hüpft ein kleiner Spatz aufgeregt hin und her, von irgendwoher ertönt das Trällern der Alpenbraunelle, die in der Serra Tramuntana lebt, solange hier kein Schnee liegt.

»Doch, das könnte mir gefallen, auch wenn ich mein Büro am Kanal sehr liebe«, fährt Sophie fort und spielt gedankenverloren mit einem der dunkelgrünen Weinblätter, die von dem über der Terrasse gespannten Rankgitter über die Steinmauer wachsen.

»Liebst du denn deinen Beruf?« Mit dieser Frage wage ich mich auf ein besonderes Terrain, Sophies Übersetzungen aus jüngster Zeit. »Oder könntest du dir vorstellen, einmal etwas völlig anderes zu machen?«

Sophie atmet hörbar schwer aus und löst ihre Hand aus meiner. »Das ist ein schwieriges Thema, mit dem ich mich auseinandersetzen werde, sobald wir Klarheit über die Zukunft des *Liv's* haben. Sagen wir es mal so: Ich bin da durchaus ergebnisoffen, um die Situation mal mit diesem fürchterlichen Begriff zu umschreiben. Oh, wow, war das gerade ein Blitz?«

Sophies Frage folgt unmittelbar ein Donnergrollen. Das Singen der Vögel in den umstehenden Bäumen verstummt. Der Wind lässt nach.

»Ist für heute etwa ein Gewitter angekündigt gewesen, und ich hab's nicht mitbekommen?«

Ich hole mein Handy aus der Jeanstasche und checke die Wetter-App. In der Tat zeigt diese nun eine Unwetterfront an, von der zwei Stunden zuvor noch keine Rede war. In den vergangenen Jahren wurde die Insel immer wieder von heftigen Stürmen, Starkregen und hohen Wellen heimgesucht, die an der Küste Überschwemmungen und schwere Schäden verursachten.

»Ich fürchte, ja«, sage ich also und überlege, was wir jetzt tun sollen. »In ungefähr zwanzig Minuten wird's hier schütten wie verrückt. Leider reicht die Zeit nicht, um zurück ins Tal zu fahren oder dich nach Deiá zu bringen.«

Meine Prophezeiung wird untermalt von grell zuckenden Blitzen, die allerdings noch weit entfernt erscheinen.

»Dann sollten wir wohl besser hierbleiben«, erwidert Sophie. »Hat die Finca einen Blitzableiter?«

»Natürlich«, versuche ich sie zu beruhigen. »Generell sind wir hier sicher. Ich kann nur nicht versprechen, dass du pünktlich zum Abendessen wieder bei Pablo sein wirst. Aber ich schaue nach, wie es hier um die Vorräte bestellt ist, falls wir gezwungen sind, länger zu bleiben als geplant, und Hunger bekommen.«

Sophie folgt mir ins Haus in eine große gemütliche Landhausküche mit angrenzendem Wohnzimmer. Auch hier gibt es einen offenen Kamin und zwei ausladende Sofalandschaften, dekoriert mit vielen Kissen im inseltypischen Llengos-Muster, gekauft in einem Lädchen in Sóller. In die Steinwand wurde ein Teil des Felsens eingearbeitet, was dem Raum eine ganz besonders ursprüngliche und naturverbundene Note verleiht.

»Das sieht hier ja wirklich toll aus«, schwärmt Sophie. »Und es gibt sogar ein Teleskop. Wie himmlisch ist das denn, bitte?«

»Und nicht nur das, sondern es ist auch etwas zu essen da«, erwidere ich, nachdem ich den Inhalt der Küchenschränke sowie des Kühlschranks gecheckt habe. Die Mitarbeiterin der Vermietungsagentur hat, wie immer, für die notwendige Grundausstattung gesorgt, für den Fall, dass Urlauber erst spätabends anreisen und die Läden bereits geschlossen haben. »Ich könnte uns später problemlos etwas Warmes zaubern. Außerdem haben wir eisgekühlten Weißwein, eine Flasche Cava oder Bier, wenn du magst.«

»Außerdem jede Menge frische Orangen und Feigen«, ruft Sophie verzückt aus, nachdem sie auf der Anrichte aus dunklem Olivenholz die große Tonschale voll mit Obst entdeckt hat. »Darf ich mich weiter umschauen?«

Ich sage »Nur zu« und zeige Sophie zunächst das Badezimmer, in das ebenfalls ein Felsen eingearbeitet ist, dann die zwei Schlafzimmer im Erdgeschoss und schließlich das dritte in der oberen Etage.

»Sogar hier gibt's noch eine extra Terrasse«, sagt Sophie bewundernd, nachdem ich die Tür geöffnet habe. »Waren deine Großeltern für die Konzeption der Finca zuständig, oder haben sie das Haus schon so übernommen?«

»Teils, teils«, erwidere ich in Erinnerung an die große Aufregung, mit der die Umbaumaßnahmen damals einhergingen.

»Dieses Anwesen hätte meinem Mann Simon gefallen, der leider gestorben ist«, sagt Sophie, und ich zucke unwillkürlich zusammen. Sie ist also Witwe und nicht geschieden. »Er war Architekt und hatte ein Faible für besondere Häuser wie dieses.«

»Hat er auch euer Bootshaus entworfen?«, frage ich, denn das Domizil am Kanal ist ebenfalls etwas ganz Besonderes. Doch wenn ich ehrlich bin, interessiert es mich gar nicht, was dieser Mann gearbeitet hat, sondern vor allem, ob Sophie immer noch um ihn trauert (oder ist es egoistisch, wenn mich diese Frage umtreibt?).

»Ja, hat er«, sagt sie. »Wir sind ein Jahr vor seinem Tod, also vor sechs Jahren, dort eingezogen.«

Sophie ist seit fünf Jahren Witwe. Ich rechne schnell im Kopf nach. Das scheint mir der Zeitraum zu sein, in dem sie begonnen hat, eine andere Art von Büchern zu übersetzen. Mit einem Mal wird mir klar, dass sie vermutlich gezwungen war, jeden x-beliebigen Auftrag anzunehmen, um ihre Familie zu versorgen. Und nun on top die Katastrophe mit dem *Liv's!* Sophie ist wirklich unglaublich tapfer und tatkräftig.

Maria weiß bestimmt von der Tragödie und hat es ihrem Mann erzählt, denke ich, gerührt davon, dass die Navarros bereit sind, den Hartmanns in dieser Notsituation zu helfen. Nur ich kann dummerweise zu diesem Zeitpunkt nichts mehr tun, um die Existenz des Restaurants zu sichern, außer die Dinge von Palma aus zu beobachten und weiterhin meine Unterstützung anzubieten.

»Es tut mir leid, dass du deinen Mann und deine Töchter ihren Vater verloren haben«, sage ich und ergreife Sophies Hand. »Ich weiß, wie tief und anhaltend Schmerz sein kann. Auch ich musste innerhalb kürzester Zeit den Verlust meiner Großeltern, meines Vaters und der Frau verkraften, die ich heiraten und mit der ich eine Familie gründen wollte, weil sie mich verlassen hat.

Das Leben hält leider manchmal böse Überraschungen bereit, mit denen man nur schwer umgehen kann.«

»Das stimmt«, erwidert Sophie schwer seufzend. Ihre Nähe hat etwas unglaublich Tröstliches, Warmes. »Aber letztlich geht es dann doch immer irgendwie weiter, egal, wie weh es tut und wie groß das Ohnmachtsgefühl ist. Ich bin zwar keine Freundin der Plattitüde *Zeit heilt alle Wunden,* aber ich kann auch nicht leugnen, dass zeitlicher Abstand hilft, das Vergangene nach und nach besser zu verkraften, neue Wege zu gehen und Hoffnung zu schöpfen. Mir haben Geli und die Kids Kraft gegeben. Ich wusste, dass ich für sie da sein, sie trösten und sie auffangen muss. Dass es meine Aufgabe ist, darauf zu achten, dass sie weiterhin zur Schule gehen, einigermaßen gute Zensuren schreiben, wie im Fall von Liv einen Beruf ergreifen, der ihnen Freude macht, und sie daran zu erinnern, dass es so unendlich viel Schönes auf der Welt gibt, woran man sich trotz allem erfreuen kann.«

Sophie macht sich von mir los. In diesem Moment beginnt es zu regnen. Zuerst sanft und dann so stark, dass die Tropfen am Boden aufprallen und wieder hochspringen wie Hagelkörner. »Wollen wir Feuer im Kamin machen?«, frage ich und folge Sophie, die bereits in Richtung Treppe unterwegs ist.

»Gute Idee«, sagt sie und beginnt sogleich Scheite, kleine Äste und getrocknete Tannenzapfen aus dem geflochtenen Weidenkorb herauszunehmen und fein säuberlich im Kamin zu stapeln. Man sieht, dass sie Erfahrung darin hat, das Holz fachgemäß zu schichten.

Da die Finca einige Tage durch dunkle Fensterläden vor der Sonne geschützt war, sinkt die Raumtemperatur von Minute zu Minute, und selbst ich – sonst wahrlich keine Frostbeule – beginne zu frösteln.

»Möchtest du auch einen Tee?«, frage ich, fülle den leicht verbeulten Kessel aus Emaille mit Wasser und stelle ihn auf den altmodischen Gasherd. Ich habe ihn nicht ausgetauscht, weil Ilse so gern darauf gekocht hat und weil er mich an sie erinnert. »Man kann damit viel schneller die Temperatur regulieren«, hat sie immer gesagt und all die wunderbaren Köstlichkeiten gezaubert, die sie in ihrem Kochbuch notiert hat.

Kurz darauf sitzen Sophie und ich nebeneinander auf dem Sofa vor dem Kamin, in dem nun ein gemütliches Feuer knistert, und trinken Tee, während draußen ein gigantisches Unwetter tobt. Der Regen ist tatsächlich zu Hagel geworden, die eisigen Körner prasseln voller Wucht gegen die Fensterscheiben und die Glastür zur Terrasse. Es ist stockdunkel, nur grelle Blitze erhellen immer wieder den Himmel, begleitet von Donnerhall. »Eins, zwei …«, zählt Sophie, die sich in eine Kuscheldecke gewickelt hat, und schon blitzt es erneut.

»Wenn alles vorbei ist und die Sonne wieder scheint, haben die Schneckensammler Hochkonjunktur, wie immer nach Regen«, sage ich nach einer kleinen Gesprächspause. Diese Situation ist traumhaft schön und absurd zugleich. »Caracolas sind eine beliebte Delikatesse auf der Insel, wobei ich absolut kein Bedürfnis verspüre, sie zu essen«, fahre ich fort, obwohl ich viel lieber über andere, persönlichere Dinge mit Sophie sprechen würde.

»Ich auch nicht, denn das ist absolut widerlich«, erwidert Sophie. »Sollte Enrique auf die Idee kommen, etwas Derartiges auf die Speisekarte des *Liv's* zu setzen, bin ich raus. Aber ich kann mir auch nicht wirklich vorstellen, dass Liv und er Probleme in der Zusammenarbeit haben werden, eher im Gegenteil. Sie freut sich schon wie verrückt auf ihn, weil sie ihn bewundert.«

Danach entsteht wieder eine Pause.

Die dick eingemummelte Sophie mit dem Becher in der Hand so nahe bei mir zu haben, finde ich Millionen Mal verführerischer und aufregender als eine Conchita mit Spitzen-BH und

Strapsen. Doch ich finde Sophie nicht nur schön, interessant, klug und sexy, sondern habe zudem das starke Bedürfnis, ihr gefühlsmäßig ganz, ganz nahe zu sein. Zu erkunden, wie sie denkt und fühlt, wovon sie träumt, was sie ängstigt …

Diese Empfindung ähnelt dem Gefühl, das ich mal für Christina hatte. Nur ist es viel intensiver, tiefer und nachhaltiger – und irgendwie stimmiger.

Ist jetzt der passende Moment, um Sophie zu sagen, was mich gerade umtreibt?

In diesem Augenblick wendet sie mir das vom Feuerschein erhellte Gesicht zu und schenkt mir einen Blick, in dem ich glaube, genau die gleiche Frage zu lesen und die gleichen Gedanken gespiegelt zu sehen.

Nun ist es mir egal, was richtig ist. Ich muss sie einfach küssen, alles andere wäre falsch.

Sophies Kuss ist die Antwort.

Sie lautet Ja.

Und plötzlich weiß ich, was Menschen meinen, wenn sie sagen, sie fühlen sich *wie im siebten Himmel.*

32

SOPHIE – BINIARAIX – HAMBURG

Morgenstund hat Gold im Mund

»Der frühe Vogel fängt nicht immer den Wurm.
Schon gar nicht, wenn er zu müde dafür ist«,
sagt Sophie gähnend. »Also lasst mich bitte schlafen.«

Ich erwache und höre jemanden neben mir atmen. Erstaunt reibe ich mir die Augen. Wo bin ich? Und wer liegt da neben mir, die Hand auf meiner Schulter?

Es dauert einen Moment, bis mir klar wird, dass es Marc ist. Ich halte den Atem an, meine Augen wandern durch das geräumige Wohnzimmer der Finca. Im Kamin ist nur noch kalte Glut, doch in meinem Inneren lodert ein Feuer, wie die Figuren aus den Kitschromanen sagen würden, die ich übersetze.

Da Marc tief und fest schläft, wage ich es kaum, mich zu rühren, obwohl mir kalt ist. Ich ziehe mit der einen Hand die Kuscheldecke, die zur Seite gerutscht ist, vorsichtig wieder hoch, darauf bedacht, Marc nicht zu wecken.

Wie spät es wohl ist?

Die vergangenen Stunden sind wie im Rausch verflogen, und ich frage mich, ob das alles real war oder nur ein schöner Traum. Hat Marc mich gestern wirklich so leidenschaftlich geküsst, wie ich es mit Simon nie erlebt habe, und hat er mir heute Nacht wirklich gesagt, dass er sich in mich verliebt hat?

Oje, ich brauche einen Kaffee, und zwar schnell, damit ich wieder einen klaren Kopf bekomme. Behutsam winde ich mich aus der Umarmung und stehe vom Sofa auf, auf dem wir irgendwann erschöpft, aber überglücklich eingeschlafen sind. Dann halte ich einen Moment inne und betrachte – verliebt bis über beiden Ohren – den schlafenden Marc, und meine Gedanken fliegen erneut zu Simon. Ich entschuldige mich im Geiste dafür, seine Küsse mit Marcs verglichen zu haben. Es ist so lange her, seit ich körperliche Nähe gespürt, jemanden geküsst und jemandem so nahe gewesen bin, sowohl körperlich als auch seelisch.

Obwohl wir uns nur geküsst haben, war diese Form der Zärtlichkeit wie ein Versprechen auf mehr.

Oder etwa nicht?

Ein leiser, ängstlicher Zweifel fliegt mich an, der sich jedoch sofort wieder verflüchtigt, als Marc wach wird und mich wieder zu sich aufs Sofa zieht. »Lauf nicht weg«, murmelt er schlaftrunken. »Ich habe so lange auf diesen Moment gewartet, also lass ihn uns genießen, bevor du heute Abend wieder zurück nach Hamburg fliegst. So verrückt das auch klingt: Ich vermisse dich jetzt schon.«

Ich spüre Marcs Küsse immer noch auf meinen Lippen, als ich einige Stunden später im Flugzeug sitze, trunken vor Liebe und bleischwer von Müdigkeit.

Es ist mir unendlich schwergefallen, mich von ihm zu trennen, als ich zum Check-in musste, wo ich mit Enrique verabredet war, vor dem wir unsere gemeinsame Nacht ganz bewusst verschwiegen haben.

»Wir sehen uns so bald wie möglich wieder« hat Marc gesagt, während Enrique kurz telefoniert hat. »Jetzt, wo wir einander gefunden haben, lasse ich dich nicht so schnell wieder los.«

Obwohl wir es beide nicht laut ausgesprochen haben, ist klar, dass wir uns eine Zukunft miteinander wünschen. Eine gemeinsame Zukunft, die, wenn es nach mir ginge, so schnell wie möglich beginnen könnte. Es kommt mir vor, als hätten wir nach dem ersten Zusammentreffen in Palma schon viel zu viel Zeit damit verschwendet, einander zu umkreisen, zu taktieren oder sogar zu streiten. Marc wusste das viel früher als ich, wie er mir gestern Nacht gestanden hat, als ich ihn unter dem Einfluss des prasselnden Kaminfeuers und eines Glases Rotwein geküsst habe, als gäbe es kein Morgen mehr.

»Mama, da bist du ja wieder.«

Pauli fällt mir stürmisch um den Hals, als ich die Tür zum Bootshaus aufschließe, gefolgt von Enrique, der deutlich munterer ist als ich, die während des Flugs immer wieder eingenickt ist.

Ich bin kurz versucht, so etwas wie *Du bist aber groß geworden* zu Pauli zu sagen, was natürlich Unsinn ist, obgleich sich die vergangenen sechs Tage anfühlen wie sechs Jahre.

»Hi, Mum, schön, dass du da bist«, sagt Liv, die mit ihren Krücken an den Türrahmen gelehnt dasteht. »Hola, Señor Navarro, es freut mich, Sie endlich kennenzulernen.«

Enrique geht auf meine Tochter zu, nimmt ihre rechte Hand und küsst formvollendet den Gipsverband. »Es ist mir eine Ehre, bald gemeinsam mit dir zu kochen.« Ich bin gerührt und kann es zugleich kaum erwarten, Geli endlich von Marc und mir zu erzählen. Doch das muss leider warten, bis alle anderen im Bett sind. Mit den »anderen« meine ich Herrn Hoppe und Ben, die ebenfalls Spalier stehen, um unseren Gast zu begrüßen.

Nachdem ich Enrique sein Zimmer gezeigt habe, ist es auch schon Zeit für das Abendessen. Geli hat sich ausgetobt, ein wahres Siebzigerjahre-Spektakel. Ihr Büfett besteht aus dem obligatorischen »Trost Hawaii«, Käse- und Mett-Igel, falschem Hasen im Speckmantel, Spargelröllchen, gewickelt in Schinken, Waldorfsalat, rosa Heringssalat und russischen Eiern. Ich mag mir gar nicht ausmalen, was Enrique jetzt denkt. Diese *Gerichte* sind für ihn garantiert der Inbegriff des Niedergangs der Esskultur.

»Tapas alemanas«, sagt er jedoch zu meiner großen Überraschung lächelnd. »Was für eine schöne Idee.«

Meint Enrique das ernst, oder macht er sich lustig?

»Dann greifen Sie zu«, ermuntert Geli ihn.

Enrique kostet nach und nach jedes einzelne Gericht. konzentriert. Ich finde es merkwürdig, ihn plötzlich hier bei uns zu sehen, gleichzeitig ist Enrique aber auch ein wunderbares Bindeglied zu Marc – nach dem ich mich jetzt schon so sehr sehne, dass es mir schwerfällt, mich auf das Abendessen mit meiner Familie zu konzentrieren.

Enrique wiegt erst seinen Kopf hin und her, isst dann aber alles bis auf den letzten Krümel auf. Insbesondere der *falsche Hase,* ein Hackfleischauflauf, ummantelt von einer Kruste aus Semmelbröseln und Frühstücksspeck, hat es ihm offenbar besonders angetan, davon nimmt er sich gleich zweimal Nachschlag. Pauli berichtet währenddessen von der Schule, ihren Freundinnen und dem Poetry-Slam, auf dem sie mit Herrn Hoppe war.

»Das nächste Mal präsentiert Pauli bei der Schlammschlacht in der Auster Bar einen eigenen Text«, erklärt der alte Herr. »Außerdem hat sie gerade ihre Vorliebe für Gedichte entdeckt. Good old Goethe ist nach wie vor nicht so ihr Ding, aber Ringelnatz findest du doch ganz schön, nicht wahr?«

Pauli nickt und zitiert: »Ich würde dir ohne Bedenken eine Kachel aus meinem Ofen schenken. Und, noch viel besser, die Löcher sind die Hauptsache an einem Sieb. Ich hab dich so lieb.«

»Meine Schwester ist leider manchmal eine kleine Pessimistin«, erklärt Liv. »Daher kommt ihre Vorliebe für schwarze Löcher im Allgemeinen und Löcher im Sieb im Besonderen.«

Pauli verschränkt die Arme und schiebt den Unterkiefer vor, Enrique wendet sich wieder Liv zu. Die beiden sind in Nullkommanichts in ein angeregtes Gespräch über das Restaurant, regionale und mallorquinische Küche sowie den Speiseplan für die kommende Woche vertieft.

Ich hingegen nehme mir vor, Pauli nach Niklas zu fragen, sobald wir allein sind.

Nachdem wir zu Ende gegessen und den morgigen Ablauf besprochen haben, gehen nacheinander alle ins Bett. Nur Geli und ich sitzen noch auf dem Sofa und quatschen über die zurückliegenden Tage, obwohl mir vor Müdigkeit die Augen zufallen und ich eigentlich gern noch ein paar Minuten mit Marc telefonieren würde (oder skypen, aber ich weiß gar nicht, wie das geht).

»Bald habe ich mein nächstes Date, ich bin schon gespannt, wie das wird«, sagt Geli und wirkt ziemlich vergnügt. »Der Typ scheint ganz bodenständig zu sein, steuert Barkassen durch den Hamburger Hafen, hat keine Kinder, ist aber Familienmensch und spielt außerdem in einer Band namens *Summer in the City*. Die treten demnächst auf, da möchte ich echt gern hin. So, jetzt aber zu dir: Was ist mit Marc? Du hast geschrieben, dass ihr auf Mallorca ziemlich viel Zeit miteinander verbracht habt.«

Endlich!

Endlich darf ich erzählen, was ich erlebt habe, was ich fühle und welcher Gedanke mich am meisten umtreibt (von denen rund um das *Liv's* abgesehen). Wie ein frisch verliebter Teenie platze ich gleich mit der wichtigsten Information von allen heraus: »Wir haben uns geküsst. Und gemeinsam eine Nacht auf der Finca in den Bergen verbracht …«

33

MARC – PALMA DE MALLORCA

Kühlschrankinhalt Wohnung Palma:

nach der Reparatur: nada

Ich freue mich sehr, dass Sie heute zu diesem Meeting gekommen sind«, eröffne ich am Montagmorgen nach dem wundervollen Zusammensein mit Sophie das Treffen mit Auftraggeber Carlos Mendez, Besitzer einer höchst erfolgreichen Kette von Edelrestaurants, und Karen White, CEO der Blanco-Hotel-Group, Ex-Auftraggeberin.

Es fällt mir schwer, mich zu konzentrieren, weil ich große Sehnsucht nach Sophie habe, doch ich muss mich zusammenreißen. Denn heute habe ich endlich die Chance, den Zusammenbruch wiedergutzumachen, der das letzte Meeting mit der Eiskönigin zum Desaster hat werden lassen.

»Alba und ich haben in den vergangenen Tagen an einer Idee gearbeitet, die wir Ihnen heute präsentieren wollen. Es geht dabei darum, wie man Ihre beiden Unternehmen sinnvoll miteinander verbinden kann, sodass jeder von den Ressourcen und Stärken des anderen profitiert.«

Alba beginnt mit der Präsentation der Unternehmenseckdaten der jeweiligen Firmen. Mein Herz stolpert, als mir klar wird, dass es noch gar nicht soooo lange her ist, dass meine Panikattacke die Besprechung ruiniert hat. Ich versuche die Sorge davor, dass sich diese Situation ein zweites Mal wiederholt, durch ruhiges Ein- und Ausatmen einzudämmen (erstaunlicherweise legt sich meine Nervosität, als ich an Sophie denke) und ergänze die Präsentation, an der Alba und ich lange gefeilt und gearbeitet haben, mit weiteren Ideen.

Karen White räuspert sich hörbar, nachdem ich geendet und ein, wie ich finde, äußerst überzeugendes Konzept vorgelegt habe. »Das klingt in der Tat …«

Mein Herzschlag beschleunigt sich erneut, weil sie sich mit der Antwort eine gefühlte Ewigkeit Zeit lässt.

»… interessant. Aber natürlich brauchen wir ein Finanzierungsmodell und alle anderen üblichen Daten und Fakten, bevor wir in die nächste Runde der Besprechung gehen.«

»Die bekommen Sie direkt nach dem Meeting«, sagt Alba und schenkt der Eiskönigin ein ganz besonders strahlendes Lächeln. Es ist wichtig, dass die beiden sich gut verstehen, denn dieses Projekt wird künftig unter Albas Flagge segeln, wenn wir die Zusage für den Auftrag bekommen.

So wie künftig viele Projekte von Marc Bauer Consulting in den erfahrenen Händen meiner Assistentin liegen werden, wenn die Dinge sich so entwickeln, wie ich sie mir wünsche.

Meine Gedanken wandern erneut zu Sophie und dieser unfassbar schönen, gefühlsintensiven Gewitternacht in der Serra Tramuntana. Ich kann es kaum erwarten, Jan heute Abend davon zu erzählen.

Jan kommt am Nachmittag in Palma an, weil er sich eine kleine Pause von seinem Hamburger Alltag gönnen möchte. Um zwanzig Uhr schlendern wir in Richtung des alten Fischerviertels Sa Llotja mit der gleichnamigen Seehandelsbörse. Hier herrscht buntes, maritimes Treiben. Im Hafen gibt es einige nette Lokalitäten, in denen man wunderbar einen Aperitif trinken und Kleinigkeiten essen kann.

»Alter, du weißt gar nicht, wie gut du es hast«, sagt Jan, als wir uns an einen wackligen Tisch aus Metall setzen und jeder ein Bier ordern. »Nach der Arbeit hierherkommen zu können oder im Meer zu schwimmen ist der absolute Hammer. Ich weiß gar nicht, wieso du deine Auszeit in Hamburg verbracht hast und nicht hier. Aber jetzt erzähl mal, wie geht's dir? Was macht das *Liv's?* Ich muss schon sagen, dass ich den Abend mit Geli dort echt genossen habe. Das Essen war ausgesprochen köstlich, der Laden ist hübsch. Würde mich freuen, wenn es den Hartmanns mithilfe deines mallorquinischen Starkochs gelingen würde, das Restaurant so zu etablieren, dass es später eine Zukunft hat.«

Ich bringe Jan kurz auf den neuesten Stand, und meine Gedanken wandern nach Hamburg. Um diese Zeit sitzen schon die ersten Gäste im *Liv's,* Enrique steht gemeinsam mit Ben hinterm Herd, Sophie kümmert sich um die Gäste und serviert das Essen.

Was es heute wohl gibt?

»Und was ist mit Sophie? Wie war eure gemeinsame Zeit auf Mallorca?«

»Wir haben eine Nacht auf meiner Finca in den Bergen verbracht«, sage ich und bekomme schlagartig Gänsehaut. Diese Stunden mit Sophie gehören zu den bisher schönsten meines Lebens.

Jan grinst anzüglich. »Alter, das ist ja krass«, sagt er. »Wie war's? Seid ihr jetzt zusammen, oder was? Führt ihr eine Fernbeziehung? Ja, das könnte die Lösung sein. Das hält die Liebe frisch, und man hat keinen Stress mit diesem ganzen Alltagskram so wie Katja und ich.«

»Darf ich jetzt auch mal was sagen?«

Jan guckt beschämt. »Sorry, Mann, natürlich. Schieß los.«

»Um es gleich vorweg zu sagen, es ist nichts weiter passiert, außer dass wir uns geküsst haben. Wir wurden in den Bergen von einem Unwetter überrascht und konnten nicht mehr zurück ins Tal. Also hatten wir jede Menge Zeit, zu reden und uns näherzukommen. Sophie hat mir von ihrem verstorbenen Mann erzählt, von den Problemen, mit denen sie seit seinem Tod vor fünf Jahren zu kämpfen hat, und davon, wie wichtig ihr die Familie ist.«

»Oh, sie ist Witwe? Das tut mir leid«, sagt Jan. »Geli hat kein Wort davon gesagt. Sie war überhaupt sehr diskret, was persönliche Themen betrifft. Meinst du, Sophie hängt immer noch an ihrem Mann?«

Das ist die Frage, die mich mehr beschäftigt, als mir lieb ist, obwohl ich weiß, dass Sophie meine Gefühle erwidert.

»Die Ehe scheint sehr glücklich gewesen zu sein, die Familie plante sogar, irgendwann mal gemeinsam aufs spanische Festland zu ziehen, weil Simons Vater aus Valencia stammte und die beiden Mädchen fast perfekt Spanisch sprechen. Aber Sophie geht's genauso wie mir: Sie hat sich verliebt.«

Das laut auszusprechen klingt in etwa so unfassbar, als hätte ich gerade behauptet, dass

a) Gazpacho heiß verzehrt am besten schmeckt,
b) Paella aus Pasta gemacht wird,
c) Olivenöl ungesund ist.

»Das ist ja der Hammer«, sagt Jan. »Wer hätte gedacht, dass du nach der Vollpleite mit Christina je wieder so etwas sagen oder empfinden würdest. Es ist dir wirklich ernst?«

»So ernst, dass ich vorhabe, einen festen Mitarbeiter einzustellen, Alba als Partnerin aufzunehmen und ihr einen großen Teil der Projekte zu übergeben. Ich brauche dringend mehr Zeit für das, was mir wirklich etwas bedeutet. Mein Job hat mir schon länger keine Freude mehr gemacht, das ist mir klar geworden, als ich im *Liv's* am Herd stand. Ich hätte damals nicht auf meinen Vater hören, sondern bei Enrique einsteigen sollen. Jetzt muss ich zusehen, wie die *Casa del Sol* in fremde Hände übergeht und vielleicht nie wieder so großartig sein wird, wie sie mal war.«

»Wer übernimmt den Schuppen denn?«, fragt Jan. »Und wieso gerade jetzt, wo du wieder bei den Navarros aufgetaucht bist und ihr euch einigermaßen vertragen habt?«

»Keine Ahnung«, erwidere ich seufzend. »Aber es ist, wie es ist, die beiden werden sich das schon gut überlegt haben.«

»Und was willst du den ganzen Tag machen, wenn du in deinem Job kürzertrittst? Mit Sophie Händchen halten? Das ist keine gute Idee, wenn du mich fragst, denn erstens hat die Frau mehr als genug mit sich selbst und ihrer Familie zu tun, und zweitens wirst du total unleidlich, wenn du nichts um die Ohren hast. Erinnere dich bitte an den Zustand, in dem du warst, bevor du im Restaurant mitgemischt hast. Absolut grauenvoll und unausstehlich.«

Das stimmt allerdings. Dieser Punkt bereitet mir Kopfzerbrechen. Noch schlimmer würde ich es allerdings finden, wieder wie früher rund um den Erdball zu jetten und kaum Freizeit zu haben. Kostbare Zeit, die ich gemeinsam mit Sophie in Hamburg verbringen könnte.

»Mir fällt schon was ein, keine Sorge«, sage ich, mehr zu meiner eigenen Beruhigung. »Momentan bin ich eh gut ausgelastet damit, meine Firma neu zu strukturieren und das Gemeinschaftsprojekt der Blanco-Hotelkette mit den Restaurants von Carlos auf den Weg zu bringen, vorausgesetzt, beide Unternehmen ziehen mit. Aber ich werde definitiv häufiger in Hamburg sein, das ist schon richtig.«

In dieser Gewitternacht haben Sophie und ich zwar nicht explizit über das Thema *Zukunft* gesprochen, aber ich gehe fest davon aus, dass wir eine solche haben. Allerdings wird es meine Aufgabe sein, Möglichkeiten dafür zu schaffen, denn mein Gestaltungsspielraum ist eindeutig größer.

»Im Übrigen habe ich noch einen Knaller für dich: Ich treffe mich, wenn ich das nächste Mal in Hamburg bin, mit Christina. Zeit, endlich reinen Tisch zwischen uns zu machen.«

Jan zieht verwundert seine Augenbraue hoch. »Alter, jetzt gibst du aber Vollgas. Sophie scheint dich ja mehr als fest im Griff zu haben. Ist die Idee mit der Aussprache auf deinem Mist gewachsen oder auf ihrem?«

»Hey, nun mal ganz vorsichtig. Ich kann durchaus meine eigenen Entscheidungen treffen. Die Sache mit Christina vernünftig abzuschließen ist längst überfällig. Darauf bin ich selbst gekommen.« (Nun ja, nicht ganz, denn an dieser Erkenntnis hat Dirk einen großen Anteil. Aber das muss ich Jan nicht unbedingt auf die Nase binden.)

Jan erhebt sein Bierglas: »Also dann, mein Bester. Auf dich, deine neue Liebe und auf Sophie. Sie scheint eine tolle Frau zu sein, und ich freue mich sehr für dich.«

Ich bin tatsächlich gerührt, wir beide prosten uns zu.

Doch Jan wäre nicht Jan, wenn er diesen hochemotionalen Moment nicht auf seine Art zum Platzen bringen würde. »Sag mal, hat Sophie nicht eine Single-Freundin? Gern um die dreißig, mit Knackpo, einem Faible für High Heels und frei von Zickereien und Ansprüchen aller Art? Das wäre echt super.«

34

SOPHIE – HAMBURG

Zeit heilt alle Wunden

»Das wird aber auch Zeit!«,
sagen Liv, Pauli und Geli im Chor.

Na, bist du bereit?«, frage ich Liv.

Es ist früher Donnerstagvormittag, Tag vier, an dem Enrique und Ben gemeinsam den Kochlöffel im Restaurant schwingen.

Bisher klappt alles hervorragend, die Gäste sind begeistert, das *Liv's* kann sich aufgrund der Mund-zu-Mund-Propaganda und viel Lob auf den einschlägigen Social-Media-Kanälen kaum vor Reservierungen retten. Das gibt nicht nur mir Auftrieb, sondern auch Liv, die seither noch fleißiger trainiert und immer größere Fortschritte macht.

»Natürlich, ich will schließlich mal wieder in mein Restaurant«, erwidert Liv und malt mit der linken Krücke ein imaginäres Ausrufezeichen in die Luft. »Also los, auf geht's.« Es dauert zwar eine gefühlte Ewigkeit, bis wir an der Weidenallee sind, doch wir haben es zum Glück nicht eilig.

»Hola, Liv«, begrüßt Enrique meine Tochter erfreut, nachdem es ihr tatsächlich gelungen ist, diesen Marsch zu bewältigen.

Die beiden haben einen supertollen Draht zueinander und verbringen viel Zeit damit, sich neue Menüs und Konzepte zu überlegen. »Meinst du, du kannst ein bisschen mit anpacken? Diese Möhren müssten geraspelt werden.« Liv stellt sich an die Arbeitsplatte, der neue Aushilfskoch Yannick (ein wahrer Segen!) baut alles, was sie braucht, vor ihr auf. Wie auch immer Liv das schafft, es gelingt ihr, die bereits geschälten Karotten mit der linken Hand an die Reibe zu führen, die sie an die rechte, zugegipste gepresst hat.

»Mit der Nummer kannst du im Zirkus auftreten«, lobt Ben. »Sollte es dir jetzt auch noch gelingen, Orangen auf der Nase zu jonglieren, bist du der Hit.«

»Wenn hier so weit alles okay ist, würde ich gern zu meiner Verabredung mit Pauli, mit der ich dringend mal Zeit allein verbringen muss. Wir wollen im Schanzenviertel herumbummeln und ein bisschen quatschen. Danach bin ich mit Anselm verabredet«, sage ich, ebenfalls froh zu sehen, wie gut sich Liv schlägt.

»Viel Spaß euch beiden, cara, wir haben hier alles im Griff«, erwidert Enrique, den ich seit Neuestem duze. »Hasta luego, wir sehen uns wahrscheinlich heute Nacht, wenn du dann noch wach bist.«

Am Ende der Weidenallee wartet Pauli nach einer Verabredung mit ihrer Freundin Laura auf mich. Sie trägt wieder den üblichen Look, der allen Müttern den Sorgenschweiß auf die Stirn treibt: dreiviertellange Jeans und nackte Knöchel, weil Pauli und ihre Generation die Socken verweigern und gern auch im Winter am Knöchel »blank«ziehen. Flanking (zusammengesetzt aus *flashing,* also aufblitzen, und *ankle,* dem Knöchel) lautet der Begriff für die beste Voraussetzung, sich bei schlechtem Wetter eine fette Erkältung oder Blasenentzündung zu holen. Wir spazieren zu Paulis Lieblingscafé, *Gretchens Villa,* ein Traum in den Farben Türkis und Gold. Pauli entscheidet sich für Waffeln mit heißen Himbeeren und Vanilleeis, ich nehme die schlichte Variante mit Puderzucker.

»Erzähl mal, wie geht's Laura?«, frage ich und meine in Wahrheit Niklas oder vielleicht irgendeinen anderen Jungen, mit dem Pauli via Instagram oder »Snap«, wie die Plattform Snapchat genannt wird, chattet. »Wann fährt sie eigentlich zum Schüleraustausch nach Schweden?«

»Nach den Sommerferien«, erwidert Pauli, schwer beschäftigt mit ihrer Waffel.

Hm, wie erfahre ich denn jetzt etwas über Niklas?

»Und was machen die anderen Schüler aus deiner Klasse so? Niklas zum Beispiel?«

Pauli hört auf zu kauen und kneift die Augen zusammen. »Mama, also echt jetzt«, sagt sie in einem derart vorwurfsvollen Tonfall, dass mich prompt ein superschlechtes Gewissen überfällt. »Frag doch direkt, wenn du wissen willst, was mit Niklas, diesem A… diesem Idioten ist.«

»Also was ist mit ihm? Bist du immer noch sauer?«

»Nein, bin ich nicht«, erwidert Pauli, klingt allerdings nicht besonders überzeugend. »Jemand, der sich mit einer oberflächlichen Bitch wie Yvonne zusammentut, ist es nicht wert. Der Typ ist history. Aber so was von. Aber sag mal, Mama, können wir nicht einfach hier wegziehen? Ich hab keine Lust, den beiden jeden Tag über den Weg zu laufen. Die machen voll auf Lovebirds, das nervt mega.«

Umziehen?! Doch, das würde ich auch gern. Ich wüsste auch schon, wohin.

»Ist das dein Ernst?«, frage ich. Mein Herz klopft etliche Takte schneller. »Du liebst doch Hamburg, das Bootshaus und Opa Hoppe.«

»Ich würde es allerdings noch nicer finden, Niklas und Yvonne aus dem Weg zu gehen. Außerdem ist es hier echt zu kalt und manchmal auch ziemlich öde. Palma ist absolut mega, aber ich würde natürlich auch nach Maastricht ziehen oder Paris, damit ich hier rauskomme. Laura hat's echt so unnormal gut, die darf nach Schweden«, murrt Pauli. Es tut mir in der Seele weh zu sehen, dass sie immer noch Liebeskummer hat und wegen des Austauschjahres offenbar neidisch auf ihre Freundin ist. »Können wir in den Sommerferien nach Mallorca fliegen?«, fragt sie beinahe flehentlich. »Ich möchte in der *Casa del Sol* essen, außerdem gibt es voll coole Shops in Palma, in denen wir bisher noch gar nicht waren.«

Von mir aus können wir schon morgen los … und gern für immer bleiben. Doch halt, da war doch noch was: die Realität!

»An sich ist das eine schöne Idee, aber wir müssen erst mal abwarten, wie das mit dem *Liv's* läuft, schließlich hatten wir eine Woche lang geschlossen und müssen jetzt …«

»… schauen, woher wir das Geld für einen Urlaub bekommen, schon klar«, mault Pauli und zieht einen Flunsch. »Ach menno! Was kann ich denn dafür, dass das alles so schwierig ist. In letzter Zeit geht's immer nur um Liv. Das ist voll ungerecht.«

Das stimmt allerdings. Pauli darf nicht ausbaden, dass der Start des *Liv's* weitaus rumpliger war, als wir es uns je hätten ausmalen können. Aber wie soll ich das alles finanzieren?

»Liv, Liv und immer nur Liv«, redet Pauli sich jetzt so richtig in Rage. »Was ist denn mit mir? Zähle ich in dieser Familie etwa gar nicht mehr?«

»Schatz, ich finde eine Lösung«, versuche ich sie zu trösten. »Du sollst deine Sommerferien genießen und eine Belohnung dafür bekommen, dass du so gut in der Schule bist. Ich bin wirklich stolz auf dich und habe dich ganz furchtbar lieb. Natürlich überlege ich mir was, und dann machen wir Nägel mit Köpfen, ja?«

Doch bevor ich überhaupt irgendwelche Pläne schmiede, werde ich mit demjenigen sprechen, der alles, was ich mir für die Zukunft wünsche und plane, gutheißen muss.

Ich möchte Simons *Segen*.

»Na dann mal los, Herr Hoppe«, sage ich wenig später zu meinem Mieter. »Ich packe die Kiste mit den Blumen gleich in den Kofferraum, und wir treffen uns in zehn Minuten am Auto.«

Ungefähr alle drei Monate fahre ich gemeinsam mit dem alten Herrn zum Friedhof von Blankenese in Sülldorf, wo nicht nur seine Eltern begraben sind, sondern auch Simon liegt. Herr Hoppe ist in letzter Zeit allerdings häufiger als sonst in Richtung Blankenese unterwegs, was mich ein bisschen wundert.

Dort angekommen, pflanze ich Rittersporn, Lupinen und Margariten aus der Gärtnerei ein, zupfe Unkraut und tausche das Grablicht aus, denn das machen Anselms Knie nicht mehr mit.

»Daisy, bleib hier«, schallt es mit einem Mal an mein Ohr, und ich kann nicht anders: Ich muss schauen, wer seine Tochter Daisy genannt hat. Das arme Kind.

Doch es ist kein Kind, das sich mit diesem Namen herumplagen muss, sondern offenbar … ich fass es nicht! … eine Ente. Eine äußerst hübsche Ente, deren Kopfzeichnung entfernt an eine Möwe erinnert. Der Ente folgt eine alte Dame, gestützt auf einen Rollator. Sie müsste etwa in Herrn Hoppes Alter sein und ist wunderschön.

»Moin, Frau Ahrens, moin, Daisy«, sagt Anselm zu meiner großen Verwunderung und lüpft den Hut (oder heißt das lüften?).

Die Dame kommt näher, die Ente tapert lautstark quakend in unsere Richtung.

»Darf ich vorstellen, Sophie Hartmann, meine nette Vermieterin, und Hedwig Ahrens …«

Herrn Hoppe fehlen offenbar die Worte, und mir wird in diesem Moment klar, weshalb er neuerdings so häufig auf dem Friedhof ist. Ihn führt nicht die Sehnsucht nach seinen Eltern an diesen Ort der Stille. Er ist – wie nannte man das damals noch? – auf Freiersfüßen unterwegs.

»Was Herr Hoppe sagen möchte, ist, dass ich einfach eine alte Frau mit Namen Hedwig und einer Ente namens Daisy bin, die er im vorigen Jahr hier kennengelernt hat«, erklärt die Dame. »Mein Mann Knut liegt hier, er war Lotse und weist nun schon seit einigen Jahren himmlischen Schiffen den Weg. Ich hoffe sehr, Sie begleiten Herrn Hoppe nur und haben selbst niemanden zu betrauern.«

»Tatsächlich beides«, erwidere ich, genauestens beobachtet von Daisy, die ihr Köpfchen schräg legt und mich aus dunkelbraunen Knopfaugen ansieht. »Mein verstorbener Mann liegt im hinteren Teil des Friedhofs begraben, ich habe Anselm mit den Blumen geholfen, werde mich aber gleich auf den Weg zu Simon machen. Was meinen Sie, Herr Hoppe? Wollen wir uns in einer halben Stunde hier treffen? Es war schön, Sie und Daisy kennengelernt zu haben, Frau Ahrens. Sollten wir uns gleich nicht mehr sehen, wünsche ich Ihnen jetzt schon mal alles Gute.«

Herr Hoppe nickt heftig, offenbar kann er es kaum erwarten, mit der sympathischen Hedwig allein zu sein. Daisy watschelt eine Weile neben mir her, wird aber durch ein energisches »Daisy!« daran erinnert, dass ich nicht ihre Entenmama bin.

An Simons Grab umklammern meine Hände das Sträußlein mit zarten Vergissmeinnicht. Während meine Lippen den ersten lautlosen Satz formen wollen, fühle ich mich, als würde ich ihm einen Seitensprung beichten. *Simon weiß es eh, denn er ist immer bei dir,* sage ich mir wieder und wieder, doch es nützt nichts – ich fühle mich wie eine Verräterin. Meine Augen wandern über die Grabstelle und bleiben an dem Bild des Mannes hängen, dem ich ewige Treue geschworen habe. Bis an unser Lebensende.

»Doch mein Leben ist noch nicht zu Ende. Es scheint gerade wieder neu zu beginnen. Und es hat mir ein unfassbar schönes und kostbares Geschenk gemacht, das ich von Herzen gern annehmen würde. Pauli und Liv mögen Marc, er ist, ohne zu zögern, eingesprungen, als die Eröffnung des *Liv's* drohte zur Katastrophe zu werden. Er war es, der meine Tochter mit Enrique zusammengebracht hat. Er ist derjenige, der mich gerade ermuntert, neue berufliche Wege zu gehen, weil die bisherigen mich nicht mehr erfüllen. Er bringt wieder Licht in mein Leben, er beflügelt meine Träume und bringt mich zum Lachen. Und er kann küssen wie kein Zweiter …«

Ohne mir dessen bewusst zu sein, habe ich all diese Worte laut gesagt, statt sie nur zu denken. Ich erschrecke, als mir das klar wird.

»Du weißt, dass Marc niemals deinen Platz in meinem Herzen einnehmen wird«, sage ich, während mir Tränen in die Augen schießen. »Du wirst immer mein Mann sein. Egal, was geschieht, ich liebe dich, denke jeden Tag an dich und vergesse dich keinen Moment lang. Doch ich liebe auch Marc, und es tut unendlich gut zu wissen, dass es ihm genauso geht. Ich habe zwar keine Ahnung, wie wir künftig unser Beisammensein gestalten wollen, aber ich weiß eins: Ich werde diese Chance ergreifen und meinem Leben eine neue Richtung geben, gemeinsam mit unseren beiden wundervollen Töchtern, die dich ebenso vermissen wie ich.«

In diesem Moment legt sich ein Arm um meine Schulter. »Hallo, Schwesterherz, ich hoffe, ich störe nicht?«

»Geli, was machst du denn hier?«, frage ich erstaunt.

»Ich war gerade mit einem Date an der Elbe spazieren, als ich plötzlich das Gefühl hatte, dass du mich brauchst. Und siehe da, ich scheine recht zu haben. Hast du Simon von Marc erzählt?«

Tränen rollen ungehindert über meine Wangen; ich habe gerade das Gefühl, meinen Mann ein zweites Mal zu verlieren.

Geli nimmt mich in den Arm und wiegt mich sanft, als sei sie meine Mutter und ich ihr Kind. »Schschsch, nicht weinen, Sophie«, murmelt sie. Ihre tröstliche Umarmung tut unendlich gut. »Simon möchte, dass es dir, Pauli und Liv gut geht. Wenn du mich fragst, ich glaube, er hat dir Marc geschickt. Er war doch immer sehr fürsorglich, wieso sollte er dir nicht eine Liebe gönnen, die dir so guttut.« Gelis Worte sind Balsam für meine tieftraurige Seele, und ich bin dankbar dafür, eine so tolle Schwester zu haben.

Ich putze mir die Nase und blinzle meine Tränen weg. »Mit wem warst du denn spazieren? Mit dem Typen von der Band? Diesem Barkassenführer? War's nett?«

Geli lächelt und sagt: »Nein, der ist erst morgen Abend dran. Tatsächlich hat mich Marcs Freund Dirk gefragt, ob wir mal etwas zusammen machen wollen, und heute Vormittag war's dann so weit. Er ist echt sympathisch und ziemlich interessant. Wusstest du, dass er mal Controller war?«

Ich rufe mir das Bild des Mannes in Erinnerung, der am Eröffnungsabend gemeinsam mit Marc geholfen hat, eine kleine Katastrophe abzuwenden. Doch, ich mag Dirk.

»Echt jetzt?«, frage ich, beschwingt von der Vorstellung, dass meine Schwester sich gut mit einem von Marcs Freunden versteht.

»Ja, echt«, wiederholt Geli. »Aber bevor du auf Gedanken à la Doppel-Date und Liebe-im-Schwesternpack kommst, musst du wissen, dass Dirk und ich einander nur sympathisch finden. Mehr nicht. Aber wir werden uns auf alle Fälle noch mal treffen.«

»Kommst du mit zu Herrn Hoppe, oder möchtest du wieder zurück an die Elbe?«, frage ich mit Blick auf die Uhr.

Geli nickt.

»Merkwürdig, wir waren doch hier verabredet«, sage ich und umrunde das Grab von Herrn Hoppes Eltern. »Und Anselm ist immer pünktlich.«

»Er ist ganz sicher nicht so doll geschrumpft, dass er sich hinter dem Rittersporn versteckt«, spöttelt Geli. »Vielleicht hat er dir ja geschrieben, oder er ist nur mal kurz weg, um, wie heißt es doch so schön?, auszutreten.«

Tatsächlich, Geli hat recht. *Gehe mit Hedwig Ahrens und Daisy Kaffee trinken. Hoffe, das ist in Ordnung. Wir sehen uns dann später zu Hause.*

»Ich glaube, Herr Hoppe hat sich verliebt«, sage ich und zeige meiner Schwester die Nachricht. »Und ich hatte vorhin sogar das Vergnügen, seine Angebetete kennenzulernen. Eine attraktive, äußerst sympathische Lotsenwitwe, die mit einer Ente namens Daisy spazieren geht.«

»Echt jetzt? Hatte sie das Tier an der Leine?«, fragt Geli, um deren Mundwinkel es verdächtig zuckt. »Das ist ja der Knaller! Aber weiß diese Hedwig auch, dass Herr Hoppe sich nur ungern bindet, seine Freiheit und die Gegenwart schöner Frauen schätzt wie kaum ein Zweiter?«

Ich muss lachen, denn das ist in der Tat eine gute Frage.

»Du meinst, man sollte sich auch noch mit über achtzig alle Optionen offenlassen?«, frage ich, während sich ein Lachanfall vom Allerfeinsten anbahnt.

Geli grinst. »Aber natürlich. Getreu dem Motto: Drum prüfe, wer sich ewig bindet, ob sich nicht noch was Bessres findet.«

»Ich darf Pauli auf gar keinen Fall sagen, dass ihre Tante den guten alten Schiller so verunglimpft«, sage ich, während Lachtränen meine Wangen hinunterkullern. »Heißt das nicht eigentlich, ob sich das Herz zum Herzen findet?«

»Ist doch egal«, giggelt Geli. »So oder so, wir dürfen gespannt sein.«

35

MARC – HAMBURG

Kühlschrankinhalt Wohnung Hamburg:

eine Packung Butter, eine Tube Senf,
zwei Flaschen Kiezmische, ein Glas getrocknete Tomaten,
zwei Knollen Knoblauch

Ich muss dringend einkaufen!

Der Kühlschrank ist so gut wie leer gefegt, kein Wunder, ich wäre ja normalerweise gar nicht hier. Doch ich hatte nach den vielen Telefonaten mit Sophie so unfassbar große Sehnsucht nach ihr, dass ich kurzerhand einen Flug nach Hamburg gebucht habe.

Zudem nutze ich die Chance, um mich endlich mit Christina zu treffen. Wir sind heute in einem Café auf der Fleetinsel verabredet, der *Erste-Liebe*-Bar. Christina hat diesen Treffpunkt vorgeschlagen. Mir ist die Symbolik des Namens zwar gerade einen touch too much, aber was soll's. Es ist schön dort, es gibt superguten Kaffee, und von da aus bin ich schnell zu Fuß in der Innenstadt, wo ich noch ein paar Dinge besorgen muss.

Ich sehe Christina bereits durch das Panoramafenster, in dem sich die Sonne spiegelt. Bevor ich die Tür öffne, halte ich einen Moment inne. Wir haben uns seit vier Jahren nicht mehr in die Augen geschaut, genauer gesagt, seit sie mich am Tag der Hochzeit verlassen hat.

Eine Sekunde lang verspüre ich den Impuls, kehrtzumachen, denn es fühlt sich gerade an, als hätte die Zeit mit Christina nichts, aber auch rein gar nichts mit meinem jetzigen Leben zu tun und als sei dieses Treffen überflüssig. Andererseits ist dieses Gespräch mehr als überfällig. Ich will endgültig reinen Tisch machen, damit ich völlig frei für Sophie bin.

Christina lächelt, als sie mich sieht. Toll sieht sie aus, ein wenig rundlicher im Gesicht, aber auch weicher.

»Hallo, Marc, schön, dich zu sehen«, sagt sie, dann streichelt sie sich liebevoll über ihren gerundeten Bauch, der erst auf den zweiten Blick unter ihrem Kleid im Babydoll-Style erkennbar ist.

Sofort bildet sich ein dicker Kloß in meinem Hals, was mich ein bisschen ärgert. Denn eigentlich sollte ich über den Dingen stehen und mich für Christina freuen, denn sie hat sich schon immer Kinder gewünscht.

Die Irritation verfliegt so schnell, wie sie gekommen ist. Ich gebe Christina einen flüchtigen Kuss auf die Wange und sage: »Hallo und herzlichen Glückwunsch. Im wievielten Monat bist du?«

»Im achten«, erwidert Christina mit sanfter, beinahe zärtlicher Stimme. »Tobias und ich können es kaum erwarten, unser Kleines im Arm zu halten.«

Und so sind wir plötzlich mittendrin im Thema. Ohne vorheriges Geplänkel, ohne Small Talk. Es tut gut, endlich über all das zu sprechen, was sich vor vier Jahren ereignet hat, auch wenn es schwerfällt und immer noch ein bisschen wehtut. Auch bei Christina hat sich so einiges angesammelt, was sie offenbar gern loswerden möchte.

»Tut mir leid, dass ich emotional so verschlossen und in meiner Arbeit vergraben war«, sage ich, nachdem Christina Dirks Vermutung bestätigt hat. Sie fühlte sich von mir und meinem Seelenleben ausgegrenzt, erst recht nach dem plötzlichen Tod meines Vaters.

»Und mir tut es leid, dass ich mich erst am Tag unserer geplanten Hochzeit endgültig dazu durchringen konnte, dich zu verlassen«, murmelt Christina. »Das war feige. Aber ich wollte einen Mann, der zu seinen Gefühlen steht. Der seine weichere Seite zeigen kann, seine Schwächen annimmt und nicht so tut, als sei die Welt ein Ort, an dem man sich nur aufhalten kann, wenn man ihn beherrscht. Ich hoffe sehr, dass du dich öffnest und endlich dem Schmerz in deinem Herzen Raum gibst. Nur dann kannst du der Frau, die du liebst, eine Gefühlsheimat bieten. Du hast doch eine Frau kennengelernt, nicht wahr?«

Ich lächele versonnen. Ja, das habe ich. Und was für eine! Ich kann es kaum erwarten, sie endlich wiederzusehen.

Mittlerweile ist es zwanzig nach zehn am Abend, und ich habe das Treffen mit Christina reichlich sacken lassen.

Es war schön, es war gut, es war befreiend.

Endlich kann ich einen endgültigen Haken dran machen, denn nun geht's um das Hier und Jetzt anstelle der Vergangenheit.

Ich werde gleich zum *Liv's* hinüberschlendern und Sophie, Liv und Enrique, die nichts davon ahnen, dass ich in der Stadt bin, *Hallo* sagen. Voller Vorfreude mache ich mich auf den Weg. Sophie wird Augen machen.

»Marc, Marc, bist du es wirklich?« Sophie sieht in der Tat aus, als sei ihr ein Geist erschienen, und ich würde sie am liebsten in meine Arme reißen und keine Sekunde mehr loslassen.

»Na klar, wer sonst? Ich dachte, ich schaue mal bei euch vorbei«, erwidere ich so cool wie möglich, schließlich will ich sie vor den anderen nicht in Verlegenheit bringen. Noch weiß keiner außer Geli von uns und unserer Liebe. Sophie möchte den richtigen Zeitpunkt abwarten, um Liv und Pauli die Neuigkeiten zu erzählen, was ich bestens verstehe.

Im *Liv's* ist es kuschelig, jeder freie Platz besetzt. Ich blicke in zufriedene Gesichter, freue mich über Pärchen, die einander mit Dessert füttern, und andere, die sich mit einem Digestif zuprosten.

Ohne jedes weitere Wort zieht Sophie mich nach draußen. Dort gibt sie mir einen so langen und leidenschaftlichen Kuss, dass mir beinahe schwindelig wird. Nachdem wir einander bestimmt zehn Minuten geküsst und umarmt haben, fällt ihr ein, dass sie ja drinnen gebraucht wird. Wir lösen uns schweren Herzens aus der innigen Umarmung, Sophie kümmert sich wieder um die Gäste, ich gehe in die Küche.

»Hola, Marc«, sagt Enrique, der gerade dabei ist, Mandelkuchen mit frischen Erdbeeren auf Dessertteller zu verteilen. Ein junger Mann, sicher Yannick, putzt sorgfältig die Außenseiten der Küchenschränke. »Hast du dich verlaufen?«

»Marc, das ist ja toll, was für eine Überraschung«, sagt Liv, die an einem Barhocker lehnt, die Krücken in Griffweite. »Ich wusste gar nicht, dass du in Hamburg bist.«

»Tja, da hatte offenbar jemand Sehnsucht«, mutmaßt Enrique grinsend.

»Sehnsucht nach dem Restaurant? Oh, das ist ja süß«, sagt Liv. Ich hoffe sehr, dass sie jetzt nicht Lunte riecht, deshalb muss ich sie ablenken. »Ich wollte mal schauen, wie es hier so läuft und wie eure Zusammenarbeit sich anlässt«, sage ich, bemüht um einen geschäftsmäßigen Tonfall. »Na, Enrique, habe ich dir zu viel versprochen?«

Ohne weiter von seiner Arbeit aufzublicken, erwidert er: »Nein, hast du nicht, diese junge Dame hier versteht etwas vom Kochen und hat ein Herz fürs Essen, was noch viel wichtiger ist. Ich bin restlos begeistert. Wirklich schade, dass sie nicht auf Mallorca lebt, sonst würde ich ihr gern die *Casa* übergeben.«

Die Casa del Sol?!

»Hat Maria nicht gesagt, dass ihr bereits einen Nachfolger gefunden habt?«, frage ich verdutzt.

»Doch, das haben wir«, erwidert Enrique. »Ich wollte mit meiner Bemerkung auch nur unterstreichen, wie angetan ich von Liv bin und dass sie rein theoretisch sehr gut zu uns, der *Casa* und auf die Insel passen würde.«

Obwohl es mich nichts angeht, rumort seine Bemerkung in mir. Seit Maria gesagt hat, dass es einen Nachfolger geben wird, bin ich geradezu besessen von dem Gedanken, das Restaurant der Navarros zu übernehmen, und überlege hin und her, wie ich es anstellen kann, Enrique davon zu überzeugen, dass ich es bin und kein anderer der Richtige für den Job ist. Ich habe meine Gedanken nur noch nicht in die Tat umgesetzt, weil es an der Sache einen gewaltigen Haken gibt, und der hört auf den wunderschönen Namen Sophie. Selbst wenn – ich könnte den Job nicht annehmen, weil er mir wertvolle Zeit mit der Frau stehlen würde, in die ich nicht nur verliebt bin, sondern die ich liebe.

In diesem Moment kommt Sophie in die Küche, nimmt mit geübtem Griff drei Dessertteller und raunt mir im Hinausgehen zu: »Sehen wir uns nachher noch?«

Obwohl ich nichts lieber täte als das, wird mir schlagartig klar, dass es gar nicht so einfach ist, sie zu treffen, ohne dass wir Aufmerksamkeit erregen: Wenn ich um kurz nach Mitternacht, wenn das *Liv's* geschlossen hat, mit zu den Hartmanns gehe, sieht das mindestens so merkwürdig aus, als wenn Sophie plötzlich behauptet, sie hätte noch etwas vor. Jeder in ihrer Familie weiß, dass sie wegen des Übersetzungsauftrags mit Schlafmangel zu kämpfen hat und nicht der Typ ist, der nachts mal eben so um die Häuser zieht. Und nun? Vielleicht sollte ich

a) mich bis morgen gedulden,
b) mir künftig solche Spontanaktionen besser vorher überlegen,

c) einfach mit Sophie durchbrennen oder
d) darauf vertrauen, dass sie schon eine Lösung weiß (schließlich hat *sie* gefragt).

»Na los, pack mit an! Oder willst du hier nur dekorativ herumstehen?«, fragt Enrique und drückt mir einen Bunsenbrenner in die Hand. »Karamellisier den Zucker für die crema catalana, aber rapidamente.«

Ehe ich michs versehe, bin ich schon mittendrin und voll in meinem Element. Ich vergesse alles um mich herum und arbeite Hand in Hand mit meinem Mentor. Wie in alten Zeiten, einfach großartig. Die Vanillecreme mit dem leicht bitteren Karamelltopping gehört zu meinen Nachtisch-Favoriten, auch wenn ich im Gegensatz zu Enrique alles andere als ein Spezialist in der Zubereitung von Süßspeisen bin.

»Habt ihr die Karte jetzt auf spanische Küche umgestellt?«, frage ich und lege nach getaner Arbeit den Bunsenbrenner beiseite.

»Bisher nur bei den Desserts. Aber wir werden wohl nordische Tapas, wie wir sie nennen, auf die Karte setzen«, erklärt Enrique mit leuchtenden Augen. »Sophie hat gestern diese schönen Schiefertafeln gekauft, die vor einiger Zeit modern waren und nun günstig zu haben sind, darauf sehen Tapas wirklich toll aus. Wir planen vier Varianten: die spanischen Klassiker, dann eine Version »Fisch« mit Lachs, Thunfisch, geräuchertem Aal, Fisch in Aspik und dergleichen. Außerdem Fleischvariationen und zu guter Letzt *Gelis Siebzigerjahre-Hits* wie falscher Hase, Toast Hawaii oder Spargelröllchen mit Schinken. Natürlich mit frischen Zutaten und nicht diesem Mist aus der Dose. Nächsten Dienstag geht's los, dann werden wir bald wissen, ob die Gäste unsere Idee genauso toll finden wie wir.«

Diese gemeinsamen Planungen und das kleine Wörtchen *wir* nagen an mir, sosehr ich versuche, mich dagegen zu wehren. Enrique ist gerade mal ein paar Tage mit den Hartmanns zusammen und gehört offenbar schon so gut wie zur Familie. Er versteht sich laut Sophie auch bestens mit Herrn Hoppe, die beiden haben schon Karten gespielt und Pauli beim Lernen für die MSAs, die Prüfungen für den mittleren Schulabschluss, geholfen.

Ich presse ein »Das klingt super« heraus und kann es kaum erwarten, bis Sophie endlich Feierabend hat, um meiner – ja, ich geb's zu – Eifersucht zu entfliehen. Lebte Sophie nicht in Hamburg, würde ich spätestens jetzt über meinen Schatten springen und Enrique fragen, ob er nicht doch lieber mich in der *Casa del Sol* arbeiten lassen möchte anstelle eines Wildfremden.

Da kommt mir ein Gedanke: Könnte ich mir das Kochen nicht mit Mister Unbekannt teilen und zwischen Mallorca und Hamburg pendeln, so wie ich es ja eh seit vielen Jahren mache?

»Wenn die Idee mit den Vorspeisen gut ankommt«, fährt Enrique fort, »könnte ich mir sogar vorstellen, sie als Neuerung für die Speisekarte der *Casa* zu übernehmen. Schließlich stammen Tapas ursprünglich vom spanischen Festland und sind somit keine mallorquinische Spezialität. Ein kleines bisschen Veränderung tut dem Restaurant sicher gut, gerade wenn wir versuchen wollen, auch jüngere Gäste für uns zu begeistern. In Fornalutx bleibt die Zeit nicht stehen, also sollte sie es bei den Navarros auch nicht.«

»Verrätst du mir endlich, wer dieser geheimnisvolle Nachfolger ist, dem ihr euer kostbares Vermächtnis anvertrauen möchtet?«, frage ich und versuche, meine Frage beiläufig klingen zu lassen. Enrique muss schließlich nicht wissen, dass mein Pulsschlag schon wieder außer Kontrolle ist und ich kurz davor bin, zu platzen. Spätestens jetzt ist es mehr als offensichtlich, dass mein Körper unmittelbar auf emotionale Achterbahnfahrten reagiert, was ich bisher partout nicht wahrhaben wollte.

Enrique lächelt anstelle einer Antwort geheimnisvoll und ist weiter mit der Zubereitung des Desserts beschäftigt.

Mann ey, das darf doch alles nicht wahr sein!

Stimmt, ich habe einen Fehler gemacht. Aber da war ich noch nicht so weit und stand unter dem Einfluss meines Vaters. Enrique war doch auch mal jung und hat Mist gebaut. Zum Beispiel ging er eine ganze Weile mit Carlota aus, obwohl er schon mit Maria verlobt war. Hätte die damals nicht die Nerven bewahrt und sich das Ganze gelassen angeschaut, wären die beiden heute nicht so glücklich verheiratet.

Es brodelt und brodelt, und schließlich verliere ich die Nerven. Die Frage platzt aus mir heraus und ist leider nicht mehr rückgängig zu machen: »Könntest du dir vorstellen, die *Casa* gemeinsam mit mir zu führen, wenn ich einen Teil meiner Firma an Alba übergebe und trotzdem noch Zeit für andere Dinge haben möchte?«, frage ich.

Mit *andere Dinge* meine ich natürlich Sophie.

Enrique grinst sich eins und sagt nur einen einzigen Satz. »Ich dachte schon, du fragst mich nie.«

36

SOPHIE – HAMBURG

Was du heute kannst besorgen,
das verschiebe nicht auf morgen.

»Morgen ist auch noch ein Tag!«, findet Sophie.
»Du klingst genau wie Scarlett O'Hara«, sagt Geli grinsend.
»Und deine Frisur sieht aus wie vom Winde verweht.«

Mama, hast du dir jetzt endlich was für die Ferien überlegt?«

Ich öffne mühsam die Augen, die letzte Nacht war wieder ultrakurz. Marc und ich haben darüber gesprochen, wo und wie wir uns künftig sehen können. Eins ist auf alle Fälle klar, diese Heimlichtuerei in seiner Wohnung ist keine dauerhafte Lösung. Schließlich bin ich volljährig und darf einen Mann daten. Aber trotzdem habe ich Muffensausen davor, Liv und Pauli von Marc und mir zu erzählen.

»Also echt jetzt, wach endlich auf …«

Himmel hilf, Pauli ist offensichtlich immer noch auf Krawall gebürstet. Sie hält demonstrativ ihren Laptop in der Hand, das helle Display erleuchtet den dunklen Raum wie ein loderndes Leuchtfeuer.

»Was ist denn los?«, murmele ich, reibe benommen die Augenlider und schiebe mir ein Kissen in den Rücken. Ich bin so müde, dass ich im Sitzen weiterschlafen könnte. Und das mache ich auch gleich, schließlich ist Sonntag.

Doch da habe ich die Rechnung ohne meine Tochter gemacht.

»Ich habe mehrere günstige Flüge nach Malle gefunden«, verkündet Pauli. »Aber wir müssen uns mit der Buchung beeilen, sonst sind sie weg. Gibst du mir deine Kreditkarte?«

»Meine …?!« Nun bin ich wach. »Auf gar keinen Fall überstürzen wir irgendwas. Lass mich erst mal zu mir kommen, dann besprechen wir gemeinsam mit Liv beim Frühstück, wie, ob und wann wir in den Ferien verreisen. Kochst du mir bitte einen Kaffee und weckst deine Schwester?«

»Du weißt schon, dass es drei Uhr nachmittags ist und wir sogar schon zu Mittag gegessen haben«, ätzt Pauli. »Was hast du denn heute Nacht gemacht, dass du schläfst wie ein Stein?«

Ich hatte Spaß, grandiosen Sex, aufwühlende Gespräche …

»So spät? Oje, ich komme sofort, aber lass mich vorher bitte in Ruhe duschen.«

Pauli murmelt irgendwas, das verdächtig nach »Wird aber auch Zeit« klingt, zieht aber zum Glück endlich Leine.

Zwanzig Minuten später bin ich zurechtgemacht, aber immer noch hundemüde. Marc und ich haben die halbe Nacht darüber gesprochen, ob es Sinn ergibt, dass er dauerhaft nach Hamburg zieht, oder ich auf die Insel übersiedele. Ich möchte nicht, dass er seinen Traum aufgibt, endlich wieder in der *Casa del Sol* zu kochen, und Marc möchte auf gar keinen Fall meine Familie und mich aus dem gewohnten Umfeld reißen. Wobei Pauli offenbar kein Problem damit hätte, Hamburg Tschüss zu sagen, und Liv sich ohnehin überlegen muss, ob sie wirklich ein eigenes Restaurant eröffnen will und, wenn ja, wo und mit welchem Geld.

»Na, endlich wieder unter den Lebenden?«, fragt Liv, die auf der Terrasse gemütlich in der Hängematte schaukelt. »War's denn nett mit Marc?«

Nett mit Marc?! Woher weiß Liv …

»Wie also … woher?«, stottere ich, so wie es Liv früher getan hat, wenn ich sie mit noch nicht mal sechzehn dabei erwischt habe, dass sie heimlich in einem Club auf dem Kiez tanzen war anstatt, wie behauptet, bei einer Freundin, um dort gemeinsam einen Film zu schauen.

»Hältst du Pauli und mich für dumm, taub und blind?«, fragt Liv breit grinsend. Sie sieht toll aus und wird Simon von Tag zu Tag ähnlicher. Von ihm hat sie die schwarzen Haare und das kantige Gesicht geerbt. Heute hat sie ein Stück Stoff elegant um den Kopf geschlungen, knallroten Lippenstift aufgetragen und Gelis Monster-Sonnenbrille auf der Nase, die sie aussehen lässt wie eine Mischung aus Schneewittchen und Sechzigerjahre-It-Girl. »Dass ihr beide mega in love seid, war doch von Anfang an klar. Zumindest uns. Ihr beiden brauchtet ja noch 'ne halbe Ewigkeit, um das zu checken. Meinetwegen musst du keine komischen Ausreden erfinden, um zu begründen, dass du erst spätnachts nach Hause kommst. Glaubt dir doch eh keiner.«

Nicht?! Nun, tja, ich dachte, es sei glaubwürdig, wenn ich behaupte, dass ich nach langer, langer Zeit mal wieder meine gute Freundin Sarah treffe, die nach der Scheidung Trost braucht und sich die Nächte schlaflos vor Sorgen um die Ohren schlägt (in Wahrheit ist Sarah mehr als glücklich verheiratet und hat mit Mann, Job und Kindern so viel um die Ohren, dass sie abends um zehn erschöpft im Bett liegt).

»Und …« Mein Herz schlägt wieder wilde Kapriolen, weil ich es kaum wage, die Frage aller Fragen zu stellen. Doch es muss sein. Und zwar jetzt! »Und wie findet ihr Marc, und …«

»Na super, was denn sonst?«, entgegnet Liv fröhlich. »Na klar ist er nicht Papa, aber das muss er auch nicht sein. Ich finde ihn toll, er kann kochen, er hat mich mit Enrique zusammengebracht, er hat uns geholfen, als uns das Wasser bis zum Hals stand. Außerdem sieht er für einen alten Knacker noch ganz gut aus.«

Für einen alten Knacker? Wie gut, dass Marc das nicht hört. Ich glaube nämlich, dass er ein ganz klein bisschen eitel ist. Wenn ich an die Beautyprodukte in seinem Bad denke … ich habe ungefähr die Hälfte davon. Aber ich finde es gut, dass er sich pflegt und so gut duftet, zumal er es auch nicht übertreibt.

»Ihr hättet … also … habt demnach kein Problem damit, wenn er und ich …«

Liv setzt sich auf, nimmt ihre Sonnenbrille ab und schaut mich ernst an. »Nein, Mama, ganz bestimmt nicht. Du hast in den letzten Jahren so gut wie nichts für dich selbst getan, aber alles für uns, von daher ist es allerhöchste Zeit, dass du auch mal ein bisschen Spaß hast. Glaub mir, wir beide gönnen dir dieses Glück von ganzem Herzen, wobei Pauli bestimmt einen Tick gnädiger mit dir wäre, wenn sie in den Ferien in den Süden fliegen kann. Ich glaube, es setzt ihr ziemlich zu, dass viele aus ihrer Klasse nach dem Sommer ein Austauschhalbjahr machen und sie so lange in die Röhre guckt, bis du das mit ihrem Trip nach Kalifornien zu Oma und Opa erlaubst.«

Diesen *Trip* sollte Pauli meiner Ansicht nach erst machen, wenn sie mit der Schule fertig ist, und dann so lange bleiben, wie sie will, oder bis ihr Studium oder eine Ausbildung beginnt.

Und das weiß Pauli auch. Ich selbst hatte diesen Luxus nicht, aber ich wünsche ihn mir für meine Jüngste. Sie darf ihr gap year machen, und Liv durfte sich im Cook-up ausprobieren.

»Reden wir mal nicht von Pauli, sondern von dir«, sage ich und ziehe einen der Holzstühle an die Hängematte heran. »Hast du überhaupt noch Lust, ein eigenes Restaurant zu führen?«

Liv legt sich wieder hin, setzt die Brille auf und schaut in den blitzblauen Frühsommerhimmel. »Ganz ehrlich? Ich weiß es nicht«, sagt sie so leise, dass ich sie kaum verstehen kann. »Mir macht das Kochen nach wie vor irre Spaß, auch das Konzipieren eines Menüs, das Kreieren neuer Gerichte und Teamwork mit so großartigen Leuten wie Enrique. Aber mir sitzt immer noch der Schreck dieses Unfalls in den Knochen. So was kann immer mal passieren, ich kann krank werden …«

»… oder schwanger«, sage ich, um Livs Gedanken in positivere Bahnen zu lenken.

»Oder auch das«, erwidert Liv. »Auch wenn weit und breit kein Typ in Sicht ist, der mir gefällt. Du weißt, wie anspruchsvoll ich bin und dass für mich der Beruf an erster Stelle kommt. Aber ich habe echt ein Problem damit, dass im Fall eines Falles alles an mir hängt. Stell dir mal vor, ich habe Angestellte, die finanziell darauf angewiesen sind, dass es in meinem Restaurant gut läuft.« Plötzlich wird Livs Stimme unsicherer, kindlicher. »Ach Mist, ich glaube, ich bin einfach nicht die geborene Selbstständige. So, jetzt ist es raus. Und nun kommst du.«

Ich muss das Gesagte natürlich sacken lassen, aber ich kenne meine Tochter seit zweiundzwanzig Jahren. Und das ist auch der Grund dafür, dass ich ihr vorgeschlagen habe, es besser erst einmal mit dem Cook-up zu versuchen, als sich gleich in das ganz große – und durchaus riskante – Abenteuer der selbstständigen Gastronomin zu stürzen. Liv ist so ungeheuer kraftvoll und talentiert, aber es fällt ihr mitunter schwer, gut und gelassen mit Verantwortung klarzukommen. Das kann und wird sich bestimmt ändern, schließlich ist sie noch jung.

»Dann ist heute offenbar der Tag der Wahrheit«, erwidere ich und streichle ihr von der Sonne gewärmtes Gesicht. »Meinetwegen musst du kein Restaurant aufmachen. Alles, was ich mir wünsche, ist, dass du glücklich und zufrieden bist, egal, was du machst. Ist doch gut, wenn du jetzt eine Erfahrung gemacht hast, die dir aufzeigt, wohin dein Weg dich führt. Du wirst noch viele andere machen, die dich auf neue Wege führen, und das ist in Ordnung so.«

»Was geht denn hier ab? Die Verfilmung eines deiner miesen Kitschromane? Ihr seid ultrapeinlich, wisst ihr das eigentlich?«, fragt Pauli, die mit einem Mal neben mir steht, die Hände in die Hüften gestemmt. »Als Nächstes müsst ihr euch sagen, wie furchtbar doll ihr euch lieb habt. Oder küssen. An sich wollte ich gerade fragen, ob ich euch auch ein Eis mitbringen soll, aber wenn ich dieses Gesülze höre, ist das schon süßlich genug. Also: Mag eine von euch Salzstangen, Chips oder Peperoni?«

»Eine Pizza mit Peperoni und Chorizo wäre lecker«, erwidere ich lachend und ziemlich hungrig, wenn ich auf meinen Bauch höre. »Meinst du, du kriegst Enrique dazu, uns eine zu machen?«

»Wenn's nach meinem einzigartigen Charme geht, schon«, sagt Pauli und grinst. »Aber das wird insofern nichts, weil er zusammen mit Marc an der Elbe ist. Sorry, Ma, das ist dann wohl eher ein Fall für den Pizzaservice.«

37

MARC – HAMBURG

Kühlschrankinhalt Wohnung Hamburg:

wie am Vortag. Nur ein Bier weniger

Ich erwache mit dem Gefühl von Sophies weichen Lippen auf meinen. Am liebsten würde ich sie gleich wiedersehen, obwohl sie bis fünf Uhr morgens hier war. Doch das muss leider warten, weil ich furchtbar viel zu bedenken und zu organisieren habe, wenn ich tatsächlich bei Enrique einsteige. Ich muss

a) in Ruhe mit ihm über alles sprechen,
b) alles Notwendige mit Alba klären und
c) mich ausgehfertig machen, denn

ich bin in einer Stunde mit Enrique zum Spaziergang an der Elbe verabredet. Er möchte unbedingt die Elbphilharmonie sehen, weil er zuletzt vor deren Erbauung in Hamburg war, wie er mir erzählte, und dann mit mir an seinen Lieblingsort, Oevelgönne.

»Sieht aus wie ein Kuchenstück«, lautet Enriques Kommentar, als wir vor Hamburgs renommiertem Konzertsaal stehen. »Eine Torte mit rötlichem Teig und silberner Sahnehaube. Hast du in diesem musikalischen Sahneschnittchen schon mal ein Konzert besucht?«

Ich erzähle, dass ich bisher »nur« im kleinen Saal war, es mir dort allerdings ausgezeichnet gefallen hat. Doch es ist nach wie vor nicht ganz einfach, die begehrten Tickets zu ergattern, zumal ich meine Hamburgtrips bislang nicht langfristig planen konnte. Doch das könnte sich ja alsbald ändern.

Kurze Zeit später stehen wir auf dem Deck der Fähre auf der Fahrt von den Landungsbrücken in Richtung Museumshafen und Finkenwerder, gemeinsam mit Touristen und Hamburgern, die es an den Elbstrand zieht. Unser Ziel ist der *Ahoi*-Kiosk, denn ich liebe die Steinofenpizza, die man dort mit Blick auf Containerschiffgiganten und den Burchardkai genießen kann. Außerdem trifft man immer nette Menschen und kommt schnell ins Gespräch. Doch bevor wir es uns dort gemütlich machen, gehen wir am Strand in Richtung Fähranleger Teufelsbrück spazieren, denn wir brauchen beide dringend Bewegung.

»Wie stellst du dir eigentlich unsere künftige Zusammenarbeit vor?«, frage ich, immer noch beglückt von der Aussicht darauf, endlich wieder in der *Casa del Sol* den Kochlöffel schwingen zu können. »Stehst du selbst noch am Herd? Hast du schon mit dem potenziellen Nachfolger darüber gesprochen, dass wir uns den Job künftig teilen werden?«

Enrique bückt sich, nimmt einen der vielen flachen Steine, die auf den Sandstrand gespült wurden, und lässt ihn übers Wasser hüpfen. »Hast du es immer noch nicht begriffen, tonto? *Du* bist der Nachfolger. Meinst du allen Ernstes, Maria und ich holen uns einfach irgendwen ins Haus? Nein, mein Lieber, bevor wir so etwas tun, bleibt die Küche besser kalt.«

Es dauert einen Moment, bis ich begreife, dass die Navarros mich aufs Glatteis geführt und durch eine geschickte Finte dazu bekommen haben, zu erkennen, wo mein eigentlicher Platz ist. Dafür ist *Dummkopf* eigentlich noch ein ganz charmantes Schimpfwort. Ich schmunzle, weil ich den beiden auf den Leim gegangen bin – doch dann fällt mir siedend heiß ein, dass ich es mir zeitlich gar nicht leisten kann, tagaus, tagein zu kochen. »Verstehe«, sage ich also. »Dann habe ich allerdings noch ein kleines Problem, und zwar Zeitmangel. Wie du weißt, bleibe ich der Inhaber von Marc Bauer Consulting, werde auch in Zukunft einige Projekte abwickeln und möchte weiterhin die Möglichkeit haben, immer mal wieder nach Hamburg zu fliegen.« Dass ich mich unsterblich in Sophie verliebt habe, werde ich Enrique garantiert nicht auf die Nase binden, denn das ist meine ganz persönliche Angelegenheit.

Doch ich habe erneut die Rechnung ohne Enrique gemacht. »Du möchtest Sophie sehen, das ist verständlich«, erwidert er. »Sie gefällt Maria und mir. Sophie ist warmherzig, ein Familienmensch, sympathisch, klug und zudem attraktiv. Und weil auch ich möchte, dass eure Liebe eine Zukunft hat, habe ich mir etwas einfallen lassen.« Ich halte die Luft an und bin gespannt zu hören, was jetzt kommt. »Was hältst du davon, wenn Liv und du euch den Job teilt? Liv zu zwei Drittel, du den Rest der Zeit. Ab und zu springe ich auch mit ein und greife euch unter die Arme, wenn Not am Mann ist oder größere Feiern anstehen. Na, was sagst du dazu?«

Liv?!

»Wie meinst du das mit Liv?«, frage ich völlig perplex. »Liv lebt in Hamburg.«

»Jetzt noch«, erwidert Enrique. In seinem Lächeln liegt etwas Triumphierendes. »Doch sie kann sich gut vorstellen, bei mir in der *Casa* zu arbeiten. Das Cook-up-Projekt läuft bald aus, dann muss sie sich sowieso etwas Neues suchen. Da sie in Hamburg keine starken emotionalen Bindungen hat, Abenteuer liebt, wir hervorragend zusammenarbeiten, sie Mallorca mag und zudem perfekt Spanisch spricht, könnte ich mir vorstellen, dass sie Ja sagt, wenn ich sie frage. Natürlich unter der Voraussetzung, dass sie, genau wie du, immer wieder mal nach Hause fliegen kann, um ihre Familie zu sehen.«

Das ist ja ein Ding!

»Wenn das Ganze gut läuft, könnten wir das Restaurant in *Casa de Enrique y Liv* umbenennen«, fährt Enrique mit seinen Zukunftsvisionen fort. »Oder in *Casa de Enrique, Liv y Marc,* kurz *Elm* genannt. Das würde insofern passen, weil wir eine Ulme auf dem Grundstück haben.«

Casa de Elm, ein wunderschöner Name …

Meine Fantasie schlägt Purzelbäume, mein Herz etliche Takte schneller. Vielleicht könnten sich Sophie und Pauli ebenfalls vorstellen, künftig auf der Insel zu leben?! Sophie hat signalisiert, dass das grundsätzlich infrage käme, allerdings nur wenn ihre Töchter damit einverstanden sind und zumindest Pauli ebenfalls mitzieht. Und zwar im wahrsten Sinne des Wortes. Aber: Pauli wechselt nach den Sommerferien ohnehin in die Oberstufe, und Sophie wünscht sich eine berufliche Veränderung, wie sie wieder und wieder betont hat.

Meine Gedanken wandern zu ihrem Vorschlag bezüglich der Umgestaltung meiner Finca in den Bergen, den ich nach wie vor großartig finde.

»Wenn alles klappt, wie ich es mir vorstelle«, fährt Enrique fort, »könnte Liv in der Wohnung über dem Restaurant wohnen, die steht sowieso schon viel zu lange leer. Man müsste dort nur ein bisschen streichen und ein paar andere Möbel reinstellen, dann wär's das auch schon. Du weißt ja selbst, wie schön es dort ist. Im Grunde wäre dort auch genug Platz für vier Personen, wenn du weißt, was ich meine.« Sein Augenzwinkern verrät, dass er ähnliche Gedanken hat wie ich. »Maria und ich würden auch niemandem auf die Pelle rücken, schließlich wohnen wir in der Finca nebenan und wären natürlich nach wie vor häufig in Porto Cristo am Meer. Die Hartmanns könnten also unter sich bleiben, wenn sie wollen.«

Mittlerweile sind wir am Fähranleger Teufelsbrück angekommen.

Es fällt mir schwer, mich auf das Gespräch zu konzentrieren, denn ich würde am liebsten sofort mit Sophie sprechen und sie fragen, ob sie sich vorstellen könnte, künftig gemeinsam mit Liv und Pauli auf Mallorca zu leben. Übersetzen kann sie ihre Bücher schließlich von überall aus. Und ich würde sie fürstlich bezahlen, falls sie tatsächlich Lust hätte, die Finca als Event-Location zu betreiben, mit der Küche der *Casa de Elm* als Catering-Lieferanten.

Obwohl: Sophie als Angestellte? Hm, ich weiß nicht so recht.

»Hast du eigentlich noch das Rezeptbuch deiner Großmutter?«

Enriques Frage platzt mitten in meine Zukunftsfantasien, die man fast schon romantisch nennen könnte. »Wenn ja, wäre es mir eine Ehre, ab und zu eines von Ilses Lieblingsgerichten auf die Karte zu setzen. Sie war so eine fantastische Köchin und eine wunderbare Frau.«

»Natürlich habe ich das Buch noch«, erwidere ich, gerührt von Enriques Idee. »Was glaubst du denn? Ihre Mandelsuppe ist geradezu legendär und der absolute Renner, wenn ich sie für Feiern koche.«

»Wann hast *du* denn Zeit, Partys zu geben?«, fragt Enrique spöttisch. »Ich dachte, du arbeitest Tag und Nacht? Ach übrigens, was hat Carlos eigentlich zu deiner Idee der möglichen Fusion mit der Blanco-Group gesagt? Nur damit ich Bescheid weiß, wenn ich den Angeber das nächste Mal in der Bar Náutico treffe.«

»Er hat es nicht offen kommuniziert, aber ich würde sagen, er hat den Köder geschluckt. Montag haben wir ein zweites Meeting, und ich tippe darauf, dass es Alba gelingen wird, die Fusion über die Bühne zu bringen. Ich werde mich bewusst im Hintergrund halten, damit alle Beteiligten wissen, dass sie es demnächst bei Bauer & Ramirez Consulting mit geballter Frauenpower zu tun haben. Alba besteht nämlich darauf, eine weitere weibliche Mitarbeiterin zu engagieren.«

»Frauen sind eben einfach das bessere Geschlecht«, murmelt Enrique. »Aber sag, wollen wir erst mal im *Engel* ein kleines Bier auf die Zukunft trinken? Ich habe Durst und Lust auf etwas Erfrischendes. Das Pizzaessen im *Ahoi* läuft uns ja nicht weg.«

Wir gehen die Treppe hinauf zu dem schönen Café mit fantastischem Elbblick. Doch die Eingangstür ist zu, ein Schild mit den Worten *Geschlossene Gesellschaft* hängt dran. Ich spähe durch die Glasscheibe und entdecke zu meiner Überraschung Schauspielerin Scarlett. Und neben ihr Ben.

Die beiden sitzen inmitten anderer Gäste an einer langen Tafel und scheinen irgendetwas zu feiern. Ich will gerade losgehen, als Ben mich sieht und etwas zu Scarlett sagt.

Diese springt auf und öffnet die Tür. »Marc Bauer, da sind Sie ja endlich. Wieso kommen Sie so spät?«

»So spät? Ich bin nicht eingeladen, sondern durch Zufall hier. Ich wollte nur etwas mit einem Freund trinken.«

Scarlett runzelt die Stirn und macht einen Schmollmund. »Das ist ja merkwürdig. Wir feiern gerade mit der Produktionsfirma der Kochshow den Dreh der Pilotfolge. Ben hat mich super gecoacht, und das *Liv's* war eine fantastische Versuchsküche. Und natürlich sind Sie Teil des Teams, schließlich haben Sie am Abend der missglückten Eröffnung indirekt dafür gesorgt, dass ich in der Küche ausgeholfen habe. Hätte ich das nicht getan, wäre ich jetzt nicht die neue Assistentin bei dieser Sendung, die, by the way, echt gut bezahlt wird. Also los, kommen Sie schon rein. Ihr Freund ist auch herzlich eingeladen.«

Enrique lächelt und ich kann nicht umhin, mir folgende Fragen zu stellen:

a) Wo ist Scarletts Freund Julius, genannt »Ju«?
b) Wieso findet diese Feier nicht im *Liv's* statt?

»Wieso findet diese Feier nicht im *Liv's* statt, wenn es Ihnen dort so gut gefällt?«, frage ich und erhebe mein Glas, um mit Scarlett anzustoßen.

Enrique grinst sich eins, Ben wirkt, als würde er mir am liebsten eine verpassen. Er und ich werden in diesem Leben keine echten Freunde mehr.

»Ich … äh …« Scarlett läuft feuerrot an, Ben tätschelt beruhigend ihre Hand. »Wahrscheinlich war es … nun ja … ausgebucht.«

»Tagsüber?!« Enrique hebt tadelnd die rechte Augenbraue, Scarlett rutscht auf ihrem Stuhl hin und her wie ein nervöses Schulmädchen. »Ben, wieso hast du zugelassen, dass die Fiesta hier stattfindet? Du hast dieser bezaubernden jungen Dame kostenlos das Restaurant für eure Schulung zur Verfügung gestellt, und das, soweit ich weiß, mindestens zehnmal über mehrere Stunden, wie Liv mir erzählt hat. Weißt du eigentlich, wie hoch die Pacht für das Restaurant ist? Und ist dir eigentlich klar, dass ihr dabei Lebensmittel verwendet habt, die von Sophie bezahlt wurden?«

Wenn Enrique will, sieht er nicht nur so aus, sondern kann auch genauso Furcht einflößend sein wie Robert de Niro im Film *Kap der Angst*.

»Das ist nicht Bens Schuld, sondern meine«, springt Scarlett in die Bresche und legt den Arm schützend um ihren Kochlehrer. »Ich habe einfach nicht ans *Liv's* gedacht, als wir die Location für diese Feier ausgesucht haben. Es tut mir wirklich, wirklich leid.«

Enriques Augen werden zu messerscharfen Schlitzen, sodass ich mich frage, ob er überhaupt noch durchschauen kann. Er atmet schwer, sagt aber nichts. Diese Taktik kenne ich bereits, ich nenne sie »Ausräuchern«. Er schweigt so lange, bis das Gegenüber die Nerven verliert und sich um Kopf und Kragen redet.

»Kann ich das wiedergutmachen?«, kommt es auch prompt mit Piepsstimme von Scarlett.

Enrique lässt sie noch einen Moment zappeln. Dann sagt er: »Aber natürlich kannst du das, cara.« Er grinst breit. »Du kommst zur Eröffnung der *Casa de Elm* nach Mallorca und drehst dort ein, zwei Promotion-Videos für Instegremmmm. Kostenlos natürlich. Die Flugkosten übernehme ich.«

Vier Wochen später

38

SOPHIE – MALLORCA

Auf jeden Topf gehört ein Deckel

»Ganz genau. Also: Ende gut, alles gut«, sagt Sophie beglückt. »Die Liebe ist nun mal das Salz in der Suppe.«

Bienvenidos a Mallorca«, sagt Marc, als er Liv, Pauli, Geli und mich am Flughafen abholt. »Schön, dass ihr alle da seid.«

Ich weiß nicht, was ich toller finde: das fantastische Wetter, den Duft nach Sommer und Meer oder den von Marcs sonnengebräunter Haut. Wie auch immer, mein Herz klopft, und ich platze gleich vor lauter Liebe zu diesem großartigen Mann.

Die vergangenen Wochen haben uns noch enger zusammengeschweißt. Wer hätte gedacht, dass Telefonieren und Skypen trotz der Distanz eine derartige gefühlsmäßige Nähe erzeugen kann?

»Meint ihr, wir passen alle zusammen ins Auto?«, fragt Marc, der seinen Arm um mich gelegt hat.

»Aber klar tun wir das«, sagt Pauli und deutet demonstrativ auf ihr Handgepäck. »Wir haben kaum etwas eingepackt, man braucht schließlich so gut wie nichts für ein Wochenende.«

»Das sehe ich zwar anders«, sagt Geli augenzwinkernd, »aber ich habe mich dem Diktat der Mehrheit gebeugt, allein schon wegen der günstigen Ticketpreise. Also los, ich kann es kaum erwarten, endlich die *Casa de Elm* und deine Finca zu sehen, Marc. Allerdings müssen wir erst mal warten, bis Sophie mit dem Gespräch bei der Agentur fertig ist.«

Diese *Agentur* ist meine Eintrittskarte für eine neue berufliche Zukunft, entsprechend nervös bin ich, auch wenn im Prinzip so weit alles klar ist. Wir müssen uns nur noch persönlich kennenlernen. Auch hier hat sich gezeigt, wie unfassbar hilfreich moderne Kommunikationstechnik sein kann. Mittlerweile bin ich dank Paulis und Livs Hilfe eine Expertin in Sachen Skype und Videokonferenzen via Zoom.

»Ich bin schon so gut wie weg und treffe euch nachher im *Cappuccino* an der Kathedrale«, sage ich und streiche meine weiße Bluse glatt.

Marc nimmt mich fester in den Arm und vergräbt sein Gesicht in meinen Haaren. »Du wirst sie genauso umhauen wie mich, das ist ganz sicher«, sagt er und drückt zugleich meine Hand. »Ich wünsche dir ein gutes Gespräch, wir sehen uns dann später.«

Eine Viertelstunde, nachdem ich mich von meinen Lieben verabschiedet habe, stehe ich am Empfang einer Event-Agentur, zu der Marcs Assistentin Alba mir den Kontakt vermittelt hat.

»Hola«, sagt eine smarte Brünette und bittet mich in ihr Büro. Hier drin ist es angenehm kühl, und man hat einen gigantischen Ausblick auf den Hafen von Palma. »Schön, dass wir uns nach den Videokonferenzen endlich persönlich treffen. Und Sie sind sich immer noch sicher, dass Ihre Familie mit Ihren Plänen einverstanden ist und im wahrsten Sinne des Wortes mitzieht?«

»Vollkommen sicher«, erwidere ich. »Wir haben in den vergangenen vier Wochen beinahe über nichts anderes geredet. Meine ältere Tochter ist wie im Fieber und wälzt nachts Rezeptbücher, erstellt Konzepte und skypt fast jeden Tag mit ihrem zukünftigen Mentor Enrique Navarro. Die Gerichte, die in der *Casa* angeboten werden, stehen so weit fest, aber sie macht sich schon Gedanken über Menüs, die in der Finca angeboten werden sollen. Eine Hochzeit erfordert nun mal anderes Catering als ein achtzigster Geburtstag oder ein Schulabschluss.«

Ramona lächelt zufrieden. »Das klingt toll. Und nun zu der Frage, die uns beide am meisten beschäftigt hat. Haben Sie sich mit Marc Bauer bezüglich der Mietmodalitäten der Finca geeinigt?«

»Ja, das habe ich. Ich miete das Haus auf eigene Kosten und veranstalte alle Events auf eigene Rechnung. Von jedem dieser Events erhalten Sie als Agentur die vereinbarten Prozente.«

»Und im Gegenzug dafür bieten wir Ihnen eine hochkarätige Kundendatei sowie die Möglichkeit, zusätzlich auf besonderen Events und Empfängen als Übersetzerin zu arbeiten, so wie wir es besprochen haben. Sie wollen doch schließlich Ihren eigentlichen Beruf nicht aufgeben«, sagt Ramona. Der letzte Teil des Satzes wird unterstrichen von einem warmherzigen, verständnisvollen Lächeln.

Und sollten alle Stricke reißen, habe ich immer noch die Möglichkeit, weiter für meine Verlage zu arbeiten, denke ich, spreche das aber nicht laut aus.

Ramona ist nämlich felsenfest davon überzeugt, dass Marcs Finca in den Bergen der totale Renner als Event-Location wird, auch in den Wintermonaten. Und ich bin es auch. Ich kann es kaum erwarten, loszulegen und gemeinsam mit Liv die ersten Feiern zu organisieren. Dass wir ein gutes Team sind, haben wir schließlich mit dem *Liv's* bewiesen, das nach wie vor ausgebucht ist. Zurzeit schmeißen Ben und Yannick mithilfe einer Freundin von Ben den Laden, aber wir haben alles so weit vorbereitet, dass sie das ausnahmsweise allein schaffen.

Nachdem Ramona und ich einige weitere Formalitäten geklärt und noch ein bisschen geplaudert haben, verabschiede ich mich und spaziere zufrieden und glücklich in Richtung des Cafés *Cappuccino*.

Kurz darauf sitzen wir in Marcs Auto. Erstes Ziel ist die Finca, danach geht es zu den Navarros.

»Na, wie hat es euch in den Bergen gefallen?«, fragt Maria, als wir nach dem Ausflug in die Serra Tramuntana in Fornalutx eintreffen. Bigote bellt fröhlich und stürzt sich gleich auf Pauli, die ihn sofort herzt und sichtlich schockverliebt ist.

»Pauli, Liv und Geli haben sich gar nicht mehr eingekriegt vor Begeisterung und würden am liebsten sofort ihre Zelte in Marcs Anwesen aufschlagen, nicht wahr?«, erwidere ich, begleitet von zustimmendem Nicken und leuchtenden Augen meiner Lieben.

Doch wenn alles nach Plan läuft, wird unser Zuhause hier in Fornalutx sein, in unmittelbarer Nachbarschaft der Navarros. Schade nur, dass Geli in Hamburg bleiben möchte, aber das ist auch irgendwie verständlich. Schließlich übernimmt sie im Herbst eine eigene Filiale der Leihmode-Kette und kann es kaum erwarten, mit ihrer neuen Aufgabe zu starten.

»Das ist schön zu hören. Hola, Pauli, du Hübsche«, sagt Maria und begrüßt erst meine Jüngste und dann Liv. »Und du, guapa, wirst also hier bald den Kochlöffel schwingen, gemeinsam mit Marc und meinem Enrique. Wisst ihr eigentlich, wie glücklich mich das macht?«

Tränen der Rührung schleichen sich in meine Augen. Bestimmt sind wir für Maria so etwas wie eine kleine Ersatzfamilie.

»Na dann kommt mal alle rein, bevor hier gleich die große Heulerei ausbricht«, brummelt Enrique und klopft Marc auf die Schulter. »Glückwunsch zum Deal mit Carlos und der Blanco-Group. Das hast du prima hingekriegt.«

Wir gehen ins Haus und folgen Maria in den ersten Stock, wo wir künftig wohnen werden, wenn es meinen Töchtern hier gefällt. Zum Glück fährt von Fornalutx ein Schulbus nach Palma. Ich habe dort schon am Gymnasium vorgefühlt, es gäbe einen Platz für meine Tochter.

»Wow, das ist ja übelst krass cool hier«, ruft Pauli und lässt sich auf die Matratze des Betts fallen, das in einem der vier Zimmer steht. »Ein echtes Himmelbett.«

»Nun, das ist eher ein Schutz gegen Moskitos«, widerspricht Maria lächelnd. »Aber es ist natürlich erlaubt, zu träumen und den Dingen einen anderen Namen zu geben.«

Marc und ich besichtigen die geräumige Wohnung, eng aneinandergeschmiegt und schwer verliebt. Er wird weiterhin in Palma wohnen, aber hier übernachten, wenn er abends in der *Casa* kocht und nicht mehr zurück in die Stadt fahren möchte. Über den Zimmern, die ich Liv und Pauli zugedacht habe, führt eine Wendeltreppe in ein Galeriezimmer. Der perfekte Ort, um ungestört zu sein.

»Es ist echt superschön hier«, schwärmt nun auch Liv. »Ich streiche mein Zimmer in Meerblau, wenn das okay ist.«

»Aber natürlich ist es das, cara«, sagt Maria. »Ihr könnt tun und lassen, was ihr wollt, schließlich ist hier bald euer Zuhause.«

»Leider erst ab den Ferien«, sagt Pauli und lässt einen tiefen Stoßseufzer vom Stapel, der uns alle zum Lachen bringt.

»Sind ja nur noch zwei Wochen«, tröste ich sie. »Die verfliegen schneller, als du denkst.«

»Hat jemand Hunger?«, ertönt es von unten. Enrique hat eine wirklich durchdringende Stimme, wenn er es drauf anlegt, sich Gehör zu verschaffen. »Wenn nicht, esse ich allein, kein Problem.«

Wie auf Kommando stürzen alle nach unten in die gemütliche Landküche. Geli fühlt sich hier sichtlich wohl, besonders als sie in einer Ecke Enriques Plattensammlung entdeckt, die mir beim letzten Mal gar nicht aufgefallen war. »Hey, du stehst ja auch auf Janis Joplin und Dylan«, ruft sie begeistert aus. »Wie cool, dass du deine Vinyl-Scheiben in der Küche stehen hast.«

»Na, wo denn sonst«, erwidert Enrique. »Schließlich brauche ich gute Musik, wenn das Essen gelingen soll. Magst du José Feliciano?«

Liv steht derweil staunend vor dem großen Herd und den geräumigen Schränken, der Vorratskammer und allem, was künftig zu ihrem Reich gehören wird, und ist nicht fähig, etwas anderes zu sagen als »Mega!«.

Diese Küche ist aber auch ein Traum: An den rau verputzten Wänden hängen blank geputzte Kupferpfannen und Töpfe, an einer Kordel getrockneter Knoblauch, Chilischoten und Maiskolben. Vor dem gemauerten Kamin steht ein Schaukelstuhl, auf dem die Katze sich gemütlich zusammengerollt hat.

»Soll ich dir den Weinkeller zeigen?«, fragt Enrique, sichtlich geschmeichelt von Livs und Gelis Begeisterung. »Ich schwöre dir, du kommst aus dem Staunen nicht mehr heraus. Und aus dem Trinken auch nicht. Geli, kommst du mit?«

Pauli schmust unterdessen ausgiebig mit *gato,* die sich sichtlich zu meiner Tochter hingezogen fühlt. Meine Kleine hat sich immer eine Katze gewünscht, aber mir war das bisher zu riskant in Kombination mit dem vom Wasser umgebenen Bootshaus.

»Hilfst du mir mit dem Essen?«, fragt Maria, ein schelmisches Funkeln in den Augen. »Oder ist das immer noch …«

»Nein, alles gut«, erwidere ich, was allerdings nicht so ganz stimmt. In Wahrheit schaffe ich immer nicht viel mehr als ein Spiegelei oder gemischten Salat, aber das ist zumindest ein Fortschritt.

Als ich vor zwei Wochen Marc in Palma besucht habe, haben wir gemeinsam Pasta Frutti di Mare zubereitet, und das klappte sogar einigermaßen, allerdings hat er den größten Anteil am Kochen gehabt, wenn ich ehrlich bin.

»Bien«, sagt Maria und drückt mir Knoblauch und eine Presse in die Hand. »Fürs Pa amb oli. Alles andere ist schon fertig.«

Puh! Glück gehabt!

Gerade als wir uns setzen wollen, klingelt es. Maria geht an die Tür, kurz darauf steht Pablo in der Küche. Ich stoße einen kleinen Freudenschrei aus. Was für eine schöne Überraschung!

Kurz darauf versammeln wir uns alle um den riesigen Esstisch und beginnen mit dem köstlichen Essen. Nach der Vorspeise gibt es Paella vom Allerfeinsten. Ich kann mich nicht erinnern, dass mir dieses Gericht jemals so gut geschmeckt hat. Und ich kann mich nicht daran erinnern, in den vergangenen fünf Jahren jemals so glücklich gewesen zu sein, außer natürlich an dem Wochenende, als ich Marc in Palma besucht habe. Es ist wirklich ein Wunder, wie toll es zwischen uns läuft. Wir scheinen tatsächlich füreinander bestimmt zu sein.

Enrique ist offensichtlich ebenfalls gefühliger Stimmung. Er erhebt das Glas und sagt: »Auf uns und einen Neuanfang hier auf Mallorca. Ich hoffe, ihr seid nach diesem Tag weiterhin alle an Bord und habt Lust, aus der *Casa* wieder ein kleines Glanzstück zu machen, genau wie aus Marcs Finca.«

Dass in seinen Augen Tränen schimmern, versucht er durch einen vorgetäuschten Niesanfall zu vertuschen.

Wir antworten alle im Chor: »Sí.«

»Ihr glaubt gar nicht«, ergänzt Marc, »wie sehr ich mich freue, euch bald alle hier zu haben. Nur noch die Abschiedsfeier im *Liv's*, ein paar Formalitäten und Umzugskartons packen. Und dann geht's auch schon los mit eurem großen Abenteuer. Möge es gelingen und uns allen Glück bringen.«

»Das wird es«, sage ich und drücke Marcs Hand. »Denn das Leben ist viel zu kurz, um Dinge zu tun, die man nicht liebt, nicht wahr?«

Pablo prostet mir zu. »Willkommen auf der Sonnenseite, mi amor«, sagt er zwinkernd. »Und schöne Grüße von Antena. Sie vermisst dich und freut sich auf ein Wiedersehen. Allerdings gibt es jetzt ein kleines Problem: Sie lässt sich seit Neuestem auch durch Blautöne aus der Fassung bringen. Nur damit du Bescheid weißt.«

Schade, dass Blau zurzeit meine Lieblingsfarbe ist.

Aber: *Jedem Tierchen sein Pläsierchen.*

Rezepte

Tapas »Best of Siebzigerjahre-Hits« à la Geli

Falscher Hase im Speckmantel

Zutaten:

- 1 kg gemischtes Hackfleisch
- 2 Brötchen vom Vortag
- 2 Eier
- 2 Zwiebeln
- 2 Teelöffel Senf
- 1 Teelöffel Thymian
- Salz und Pfeffer
- 250 g dünn geschnittener Frühstücksspeck
- 3 hart gekochte Eier
- 100 g mittelalter Gouda
- 100 g magerer Schinken
- Semmelbrösel
- Fett für die Form

Zubereitung:

1. Die Brötchen in Wasser einweichen und gut ausdrücken. Die Zwiebeln klein schneiden oder reiben und mit dem Senf, den Gewürzen und den Brötchen zu einem glatten Teig verarbeiten.
2. Eine große Kuchenkastenform fetten und mit Semmelbröseln ausstreuen. Dann die Form mit Frühstücksspeck auslegen. Dabei etwa eine Hälfte der Speckscheibe über den Rand der Form hängen lassen. Gouda und Schinken jeweils in kleine Würfel schneiden. Die hart gekochten Eier gründlich schälen, damit keine Schale in den Braten gerät. Ein Drittel der Hackfleischmasse in die Form geben. In der Mitte eine

Mulde bilden und etwa die Hälfte der Gouda-Schinken-Masse einfüllen. Die 3 ganzen Eier darauflegen und die Zwischenräume mit Gouda-Schinken-Masse auffüllen. Nun die restliche Hackfleischmasse einfüllen und alles mit dem überhängenden Frühstücksspeck abdecken.

3. Der Speck wird im Backofen schön knusprig. Bei 180 °C Umluft (200 °C Ober- und Unterhitze) ca. 1 Stunde backen.

Rosa Heringssalat

Zutaten:

- 1 Glas Heringe
- 1 große Zwiebel
- 5 Essiggurken
- 1 Apfel
- 4–5 Rote Beten
- 5 Esslöffel Mayonnaise
- Pfeffer und Salz
- 1 Esslöffel Zitronensaft

Zubereitung:

1. Alle Zutaten klein schneiden.
2. Den Apfel schälen, damit er die rosa Farbe der Roten Bete annimmt.
3. 5 Esslöffel Mayonnaise und den Zitronensaft dazugeben und das Ganze gut durchmischen. Nach Belieben mit Salz und Pfeffer abschmecken.

Waldorfsalat

Zutaten:

- 100 g Walnusskerne
- 2 junge Sellerieknollen
- 3 säuerliche Äpfel
- Saft von 1 Zitrone
- 80 g Mayonnaise
- weißer Pfeffer und Salz
- 1 Prise Zucker
- 4 Esslöffel Sahne
- Salatblätter und Cocktailkirschen zum Garnieren

Zubereitung:

1. 8 Walnusskerne für die Garnitur beiseitelegen und den Rest klein hacken.
2. Den Sellerie waschen, schälen und in sehr feine Stifte hobeln.
3. Den Zitronensaft auspressen.
4. Danach die Äpfel schälen, ebenfalls hobeln und sofort mit dem Zitronensaft beträufeln, damit sie nicht braun werden. Mit den Nüssen und dem Sellerie vermischen.
5. Die Mayonnaise mit Pfeffer, Salz und Zucker abschmecken.
6. In einer anderen Schüssel die Sahne steif schlagen und vorsichtig unter die Mayonnaise heben. Alles miteinander vermischen, 30 Minuten im Kühlschrank ziehen lassen und noch mal abschmecken. Mit den Salatblättern, den Walnüssen und den Cocktailkirschen dekorieren.

Kalter Hund

Zutaten für 14 Stücke:

- 250 g Palmin oder anderes Kokosfett
- 150 g Zartbitterkuvertüre
- 50 g Kakaopulver
- 150 ml Vollmilch
- 250 g Puderzucker
- 350 g Butterkekse
- Minzblätter zum Garnieren

Zubereitung:

1. Palmin mit Kuvertüre, Kakaopulver, Milch und Puderzucker unter Rühren schmelzen. Eine Kastenform von ca. 26 cm Länge mit Backpapier auslegen. Auf den Boden der Form eine Lage Butterkekse legen. Die Kekse mit flüssiger Schokoladenmasse bedecken und eine weitere Schicht Kekse darauflegen.
2. Diesen Vorgang so oft wiederholen, bis Kekse und Schokoladenmasse verbraucht sind.
3. Die Form eine Stunde in den Kühlschrank stellen. Danach den kalten Hund aus der Form nehmen und vorsichtig mit einem Sägemesser in ca. 4 × 4 cm große Würfel schneiden. Die Würfel auf die Platte setzen und mit einem Minzblatt garniert servieren.

Tipp: Versuchen Sie den kalten Hund doch auch mal mit weißer Kuvertüre und braunen Keksen.

(Quelle Palmin–Originalrezept)

Quelle Rezepte: Elvira Lauscher, Unser Kochbuch der 70er Jahre, Wartberg Verlag, ISBN 978-3-8313-2388-3, 1. Auflage 2010

Toast Hawaii

Zutaten für 4 Toasts:

- 4 Scheiben Ananas aus der Dose
- 4 Scheiben Toastbrot
- 4 Msp. Margarine
- 2 Scheiben gekochter Schinken
- 4 Scheiben Käse (quadratischer Emmentaler)
- Cocktailkirschen

Zubereitung:

1. Zuerst wird auf eine Scheibe Toastbrot die Margarine gleichmäßig verteilt.
2. Nun kommt ½ Scheibe Kochschinken darauf, dann die Ananasscheibe und zuletzt der Käse.
3. Das Ganze wird in einem auf 180 °C vorgeheizten Backofen auf das Gitter (mit Backpapier) gelegt. Sobald der Käse über der Ananas zerlaufen ist, beginnt die Bräunung. Die Backzeit beträgt erfahrungsgemäß etwa 6 Minuten. Jetzt, wo sich über dem Loch der Ananasscheibe eine braune Stelle bildet, sollte der Hawaiitoast herausgenommen und nach 1 Minute Abkühlung gegessen werden. Vorher mit 1 Cocktailkirsche garnieren. Auf Gelis »Trost Hawaii« kommen übrigens 2 Cocktailkirschen, denn: Doppelt hält besser!

(Quelle: chefkoch.de)

Rezepte *Casa del Sol*

Pa amb oli

Zutaten für 1 Brot:

- 1 rundes Weißbrot oder pan moreno
- 10 Ramallet-Tomaten
- Salz
- Olivenöl

Zubereitung:

1. Das Brot mit einem großen Messer halbieren. Die Scheiben etwa fingerdick schneiden. Man kann das Brot toasten – auf der Insel gibt es eine eigene Stielpfanne hierfür – oder es kurz auf den Grill legen. Das authentische Pa amb oli wird bei einer torrada auf dem Eisenrost über der Holzglut geröstet.
2. Dann reibt man mit den Tomatenhälften so lange die Brotscheibe ein, bis sie ganz mit dem Saft getränkt ist.
3. Salz nach Belieben aufstreuen und vorsichtig Öl aufträufeln. Am besten eignen sich dafür die klassischen Kännchen, die es für Essig sowie Öl gibt. Zum Pa amb oli kann man Meerfenchel, Kapern und Käse aus Mallorca, aber auch Schinken oder einen queso artesanal von Menorca reichen.

(Quelle: Mallorca-Zeitung)

Tumbet

Zutaten für 4 Personen:

- 2–3 Zucchini
- 3 große oder 4 kleine Auberginen

- 4 grüne Paprikaschoten, bevorzugt die mallorquinische Sorte, klein und schärfer als andere
- 8 große Kartoffeln
- Olivenöl, am besten das kalt gepresste aus Sòller
- mehrere Knoblauchzehen
- Salz und Pfeffer
- ca. 1 kg Tomaten für die Sauce

Zubereitung:

1. Zunächst die Soße zubereiten. Dazu die Tomaten schälen, von den Kernen befreien und klein hacken. Einen Teil des Knoblauchs in Öl kurz anbraten, die Tomaten hinzufügen und bei schwacher Hitze köcheln lassen. Mit Salz und Pfeffer abschmecken. Manche geben auch eine geringe Menge Oregano hinzu.
2. Auberginen und Zucchini in Scheiben schneiden – manche schneiden auch Teile der Haut ab –, einritzen und mit Salz bestreuen. Nach 30 Minuten waschen.
3. Die Paprikaschoten in Stücke schneiden.
4. Die Kartoffeln schälen und in Scheiben schneiden.
5. Vor dem eigentlichen Kochvorgang müssen alle Gemüsesorten mit Küchenpapier trocken getupft werden.
6. Die Kartoffelscheiben in reichlich Olivenöl braten, bis sie halb gar sind. Gut abtropfen lassen und auf dem Boden einer flachen Tonschüssel, einer »Greixonera«, ausbreiten. Danach Zucchini und Auberginen kurz im verbliebenen Öl braten, ebenfalls abtropfen lassen und in Schichten auf die Kartoffeln geben.
7. Zum Schluss auch die Paprikaschoten mit dem restlichen Knoblauch braten und auf die vorhandene Mischung geben. Die heiße Tomatensoße darübergießen und das Ganze im vorgeheizten Ofen bei mittlerer Hitze höchstens 10 Minuten schmoren.

(Quelle: Mallorca-Magazin)

Mallorquinischer Mandelkuchen

Zutaten für 1 Springform (ca. 30 cm Durchmesser):

- 8 große Eier
- 125 g Puderzucker
- 250 g fein gemahlene Mandeln
- 3 g Sri-Lanka- oder Indian-Zimt
- 2 g natürliche Vanilleessenz
- ½ Biozitrone
- ½ Bioorange
- 125 g Zucker
- etwas Margarine für die Form

Zubereitung:

1. Den Backofen auf 180 °C vorheizen (Ober-/Unterhitze). In einer Schüssel 8 Eier trennen und Eiweiß und Eigelb separat aufbewahren. Das Eigelb und Puderzucker mit einem Schneebesen verrühren, bis eine dickflüssige Masse entsteht. Danach die gemahlenen Mandeln, Zimt und Vanille einrühren. Die Schale einer halben Biozitrone und Bioorange fein reiben und zur Eigelbmasse hinzufügen. Das Eiweiß der 8 Eier und Zucker in einer Schüssel schlagen, bis es steif und cremig ist (nicht überschlagen). Danach wird das Eiweiß mit einem Teigspachtel vorsichtig unter die Mandel-Eigelb-Masse gehoben.
2. Tipp: Nicht den Schneebesen verwenden, damit die eingeschlagene Luft nicht entweicht.
3. Die Masse in eine gefettete, runde Springform füllen und ca. 1 Stunde im heißen Ofen backen. Dann den Kuchen abkühlen lassen und mit Puderzucker bestreuen.

(Quelle: ZDF-Drehscheibe)

Crema catalana

Zutaten für 4 Personen:

- 50 g Speisestärke
- 750 ml Milch
- 6 Eigelb (Größe M)
- 50 g Zucker plus 4–5 EL zum Bestreuen
- fein abgeriebene Schale von ½ unbehandelten Zitrone

Zubereitung:

1. Die Speisestärke in 150 ml Milch auflösen.
2. Eigelb und Zucker in einer großen Schüssel schaumig schlagen. Stärkemilch dazugeben und gut verrühren.
3. 600 ml Milch aufkochen, die Zitronenschale dazugeben und unter Rühren heiß zum Eigelb gießen.
4. Die Eiermilch erneut in den Topf gießen. Bei mittlerer Hitze unter ständigem Rühren so lange erhitzen, bis die Stärke bindet und eine dickliche Creme entsteht.
5. Vom Herd nehmen, kurz bevor die Creme anfängt zu kochen. In ein kaltes Wasserbad stellen, um den Garprozess zu unterbrechen.
6. In vier Schalen (à 150 ml Inhalt) verteilen und abkühlen lassen. Mit 4–5 EL Zucker bestreuen und mit dem Bunsenbrenner oder einem Brenneisen karamellisieren.

(Quelle: Essen & Trinken)

Vielen Dank an **Martha Rink** für das Mandelsuppen-Rezept à la Oma Ilse.

Danksagung & Schlusswort

Ich hoffe, die kulinarische Reise nach Mallorca hat Ihnen und euch genauso viel Spaß gemacht wie mir, den Roman zu schreiben.

Es heißt »In der Kürze liegt die Würze«, deshalb bedanke ich mich kurz und knapp beim Team des Knaur-Verlags und allen Menschen, die Bücher von Herzen lieben. Lest weiter, ihr Lieben, denn das Leben ist zu kurz, um Dinge zu tun, die man nicht wirklich liebt.

Viva la vida!

Gabriella Engelmann

Mit Herz & Humor gegen die Widrigkeiten des (Ehe-)Lebens

GABRIELLA ENGELMANN

Zu wahr, um schön zu sein

ROMAN

»Wenn etwas kaputt ist, muss man es reparieren!«
45 Jahre lang hat Caro nach diesem Motto gelebt – bis sie ausgerechnet am Tag ihrer Silberhochzeit vor den Scherben ihrer Ehe steht. Als wäre das nicht genug, verliert Caro nach dem Mann auch noch ihren Job, ihr Sohn Felix baut ordentlich Mist, und Caros esoterisch angehauchte Hippie-Mutter Flora kommentiert all das mit nervigen Kalendersprüchen.
Zum Glück sind Caros beste Freundin Sylvia und die Lotsenwitwe Hedwig zur Stelle, um mit Humor und guten Ratschlägen Caros Kampfgeist zu wecken. Denn wenn etwas unwiderruflich kaputt ist, muss frau es schließlich irgendwann ersetzen, oder nicht?

Ein Hauch von Sommer und Leichtigkeit

GABRIELLA ENGELMANN

Wildrosensommer

ROMAN

Das Hausboot auf dem Foto sieht aus wie ein Schlösschen mitten auf der Elbe. Ein so idyllisches Zuhause wünscht sich die alleinerziehende Mutter Aurelia, der ein Schicksalsschlag den Boden unter den Füßen weggezogen hat. Daher zögert sie nicht lange, als wenig später genau dieses Boot zum Verkauf steht, und zieht mit ihren Töchtern, Katze Momo und vielen Träumen im Gepäck vor die Tore Hamburgs. Die Vierlande mit ihren Rosenhöfen, Deichen und üppigen Gärten sind für die gelernte Floristin ein Paradies. Doch auch im Paradies haben Rosen ihre Dornen …

»Gabriella Engelmann muss im Besitz eines Zauberstabes sein – schon nach wenigen Zeilen lässt man sich in ihre wunderbare Welt entführen!« *Bestsellerautorin Marie Matisek*

KNAUR

GABRIELLA ENGELMANN

Schäfchenwolkenhimmel

ROMAN

Am Himmel spielen die Wolken mit der Sonne Fangen, Möwen kreischen im Wind, die Luft schmeckt nach Salz und Nordsee. Als Minnie die Gangway des Wyker Fähranlegers hinuntergeht, ist es, als würde sie eine verflossene Liebe wiedertreffen. So viele Erinnerungen an ihre alte Heimat auf Föhr, bittersüß und auch ein wenig schmerzhaft. Denn die Ruhe auf Föhr ist bedroht, und Minnie hat den Auftrag, für eine Fernsehsendung über die Veränderungen auf der Insel zu recherchieren. Doch dann kreuzt ein hilfloses Lämmchen Minnies Weg, und ihr Aufenthalt auf der Insel nimmt eine gänzlich andere Wendung …

»Eine wundervolle Hommage an unsere schöne Insel und ein absolutes Muss für alle Föhr-Fans.«

Kirsten Müller-Weckenmann, Wyker Buchhandlung

KNAUR